UND *wo* IST DEINE NÄCHSTE AUSFAHRT?

ELA BRAUN

Impressum

1. Auflage 2022

Fritz-Husemann-Str. 4, 59199 Bönen

Covergestaltung: Constanze Kramer, coverboutique.de

Bildnachweise: ©fottoo, ©Roxana, ©tomertu, ©jameschipper – stock.adobe.com; ©jessicahyde – shutterstock.com; rawpixel.com

Buchsatz: Constanze Kramer, coverboutique.de

Herstellung und Verlag:
Amazon Media EU S.à r.l.,
5 Rue Plaetis, L-2338, Luxembourg

ISBN 979-8-390-96590-0

Ich widme dieses Buch meinem »Mann«!

Ohne Dich würde ich heute nicht dort stehen,
wo ich bin. Danke, dass Du täglich
immer wieder aufs Neue an mich glaubst.
Zusammen sind wir so stark,
dass es nie genug Wörter geben wird,
um dem gerecht zu werden.

Ich danke Dir von Herzen!

Glücklich sein

heißt nicht,
ein perfektes
Leben zu leben.
Glücklich sein heißt,
zu verstehen,
dass es sich lohnt,
das Leben zu leben,
trotz aller
Schwierigkeiten.

– Bildergrüße mit Herz

Prolog

»Hi.«

Eine männliche Stimme reißt mich aus meinen Gedanken. Sie ist unsympathisch und jagt mir direkt durch Mark und Bein. Bilder eines Horrorfilms kommen mir in den Sinn, als ich sie höre. Ich streife mir unbewusst über meinen Arm, um die aufsteigende Gänsehaut zu vertreiben.

Die Musik, die ich bis gerade eben nur gedämpft wahrgenommen habe, wird wieder klarer und deutlicher. Eine abwechslungsreiche Mischung aus italienischen und amerikanischen Rock-Pop-Songs. Zwischendurch werden ein paar Liebeslieder gespielt. Ich befinde mich heute Abend in dem Lieblingslokal meiner besten Freundin, Patricia, und mir. Dem *Grande Amore.*

Als ich mich damals kurzfristig dazu entschied, in diese bezaubernde historische Altstadt namens Münster zu ziehen, hatte Pat, wie ich meine beste Freundin bevorzugt nenne, darauf bestanden, dass ich bei ihr einziehe, bis ich was Eigenes gefunden habe. Wie du dir vorstellen kannst, half kein einziger meiner Widersprüche. Im Gegenzug musste Pat mir aber versprechen, mir die besten Bars, Restaurants und Lokalitäten in Münster zu zeigen.

Und was soll ich sagen? Das Grande Amore *zog mich sofort in seinen Bann. Pat hatte es schon vor mir erwischt, und somit teilten wir eine weitere Leidenschaft.*

Sei bitte nicht sauer. Ich würde dir sehr gerne mehr über mich erzählen. Aber in diesem Augenblick will ich nur noch nach Hause. Ich erzähl dir später mehr. Versprochen.

Warum habe ich bloß nicht auf Pat gehört und bin zu Hause geblieben? Sie hat kurzfristig absagen müssen.

»Es tut mir so wahnsinnig leid, Süße. Wir gehen einfach Samstagabend gemeinsam ins Grande Amore, *einverstanden?«*

Natürlich war das nicht in Ordnung, Pat wusste das. Es gab einen Grund, weshalb es unbedingt heute Abend sein sollte. Das schlechte Gewissen lag Pat bei ihrer telefonischen Absage in der Stimme, aber die Arbeit geht nun einmal vor. Und dank meines Dickkopfes sitze ich jetzt hier allein und habe diese Gänsehaut.

Es tut mir leid, wenn ich dir viele Fragezeichen beschere. Ich kann momentan nicht klar denken. In mir brodelt es mal wieder. Diese Form von Gefühlschaos ist seit fast einem Jahr mein ständiger Begleiter. Ich weiß, dass du mit diesen Informationsfetzen gerade noch nichts anfangen kannst. Gib mir noch ein wenig Zeit. Okay?

Mein Blick schweift in die Richtung, wo das Hi hergekommen ist. Ein Typ lehnt sich lässig mit dem Rücken an der Theke, den Blick ins Lokal gerichtet, stützt er sich mit seinen Ellenbogen auf dem Tresen ab. Ich bin so in Gedanken versunken gewesen, dass ich gar nicht mitbekommen habe, wie er den Platz neben mir ergattert hat.

»Hallo.«

Das war alles, was der Typ von mir bekommen würde. Ich blicke flüchtig zu ihm. Ein mittelgroßer Kerl. Ich kann seine Körpergröße nicht einschätzen. Schlank gebaut. Kurz geschnittenes Haar. Er macht einen eher unsympathischen Eindruck, passend zu seiner Stimme. Sein ganzes Auftreten verrät mir, dass er von sich selbst überzeugt ist. Seine Anwesenheit ist mir weiterhin unangenehm. Noch eine Gänsehaut kündigt sich an.

In seinem Blick ist etwas Verachtendes, was mir nicht gefällt. Und seine Körperhaltung schreit nur so nach einem Typen, der etwas will, was ihm nicht zusteht.

Mein Lächeln ist gequält. Ich will nur hier weg. Mein Getränk ist bereits geleert und bezahlt. Es überkommt mich erneut der Wunsch, schnell nach Hause zu gehen. Jetzt sofort!

»Na, meine Hübsche? Die nächste Runde geht auf mich, was willst du trinken?« Er dreht sich dabei etwas mehr in meine Richtung und setzt ein unschönes Lächeln auf. Ein mulmiges Gefühl breitet sich zusätzlich in meinem Bauch aus.

Kennst du das? Man weiß nicht, woher es kommt, aber es ist da? Darüber habe ich mal einen Bericht gelesen. In jeder Sekunde gibt es elf Millionen Reize, die auf dich einwirken, aber du kannst nur sieben davon wahrnehmen. Wenn man von seinem Bauchgefühl spricht, dann ist das einer der Reize, die man nicht direkt realisiert hat.

So muss es jetzt bei mir sein, weshalb ich nun wirklich nach Hause gehen werde. Wer weiß, wo das sonst alles hinführen wird! Die schlimmsten Szenarien machen sich erneut in meinem Kopf breit.

»Nein, danke. Ich habe keinen Durst!«

Ich versuche, höflich zu bleiben, obwohl der Typ mich anwidert. Während ich ihm eine Abfuhr erteile, rutsche ich von meinem Sitzhocker. Nur noch zum Ausgang und ab nach Hause.

Aber genau, als meine Füße den Boden berühren, merke ich, wie sich jemand neben mich stellt. Er legt selbstsicher seinen Arm um meine Schultern.

»Hallo, Schatz, ich bin spät dran. Der Stau hat mich aufgehalten, sorry!«

Alles passiert so schnell, dass ich nicht ganz verstehe, was hier gerade abläuft. Der Fremde zieht mich mit seinem Arm näher an sich heran. Da ich darauf nicht vorbereitet bin, stolpere ich und muss mich an seiner Lederjacke festhalten. Der Duft vom frischen Regen und wildem Leder strömt direkt in meine Nase. Welch angenehmer Geruch. Obwohl ich den Fremden nicht kenne, fühlt sich dieser Moment vertrauter an, als er es dürfte. Ich weiß, dass es nicht richtig ist. Er ist ein Fremder. Was macht er hier überhaupt mit mir?

Als ich langsam ansatzweise verstehe, was hier passiert, zieht er mich komplett an seine Brust und gibt mir einen Kuss auf die Schläfe. Ich merke, wie sich sein Kopf danach wieder in die Richtung des Unerwünschten dreht. Ich vermute, dass er ihn fixiert.

Aus meiner Perspektive kann ich nicht alles von dem Fremden erkennen. Aber was ich sehe, kommt mir fast wie aus einem Traum entsprungen vor. Zotteliges blondes Haar, das an den Seiten etwas kürzer geschnitten ist. Das Deckhaar wirkt rebellisch und unzähmbar. Ein kantiges Kinn. Sein Blick bohrt sich förmlich in die des Unerwünschten.

»Ey, Mann, es tut mir leid,« sagt dieser nur und wedelt seine Arme abwertend in der Luft umher. »Ich wusste nicht, dass diese Puppe hier schon verabredet ist.« Dabei verzieht er seinen Mund wieder zu diesem unschönen, schiefen Grinsen. Mit seiner Hand weist er in meine Richtung.

Ohne seinen Arm von meiner Schulter zu nehmen, geht der große Blonde einen halben Schritt weiter auf ihn zu. »Sieh zu, dass du Land gewinnst! Sonst passiert hier noch ein Unglück!«

Seine Stimme ist so bedrohlich, dass es selbst mir eiskalt den Rücken runterläuft, obwohl die Warnung nicht mir gilt.

Die gleiche Auswirkung vernehme ich bei dem Unerwünschten. Das schiefe Grinsen vergeht ihm. Er richtet sich auf. Für einen kurzen Moment wandert sein Blick zwischen mir und dem Blonden hin und her, bevor er zwischen den Besuchern des Lokals verschwindet.

Wenn ich es nicht besser wüsste, würde ich sagen: »Ich bin in einem Film!« Was passiert hier gerade eigentlich? Träume ich vielleicht?

Der blonde Fremde löst langsam seinen Arm, aber sein Blick ist weiter in die Ferne gerichtet. Dadurch kann ich ihn mir endlich etwas genauer anschauen.

Er ist sportlich gebaut, allerdings nicht zu übertrieben. Durch das gedämpfte Licht kann ich seine

Augenfarbe nicht genau erkennen. Deshalb betrachte ich weiter sein Gesicht. Es ist perfekt. Okay, seine Nase ist es nicht – sie ist etwas klobiger, was ihn nicht weniger attraktiv erscheinen lässt. Zum Glück ist niemand komplett perfekt. Seine Gesichtszüge sind sehr markant, aber nicht knochig. Er sieht wie einer dieser Typen aus, die sich normalerweise hübsche, schlanke Mädels aussuchen.

Dazu würde ich mich nicht unbedingt zählen. Okay! Ich habe einiges abgenommen, seit ich in Münster wohne. Ein Hoch auf Pats Motivationen. Sie ist meine perfekte Sport- und Gym-Sis. In meinem Bürojob bekomme ich zu wenig Bewegung. Den Ausgleich dazu habe ich Pat zu verdanken. Und obwohl ich stolz auf meinen Erfolg bin – an die Seite dieses blonden Fremden passt eher eine andere Schönheit, auch wenn er mir geholfen hat.

»Alles in Ordnung bei dir?«

Das ist das Erste, was er mich fragt. Sein Blick sucht nach meinem und er lacht mich dabei verlegen an. Grübchen kommen zum Vorschein, um seine Augen bilden sich kleine Fältchen. Ein Lachen von Herzen.

Mir wird schlagartig warm. Ich merke, wie meine Wangen erröten. Mein Selbstbewusstsein ist nicht sonderlich klein, trotzdem fallen mir Konversationen wie diese hier nie leicht. *Ja, ich bin schüchtern. Du etwa nicht? Wenn ich ehrlich sein soll, würde ich nie das Gespräch mit jemandem wie dem Blonden neben mir suchen. Wie schon gesagt, an seiner Seite stelle ich mir andere Frauen vor.*

Und das ist auch der Grund, weshalb ich etwas verwirrt bin. Ich sollte nicht sein Typ sein. Und doch verleiht er mir das Gefühl, dass ihm mein Aussehen egal ist und er sich für meine Persönlichkeit interessiert.

Fest entschlossen schaut er mich an. Ich kneife meine Augen leicht zusammen, weil ich glaube, etwas Schüchternes bei ihm zu sehen. Er fährt sich mit der rechten Hand durch sein Haar, als sei es das Normalste auf der Welt. Dabei vergrößert er den Abstand zwischen uns beiden ein wenig.

Ich verliere mein Gleichgewicht, weil ich mich weiterhin an seiner Jacke festgehalten und mit der plötzlichen Distanz nicht gerechnet habe. Seine Reflexe sind schnell, er ergreift schützend einen meiner Ellenbogen. Das gibt mir die nötige Stabilität, damit ich mich neu zentrieren kann. Selbstschützend, um nicht nach vorn zu fallen, drücke ich meine freie Hand gegen seinen Oberkörper. Durch sein dünnes Shirt kann ich seine Wärme spüren und merke, wie sich seine Muskeln bei meiner Berührung anspannen.

Ich zucke zusammen und wir weichen gleichzeitig einen Schritt zurück. Mein Kopf arbeitet auf Hochtouren, aber ich komme mit der Verarbeitung des Geschehens nicht hinterher.

»Geht es dir gut?«

Er versucht erneut, mein Wohlbefinden auszukundschaften, und mustert mich auf eine angenehme Art und Weise. Obwohl er mir eindringlich in die Augen schaut, ist es mir nicht unangenehm. Aber auf einmal wirkt alles anders. So ein Bauchgefühl.

Schon wieder? Es kündigt sich erneut wie eine Warnung an. Entweder sind da wieder irgendwelche unbeachtete Eindrücke oder mein inneres Gefühlschaos gibt mir den Rest.

Es kann nur eine dieser beiden Möglichkeiten sein. O Mann, mein Kopf fühlt sich auf einmal wie vom Hammer getroffen an. Das ist alles zu viel für mich. Und von meinem Gefühlschaos geleitet, scheint diese ganze Geschichte nur aus einem plausiblen Grund so gelaufen zu sein.

Na, kommst du drauf? Nein? Überlege doch mal. Ein Fremder versucht, mich abzuschleppen. Und ein anderer Fremder kommt, um mich zu beschützen. Klingelt es jetzt bei dir? Immer noch nicht? Dann überlege weiter.

Ich suche den Blickkontakt mit ihm und versuche, in seinen Augen etwas zu finden, was meine Vermutung bestätigt. Da muss ich schmunzeln, denn ich habe sein Spiel durchschaut.

»Ist schon gut«, sage ich.

Das Gefühl, dass ich mit meiner Vermutung richtig liege, nimmt jetzt überhand. Erst waren meine Sinne von dieser Aktion wie benebelt. Aber jetzt habe ich wieder eine klare Sicht, erkenne alles deutlich. Durch mein neugewonnenes Selbstvertrauen straffe ich meine Schultern. Ich werde ihm jetzt zeigen, dass ich schlauer bin, als er denkt.

Ohne den Blickkontakt zu unterbrechen, lege ich meinen Kopf leicht zur Seite und setze ein triumphierendes Lächeln auf. »Es tut mir für euch beide leid, dass diese Masche bei mir nicht zieht.«

Sein Lächeln verschwindet im selben Moment, als meine Worte zu ihm durchdringen. »Was meinst du? Ich habe von da drüben aus gesehen, was hier los war.«

Panik legt sich in seine Stimme. Wie sollte es auch anders sein? Ich habe seine Anmache durchschaut. Damit hat er nicht gerechnet.

Aber sei doch mal ehrlich. Wieso sollte so ein attraktiver Typ wie er jemanden wie mich toll finden?

Er hebt seinem rechten Arm und zeigt auf eine der Sitznischen, die sich entlang der Wand befinden. Es sind superbequeme Sitzbänke, an denen man sich niederlässt, wenn man länger hierbleiben oder etwas zu essen bestellen möchte.

Mein Blick folgt seinem Finger. Auf einem der Tische stehen zwei fast halbvolle Getränkegläser. Das eine Getränk ist in diesem Moment herrenlos, vor dem anderen sitzt ein Mann. Aus der Ferne sieht der Dunkelhaarige ebenfalls sportlich aus.

»Ich wollte dir wirklich nur helfen! Solche Typen wie den von gerade eben kenne ich zu gut. Die haben nur das Eine im Sinn. So etwas mag ich nicht. Bitte glaub mir doch. Ich wollte dir nur helfen!«

Er sieht mich flehend an. Er ist gut in dem, was er tut. Sogar verdammt gut.

Bei diesem attraktiven Gesichtsausdruck könnte ich fast erneut schwach werden. Ich glaube, mein Adrenalin hat mich mutiger gemacht, als ich es normalerweise bin. Dieses Selbstvertrauen, das ich soeben an den Tag gelegt habe, kenne ich gar nicht von mir. Tief in mir ist ein Gefühl, das mich zu der Erkenntnis führt, dass ich dem blonden

Fremden mein neues Selbstvertrauen zu verdanken habe. Normalerweise bin ich eine von denen, die eher schweigt. Wozu wäre ich heute Abend noch in der Lage? Aber egal, ich will nur noch hier raus.

Das Gefühlschaos und die Gewissheit, heute Abend Opfer einer gut inszenierten Anmache geworden zu sein, schmerzt in meiner Brust.

»Lass mal gut sein!«

Ich schaue noch einmal in seine Augen, dessen Farbe ich immer noch nicht erkennen kann, drehe mich um und gehe nach Hause.

Kapitel 1

L & D

Drei Wochen sind seit der Begegnung mit dem blonden Fremden vergangen. Als ich an dem Abend nach Hause kam, musste ich erst einmal duschen und eine Tasse Kaffee trinken.

Ich begreife die Ereignisse bis heute noch nicht. Ich ertappe mich zwischendurch immer wieder dabei, wie sich diese paar Minuten in einer Endlosschleife vor meinem geistigen Auge abspielen. Manchmal stelle ich mir sogar vor, wie alles gelaufen wäre, wenn ich im Lokal geblieben wäre.

Lachst du mich aus, weil mir der blonde Fremde mehr gefällt, als es gesund ist? Jaja! Mach dich nur lustig über mich. Ich muss ja selbst darüber schmunzeln.

Mit einem frisch gebrühten Kaffee in meiner Hand hinterließ ich Pat an diesem Abend eine Nachricht auf ihrer Mailbox. Es dauerte, wie erwartet, nicht lange, bis sie vor meiner Tür stand.

Das ist normal für Pat: Sie ist immer da, wenn ich sie brauche. Hast du auch jemanden, auf den zu dich immer verlassen kannst? Ist doch wirklich was Feines, oder?

Sie fand meine Begegnung und das alles superaufregend, verrückt, seltsam und spannend zugleich. Welcher Teil dabei für sie überwog? Das ist mir bis heute schleierhaft.

Ich musste Pat versprechen, dass wir am folgenden Abend zusammen in das *Grande Amore* gehen würden. Und was soll ich sagen? Wie erwartet war keiner der beiden da, weder der unerwünschte Typ noch der blonde Fremde. Auf der einen Seite war ich enttäuscht, denn ein Teil von mir hätte den Blonden gerne wiedergesehen. Aber auf der anderen Seite, und diese überwog, war es für mich erst recht ein Zeichen dafür, dass ich Opfer einer blöden Anmache geworden war. Deshalb war es für mich letzten Endes nicht weiter verwunderlich, keinen der beiden dort anzutreffen. Weil ich die beiden entlarvt habe, mussten sie sich bestimmt eine neue Lokalität suchen, wo sie ihre Masche durchziehen können.

Es ist später Nachmittag. Heute steht ein Besuch mit Pat im Gym an. In der Hinsicht beneide ich sie: Pat ist extrem sportlich. Sie geht drei bis vier Mal die Woche ins Gym. Zusätzlich hat sie vor einem Jahr mit dem Schwimmen angefangen. »Dein Körper braucht immer neue Herausforderungen, sonst gewöhnt er sich an die Übungen und du erzielst keine neun Erfolge!«, hatte sie mir erzählt, als sie mich zum ersten Mal mit ins Gym nahm. Ihre diesjährige neue Sporterrungenschaft ist das Laufen. Sie hat sich als neues Ziel einen kleinen Marathon gesetzt. Mal schauen. Ich drücke ihr auf jeden Fall die Daumen. Aber ich zweifele nicht an Pat.

Jeder ihrer Tage ist mit Sporteinlagen versehen. Das ist zwar alles nicht so meins, aber die Pfunde müssen ja trotzdem irgendwie weg, und von nicht kommt nichts. In den vergangenen Monaten habe ich, dank meiner lieben Pat, schon eine Konfektionsgröße verloren.

Falls es dich interessiert: Mir passt wieder Kleidergröße vierzig. Ja ich weiß, für einen Auftritt bei GNTM im TV reicht es nicht. Aber ich fühle mich endlich wieder wohl in meiner Haut. Ich möchte eigentlich nicht mehr viel abnehmen. Aber ein bisschen Definition wäre gut, dann können sich meine Kurven besser sehen lassen.

Deshalb bin ich im Grunde froh, dass Pat mich heute mal wieder für das Gym motiviert hat. Der Arbeitstag war nicht so besonders und ich habe mich schon auf meine Couch und meine Decke gefreut. Ich habe mir sogar extra schon eine DVD rausgesucht. Aber was soll ich sagen? Pat hat die besten Überredungskünste, weshalb ich gerade mit hochrotem Kopf aus sämtlichen Poren meines Körpers schwitze. Die Dusche im Anschluss ist schon fest eingeplant. Für mich ist das immer der krönende Abschluss eines Trainingstages. Es tut gut, hier zu sein. Keine Frage.

Aber obwohl ich weiß, dass der Sport mir guttut und ein perfektes Ventil für mich ist, brauche ich, meistens von Pat, immer noch eine Extraportion Motivation. Vielleicht erreiche ich bald den Punkt, an dem ich mich selbst motivieren kann. Ich arbeite dran. Aber wie es aktuell ist, ist es auch schon sehr gut.

Deshalb lasse ich meinem inneren Jubel darüber freien Lauf, dass Pat mich mal wieder mitgenommen hat. Über meine Kopfhörer lausche ich den Klängen von Liedern, die ich unter normalen Umständen nicht hören würde.

Warst du schon mal auf dem Laufband, während aus den Studioboxen »My Heart Will Go On« schallt? Du gehst dabei ein. Da passt beispielsweise Skrillex mit »Bangarang« schon besser.

Auf einmal gefriert mir mein Blut in den Adern. Ich halte sofort mein Laufband an. *Wie kann das sein?* Wieder arbeitet mein Kopf schneller, als ich denken kann.

Wie benebelt bewege ich mich langsam in Pats Richtung. Sie trainiert gerade im offenen Trainingsbereich. Ihre Augen sind geschlossen und man hört leise Musik aus ihren Kopfhörern. »Mit geschlossenen Augen kann ich mich am besten auf die Übungen konzentrieren«, sagt sie immer. Mein Blick ist fest auf sie gerichtet. Sie quält sich bei den letzten zwei Wiederholungen. Mit zusammengebissenen Zähnen kommt bei der letzten Wiederholung ein kleines Stöhnen über ihre Lippen.

Ich schaue noch mal kurz zum Übungstower, wo sich eine Gruppe aus vier Jungs versammelt hat, und wieder zurück. Pat öffnet ihre Augen. Sie erkennt mich und hat ein strahlendes Lächeln auf den Lippen. Wieder schaue ich kurz zum Tower und zurück.

Pat bemerkt sofort meinen verwirrten Blick und setzt ein besorgtes Gesicht auf. »Süße, was ist los? Du siehst aus, als hättest du einen Geist gesehen!«

Ich kann nicht sofort antworten und trinke hastig einen Schluck Wasser aus meiner Flasche. Der Deckel lässt sich nicht sofort wieder zudrehen, weshalb ich etwas nervöser werde.

»Tu mir jetzt bitte einen Gefallen.« Nur das kommt gestammelt über meine Lippen, während ich weiter mit dem Deckel kämpfe. Endlich bekomme ich ihn zugedreht, schaue aber weiterhin auf meine Hände. »Guck gleich mal sehr, sehr unauffällig zum Tower rüber.«

Pat kneift ihre Augen etwas zusammen und legt Ihren Kopf leicht zur Seite, bevor sie ihren Blick von mir löst und tut, wie ihr befohlen.

»Der Blonde mit dem grünen Muskelshirt.«

Meine Augen sind wieder auf Pat gerichtet. Ich beobachte sie. An ihrem Gesichtsausdruck sehe ich, wie sie darüber nachdenkt, wer er sein könnte. Dann schaut sie mich wieder fragend an.

»Freitagabend vor drei Wochen«, stammele ich und merke, wie sich mein Gesicht erwärmt und sich Röte verteilt. Pat blickt wieder zu den Jungs, die sich gegenseitig anstacheln, damit sie sehen, wer die meisten Wiederholungen hinbekommt.

Einer von ihnen schafft anscheinend mehr, denn ein kurzes Grölen der Vier ertönt aus der Ecke. Alle klopfen dem Typen mit dem schwarzen, eng anliegenden Sportshirt triumphierend auf dem Rücken.

»Der blonde Fremde!«, sagt Pat und versucht, leise zu reden. Dabei zieht jede Silbe einzeln in die Länge. Mit leicht aufgerissenen Augen schaut sie immer wieder zwischen mir und dem Typen im grünen Shirt hin und her. Die Jungs sind so auf sich selbst fokussiert, dass sie von dem Drumherum nichts mitbekommen. Zum Glück auch nichts von Pats Erkenntnis.

»Ich bin im Ladys-Bereich.« Mit diesen Worten will ich gehen. Aber bevor ich mich umdrehe, wage ich einen letzten, flüchtigen Blick zum Tower. Ich stecke mir dabei meine Kopfhörer wieder in die Ohren und gehe mit gesenktem Blick in den separaten Trainingsbereich.

»Luana, warte!«, ruft Pat mir hinterher und steht von ihrem Gerät auf, um mir ein, zwei Schritte zu folgen. Weil sie aber weiß, dass ich jetzt allein sein möchte, unterbricht sie ihren Versuch, mich aufzuhalten.

Ich habe dir noch nicht viel über Pat erzählt. Hast du Lust, mehr über sie zu erfahren? Ich erzähle dir einfach mal von ihr.

Wir zwei kennen uns seit der fünften Klasse. Es war Liebe auf dem ersten Blick oder so etwas in der Art.

Pat saß zu Beginn des neuen Schuljahres bereits in unserem Klassenzimmer. Eingeschüchtert von der neuen, weiterführenden Schule und den neuen Gesichtern war ich von der Gesamtsituation überfordert. Ein Mädchen mit zwei rotblonden Flechtzöpfen beobachtete mich von ihrem Sitzplatz aus. Ihr warmherziges Lächeln war meine Einladung, den freien Platz neben ihr zu beziehen.

»Hallo. Ich heiße Patricia, und wie heißt du?«

Ich stellte meinen Schulranzen auf dem Fußboden ab und setze mich hin.

»Hallo, Patricia. Mein Name ist Luana.« In dem Moment zuckte ich zusammen, weil im Klassenzimmer ein Stuhl umgekippt war.

»Du brauchst keine Angst zu haben!« Sie legte mir ihre Hand auf meine und lächelte mich wieder an.

»Ich pass auf dich auf!«

Die Wärme, die von ihrer Hand ausging, zusammen mit ihrem liebevollen Blick und dem reizenden Lächeln, half mir dabei, mich zu beruhigen. Mein Herz schlug nicht mehr so schnell und meine Atmung wurde wieder flacher. Damit legte sie den Grundstein für eine jahrelange Freundschaft. Über die Jahre hinweg entstand auf diese Weise ein besonders Band zwischen uns und hat sich so entwickelt, dass manchmal nur Blicke oder Gesten von Pat ausreichen, um mich zu verstehen oder zu erden.

Leider reicht nach der jetzigen Begegnung nicht nur der Augenkontakt mit Pat. Ich brauche etwas mehr Raum zum Durchatmen. Zum Glück bin ich die Einzige im Ladys-Bereich und kann meinem inneren Kampf freien Lauf lassen.

D & L

»O Mann, André! Du bist echt der Knaller!«

Wir grölen alle kurz auf, hauen André gemeinsam auf die Schulter und sind sofort wieder leiser. Die anderen hier im Gym sollen sich nicht von uns belästigt fühlen.

Ich konnte heute früher mit ins Gym kommen, weil ich in der Werkstatt schon eher fertig geworden war als gedacht. Meine bevorzugten Trainingszeiten liegen sonst eher im späteren Abendbereich. Obwohl wir heute früher hier sind, haben wir Glück. Es ist von der Besucheranzahl her angenehm, zu trainieren.

Ich denke mal, dass es in anderthalb Stunden anders aussehen wird. Dann wird es hier von Sportwütigen nur so wimmeln. Und spätestens um zwanzig Uhr fünfzehn sind alle wieder zu Hause. Denn dann geht der Tag in das abendliche Ritual vor dem Fernseher über. Entweder konventionell oder Netflix.

André und einige unserer Freunde schwören auf die Angebote von Netflix und Co. Ja klar! Es steht mir zu jeder Uhrzeit jede beliebige TV-Serie oder jeder beliebige Film zur Verfügung.

Aber soll ich dir mal etwas verraten? Ich schraube lieber bei mir zu Hause an meinem eigenen Motorrad. Dabei kann ich nach einem stressigen Arbeitstag abschalten oder meinen Kopf frei bekommen. An manchen Abenden lese ich lieber ein gutes Buch. Egal ob es ein Thriller, Krimi oder etwas Wissenswertes ist. Untermale das Schrauben oder das Lesen mit guter Musik und du hast einen tollen Abend für mich gestaltet. Mir ist bewusst, dass ich, dank moderner Klischees, nicht danach aussehe. Aber ich bin eher mit bodenständigen Sachen zufriedenzustellen. Inklusive Verzicht auf ein abendliches Fernsehprogramm.

Ja, lach nur über mich! Aber ich liebe mein Leben genau so, wie es ist. Ich habe meine eigene Werkstatt und baue mit meinen Jungs zusammen Choppers auf Kundenwunsch zusammen. Meinen Feierabend gestalte ich gerne abwechslungsreich: Freunde treffen, Fitnessstudio oder, wie schon erwähnt, auf meine Art und Weise zu Hause abschalten.

In letzter Zeit treffen wir vier uns öfter im Gym, weil bald die FIBO ansteht. Und seit feststeht, dass es dieses Jahr mit der Messe endlich für uns klappt, trainieren einige der Jungs wie besessen. André stellt uns alle mit seinem Trainingsprogramm in den Schatten. Kein Wunder, dass er uns bei den Klimmzügen gnadenlos abzieht.

Hast du schon mal was der FIBO gehört? Die FIBO ist die weltweit größte Messe für Fitness, Wellness und Gesundheit in Köln. Hier erfährt man die neusten Trends und lernt tolle Leute kennen. Ja, ich gebe dir recht! Normalerweise findet die Messe immer im Frühjahr statt. Für dieses Jahr gab es wohl, laut Website, ein paar Probleme, weshalb sie auf den Sommer verschoben wurde.

Wir vier hatten uns jedes Jahr aufs Neue vorgenommen, diese Messe mal zu besuchen. Aber immer wieder passte etwas nicht. Entweder konnte einer von uns nicht oder, und das war das größte Problem, wir arbeiteten an einem Auftrag. Aber für dieses Jahr haben wir zusammen alle Hebel in Bewegung gesetzt, hoch gepokert und die Karten vorbestellt.

Aus dem Augenwinkel heraus sehe ich, wie sich jemand schnell bewegt und dann abrupt stehen bleibt. Weil meine Neugier geweckt ist, drehe ich meinen Kopf in die Richtung. Ich sehe eine rothaarige Sportlerin, wie sie sich selbstsicher und graziös durch den Trainingsbereich bewegt. Die Statur ihres sehr schlanken Körpers in ihrem hautengen Zweiteiler lässt mich darauf schließen, dass sie öfter trainiert. Die Dreiviertelhose betont ihre muskulösen Beine und das Tanktop bringt ihre definierten Schultern zur Geltung. Selbstsicher und zielstrebig bewegt sie sich, bleibt aber letzten Endes resigniert stehen. Ihren Gesichtsausdruck kann ich nicht deuten. Besorgt? Verständnisvoll? Ich weiß es nicht. Sie sagt etwas, das ich wegen der Jungs um mich herum nicht verstehe. Deshalb folge ich ihrem Blick zum anderen Trainingsbereich, erblicke aber niemanden, mit dem sie sich unterhalten könnte.

Als ich wieder zu der Rotblonden schaue, steht sie weiterhin an Ort und Stelle. Aber ihr Blick ist nicht mehr auf den anderen Trainingsbereich gerichtet, sondern direkt auf uns vier. Ich könnte mich irren, aber es scheint mir, als würde sie anfangen, zu grinsen. Dabei fixiert sie mich.

Kenne ich sie? Ich überlege schnell, aber ihr Gesicht sagt mir nichts. Höflich, wie ich bin, lächele ich ohne Hintergedanken zurück und widme mich wieder meinen Jungs.

Kapitel 2

L & D

»Ich kann es nicht fassen, dass du dich wirklich für den Halb-Marathon angemeldet hast! Wie viele Kilometer sind das noch mal?«

Pat gibt komische Geräusche von sich und stopft sich ihre Chili-Cheese-Pommes mit der Gabel in ihren Mund. »Die sind so geil. Solltest du auch mal probieren!« Ignorieren, was ich sage, kann sie im Übrigen auch sehr gut.

Wir hatten nach dem Sport keine Lust, selbst zu kochen, und haben uns darum einstimmig für unser Lieblingslokal, das *Grande Amore*, entschieden.

Dieses Lokal ist wirklich ein echter Geheimtipp, sag ich dir! Hier kann man sich täglich ab zwölf Uhr mit amerikanischen und italienischen Spezialitäten verwöhnen lassen. Ob eine Kleinigkeit am Mittag, Kaffee und Kuchen am Nachmittag oder eine Genussbombe nach der anderen im Abendbereich. Wer hier nichts Leckeres findet, ist selbst schuld. Und das Highlight dieser Lokalität sind die Wochenenden, wenn der mittlere Gastraum des Lokals zur Tanzfläche auserkoren wird. Meistens schunkeln dort dann die Verliebten zu schönen, italienischen Liebesliedern.

Was, du glaubst mir nicht? Geh auf die Website des Grande Amore *und überzeuge dich selbst. Dort findest du eine Fotogalerie und kannst dir die tolle und gemütliche Einrichtung anschauen. Wenn du damit fertig bist, reden wir weiter!*

Eine alte, massive Theke ist im hinteren Teil des Raumes angebracht. Bequeme Hocker stehen aufgereiht davor und laden auf ein schnelles Getränk ein. An den seitlichen Wänden reihen sich Sitznischen. Hier befinden sich rechteckige Tische, an denen man die leckeren Genussbomben zu sich nehmen kann, wie Pat und ich es heute tun. Die Rückenlehnen sind hier etwas höher angebracht. Dadurch ist man ungestörter und kann sich besser unterhalten.

Pat war nach dem Ereignis im Gym vorhin der Meinung, dass mir eine kleine Abschottung von den anderen Gästen guttun würde, darum sitzen wir hier. Zusätzlich hat sie mir so Freiraum verschafft, falls ich reden will.

Es gibt noch mehr Schönes hier, wovon ich dir erzählen will: Überall im Raum kommen vereinzelte Fachwerk-Elemente zum Vorschein. Retro-Lampen hängen von der Decke und kleine Wandleuchter sorgen für ein gemütliches Ambiente. Die amerikanisch, italienische Dekoration wird durch schöne Blumen unterstrichen. Wer hierherkommt, sucht für eine gewisse Zeit Abstand zum stressigen Alltag. Die etwas größeren Fotografien von der schönen, italienschen Landschaft reihen sich an den Wänden entlang. Mit den Blumen zusammen bekommt man immer das Gefühl, direkt dort zu sein. Die rustikale Einrichtung hingegen verleiht den amerikanischen Touch. Alles zu-

sammen mit der Musik im Hintergrund, Mariettas herzerwärmendem Lächeln, Aidans brüderlicher Offenheit und den Leckereien ist es für alle Gäste wie ein Nachhausekommen.

Das Grande Amore *gehört Marietta und Aidan, musst du wissen. Lustigerweise haben sich die italienische Marietta und der amerikanische Aidan auf einer Karibik-Schiffsreise in der Südsee kennen und lieben gelernt. Warum sie ausgerechnet in Deutschland ihren Traum von einem eigenen Restaurant verwirklicht haben, habe ich bis heute nicht herausgefunden. Aber seien wir mal ehrlich: Es ist egal. Sie sind hier und verwöhnen uns alle täglich aufs Neue.*

»Pat!« Ich versuche, meiner Stimme eine gewisse Schärfe zu verleihen. Aber bei ihren Schmatzgeräuschen ist das schier unmöglich. Ich kapituliere und lache selbst. Wie immer, wenn sie sich so lustig verhält.

»Beruhig dich, Süße. Er wird heute nicht hier auftauchen.«

»Woher willst du das wissen?«

»Woher weißt du, von wem ich rede?« Pat schmunzelt mich beim Kauen an.

Ich verdrehe meine Augen und stochere mit der Gabel sinnlos in meinem Essen umher. Nach dem Training habe ich normalerweise immer einen Bärenhunger, aber heute ist alles anders. Dadurch, dass ich den blonden Fremden wiedergesehen habe, kommen mir die Bilder von dem besagtem Freitagabend in den Sinn. Alles davon ist dermaßen lebendig in meinem Kopf, dass es sich wie ein erneut angeschauter Film anfühlt. Mit dem kleinen Unterschied, dass mir dieser Streifen im wahrsten Sinne des Wortes den Appetit verdirbt.

»Beruhige dich.« Pat versucht, gelassen auf mich einzureden. »Zwischen euren ersten beiden Dates liegen jetzt wie viele Wochen? Mehr als Drei? Und die Wahrscheinlichkeit, dass du ihm an ein und demselben Tag zwei Mal begegnest, ist sehr unwahrscheinlich.« Dabei nippt sie an ihrer Cola Zero und wischt sich ihren Mund mit einer Serviette ab.

»Glaubst du das, was du mir immer sagst, eigentlich selbst?«

»Nee! Aber ich will nun endlich diese megaleckeren Chili-Cheese-Pommes genießen. Du solltest jetzt auch etwas essen.«

Pat kann nervig und direkt sein. Aber ihr Herz sitzt an der richtigen Stelle. Dafür liebe ich sie.

Ihr beim Essen zuzusehen, gleicht einer Therapie. Ich bekomme wieder Hunger und lange bei meinem Wrap mit Beilagensalat zu.

In der Zwischenzeit schwingt die Eingangstür auf und eine etwas größere Gruppe betritt das Lokal. Ich schenke dem Geschehen keine weitere Aufmerksamkeit. Hier kommen immer wieder größere Gruppen hin, um sich ein paar schöne Stunden zu gönnen. Aber mir soll mein köstliches Essen nicht länger gegönnt sein.

»Oh, oh!«

Ich schaue zu Pat und ziehe eine Augenbraue hoch, denn dieses »Oh, oh« kenne ich nur zu gut von ihr. Pats Augen sind nicht auf mich gerichtet, sondern auf die Gruppe, die soeben das Lokal betreten hat. Ich folge ihren Blick, und als meine Augen ihr Ziel erreicht haben, bleibt mir mein Essen direkt im Halse stecken.

Das Resultat: Ich muss energisch husten. Pat reicht mir schnell mein Getränk und wedelt mir mit der anderen Hand frische Luft zu.

Na prima. Man bleibt bestimmt lange unbemerkt, wenn man so hustet wie ich.

Zum Glück legt sich mein Hustenanfall schnell. Es war nur ein kleiner Happen, der mir nicht gegönnt war. Durch das Husten füllen sich meine Augen mit Tränen.

»So schlimm sieht er jetzt aber auch nicht aus, dass du heulen musst.« Na toll, Pat kann witzeln, während ich mir die Tränen wegwische.

»Haha, sehr witzig. Darfst ihn gerne haben.«

»Was soll ich mit dem Bubi? Er sieht toll aus. Ja. Aber nicht ganz mein Geschmack. Wenn dir mal jemand wie Lasse Matberg über den Weg läuft, kannst du mir gern Bescheid geben!«

»Aber sonst geht es dir gut?«

»Er muss dir gefallen, nicht mir! Ich bin nur auf deine Bettgeflüster-Geschichten gespannt.«

»Ey!« Ich bewerfe sie lachend mit einem Stück Paprika.

Pat lacht auf und hebt zur Abwehr die Hände vor ihr Gesicht. »Kapitulation!«, ruft sie und versucht, mit der blauen Serviette vom Tisch zwischen den Lachanfällen in der Luft herumzuwedeln.

»Hallo, Ladys!«

Pat und ich verstummen schlagartig. An unserem Tisch nehmen wir eine männliche Gestalt wahr und schauen gleichzeitig zu dem Typen auf. Er lächelt uns mit strahlend weißen Zähnen an. Um seine Augen bilden sich kleine Lachfalten. Er hat ein sympathisches Gesicht. Sein blondes Haar ist nach hinten gekämmt und mit Gel fixiert.

Er trägt eine dunkle Bluejeans, die locker auf den Hüften sitzt, und ein enges schwarzes T-Shirt, das seine Muskeln zur Geltung bringt. Ich erkenne ihn wieder. Er ist einer der vier Jungs, die vorhin im Gym am Tower trainiert haben.

»Ich habe euch von da drüben aus gesehen und dachte mir –«, sagt der Fremde, bis er unterbrochen wird.

»Benjamin, was machst du da?«, fragt eine leicht mahnende männliche Stimme aus dem Hintergrund. In dem Moment, als die Stimme ein Gesicht bekommt, vergesse ich alles.

»Beruhig' dich, Dom. Ich will doch nur nett sein!«

»Du schon wieder?«

Mir platzt die Hutschnur. Ich erhebe mich schlagartig von meinem Sitzplatz und baue mich vor dem blonden Fremden auf, dem ich hier vor drei Wochen begegnet bin. Dadurch stehe ich nicht nur im Fokus von Pat, Dom und Benjamin, sondern die Gäste an den Nachbartischen schauen ebenfalls flüchtig zu uns.

»Moment mal. Ich wollte Benjamin zurückholen.«

»Was Besseres fällt dir nicht ein?«

Wie in einem Déjà-vu blicke ich in sein erstauntes Gesicht.

Wie kann er davon ausgehen, dass er erneut mit dieser Nummer bei mir punkten kann? Ich lasse mich nicht von seinem hübschen Gesicht blenden.

Schau mich nicht so an. Wonach sieht das denn für dich sonst aus? Wenn ich falschliege, sag mir gerne Bescheid.

Und genau wie vor drei Wochen schaut er mich an, als würde ich ihn fälschlicherweise beschuldigen.

»Benjamin, sag doch was!«

Dieser schaut verdutzt zu Dom. »Du kennst sie?«

»Ja.« – »Nein.«

Unsere Antworten kommen uns gleichzeitig über die Lippen.

Benjamin schmunzelt. »Sehr interessant!«

Wollen die beiden mich jetzt auf den Arm nehmen? »Tausche den unsympathischen Fremden gegen einen belustigten Benjamin?«

»Komm, lass uns zurück zum Tisch gehen. Die anderen wollen was zu essen bestellen.« Dom versucht, seinen Kumpel wegzuziehen.

»Ich bin mir nicht sicher, ob eure Unterhaltung schon beendet ist.« Belustigt über die Konversation zwischen Dom und mir schaut er immer wieder zwischen uns beiden hin und her.

»Benjamin!« Dom spricht den Namen etwas schärfer aus.

Das reicht mir. Ich wedele mit dem Finger vor Doms Gesicht herum.

Jetzt wird er mich kennenlernen. Er soll endgültig begreifen, dass ich kein dummes Ding bin, das auf seine Masche hereinfällt.

»Du glaubst doch nicht allen Ernstes, dass du mich mit diesem blöden Ich-rette-mal-eben-die-Frauenwelt-Kram ein zweites Mal blenden kannst?«

»Wovon spricht sie?«, fragt Benjamin interessiert.

»Halt dich bitte da raus.« Dom spricht nun in einem etwas schärferen Ton mit ihm. »Und kannst du mir wenigstens heute einmal zuhören?«

Dom fleht mich regelrecht an. Er wendet sich von Benjamin ab und schenkt mir wieder seine Aufmerksamkeit.

Für den Bruchteil einer Sekunde glaube ich, etwas in Doms Augen zu sehen. Verunsicherung macht sich deshalb in mir breit. *War das alles doch nur ein Missverständnis?* Mein Versuch, von Pat eine Bestätigung dafür zu ergattern, dass er mich erneut austricksen möchte, scheitert. Ihr einst mitfühlender Ausdruck macht einem kleinen, amüsierten Lächeln Platz.

Okay, ich habe etwas übersehen, da bin ich mir bei Pats Gesichtsausdruck jetzt absolut sicher. Leider habe ich mit meinem Szenario für ausreichend Aufsehen gesorgt, dass ich jetzt unmöglich einen Rückzieher machen kann.

Ein Blick in Doms Augen verrät mir, dass er auf eine Antwort von mir wartet. Trotz des Tageslichtes kann ich erneut seine Augenfarbe nicht definieren. Er schaut mich fordernd an, lässt mir aber Freiraum zum Antworten. Genau wie vor drei Wochen lodert auf einmal in mir ein unbekanntes Selbstbewusstsein auf.

»Wozu? Um noch mehr Blödsinn von dir zu hören?« Ich brauche dringend Frischluft. In meinem Kopf dreht sich alles.

Pat beobachtet das Spektakel mit einem amüsierten Gesichtsausdruck. *Was? Warum sollte ich jetzt sauer auf sie sein? Weil sie schmunzelt? Sie wird ihre Gründe dafür haben. Aber die Erklärung muss warten.*

»Warum fühle ich mich gerade wie in einem Irrenhaus?« Damit wende ich mich an Dom und Pat zugleich.

Pat stopft sich eine weitere Chili-Cheese-Pommes in den Mund, zieht ihre Schultern leicht hoch und verdreht kaum sichtbar ihre Augen. Damit gibt sie mir zu verstehen, dass ich zu weit gegangen bin. Dom sieht überrascht aus.

Von der Situation überfordert und von meinem Gefühlschaos geleitet, ergreife ich von der Sitzfläche meine Handtasche und meine Jacke. »Das ist alles zu viel für mich. Ich gehe!« Dann verabschiede ich mich von Pat und wende mich erneut Dom zu. »Jetzt zu dir!«

Ich drücke meinen Zeigefinger selbstsicher und feste gegen seinen Brustkorb. Erstaunen legt sich über sein Gesicht.

»Lass mich endlich in Ruhe! Verstanden?« Seinen Ansatz, etwas zu sagen, unterbinde ich sofort.

»Ich habe dich längst durchschaut. Heute Nachmittag genauso wie vor drei Wochen. Du nervst so langsam. Du bist bedauernswert, wenn du selbst bei deinen Schickimicki-Mädels nicht mehr landen kannst. Deshalb musst du mich aber nicht andauernd belästigen.«

Ich rede dermaßen schnell, dass Dom gar keine Chance hat, zu antworten. Ich kann ihm ansehen, dass er die Informationen verarbeitet. Letzten Endes hoffe ich darauf, dass er mich verstanden hat.

»Verschone mich mit weiteren Anmachen!«

Ein letztes Mal schaue ich direkt in seine Augen. Es ärgert mich ein wenig, dass ich seine Augenfarbe nicht erkennen kann. Das *Grande Amore* hat kleine Frontfenster, weshalb hier kaum Tageslicht eindringt und immer die Beleuchtung eingeschaltet ist.

Ist es nicht schade, dass immer die Falschen schlechte Menschen sind? Ja, ich bekenne mich schuldig. Er gefällt mir. Ich habe mich schon länger nicht mehr so wohl in der Anwesenheit eines Mannes gefühlt. Aber es ist, wie es ist: Er ist ein Arsch.

Ich nehme meinen Finger von Doms Brustkorb und gehe an ihm vorbei. Mit meiner Schulter stoße ich ihn, weshalb er ins Taumeln gerät.

Okay. Ich weiß, dass das nur geklappt hat, weil ich ihn komplett überrascht habe. Unter normalen Umständen hätte er, ohne mit der Wimper zu zucken, meinen Stoß aufgefangen. Und bei meinem Glück wäre ich dann auf meinen Hosenboden gelandet.

»Tut mir leid, Marietta, dass ich schon gehen muss. Euer Essen war mal wieder superlecker.« Damit überreiche ich ihr am Tresen das Geld für mein Essen. »Der Rest ist für eure Kaffeetasse.«

»Grazie, Lu.« Sie schenkt mir ein herzerwärmendes Lächeln, das ansteckt.

Ich lächle zurück. »Bis zum nächsten Mal!«

»Ciao, bella!«

»Ciao, Marietta und Aidan!«, rufe ich über meine Schulter und gehe dann mit großen Schritten zu der massiven Eingangstür. Schwungvoll öffne ich sie und gelange endlich an die frische Luft.

Es nieselt, und ich bin so aufgewühlt, dass mir diese Abkühlung gelegen kommt. Mit geschlossenen Augen recke ich mein Gesicht gen Himmel und atme die erfrischende Regenluft ein.

Kapitel 3

D & L

Hinter mir meldet sich eine bestimmende, weibliche Stimme zu Wort. Ich erkenne sie sofort: die Unbekannte von vor drei Wochen.

Die überraschende Begegnung mit ihr ließ mich alles um mich herum vergessen. Sie fiel mir schon damals auf. Sie trug an diesem Abend ein figurbetontes Kleid, das ihre sexy Kurven zur Geltung brachte.

Warum siehst du mich ungläubig an? Ich mag es, wenn Frauen Kurven haben und ich keine Angst haben muss, dass sie beim bloßen Anschauen zerbrechen.

Ihre Haare hatte sie kunstvoll geflochten und hochgesteckt. Das leuchtende Rot ihres Kleides zog meine Aufmerksamkeit auf sich. Ich wollte unbedingt herausfinden, weshalb sie sich hübsch gemacht hatte, aber die ganze Zeit über traurig in Gedanken versunken war. Ich konnte ihren tiefen Schmerz sehen. Es musste etwas Schlimmes sein, wie in Trance schaute sie vor sich hin.

Ich erkannte, dass sie sich in ihrer Gedankenwelt befand. Es musste etwas aus ihrer Vergangenheit sein. Zwischenzeitlich huschte ein gequältes Lächeln über ihr Gesicht, vielleicht an eine schöne Erinnerung, die ihr an jenem Abend Schmerz bereitete. Aus der Distanz konnte ich ihren Schmerz förmlich spüren, was in mir den Beschützerinstinkt weckte.

Der unsympathische Typ probierte an dem Abend, bei sämtlichen Frauen im Lokal zu landen. Und als er sein Glück dann bei ihr versuchen wollte, nahm mir das die letzte Hürde, um zu ihr zu gehen. Es bestand zwar die Gefahr, dass ich doch falschlag und sie lediglich versetzt worden war, aber ich konnte nicht anders und musste helfen.

So selbstsicher wie an diesem Abend hatte ich bis dato niemanden zuvor in meinem Arm gezogen. Ihr Duft von einer Blumenwiese stieg in meine Nase und es fühlte sich wie zu Hause an.

Was? Hast du so etwas noch nie erlebt? Ich bis zu diesem Zeitpunkt auch noch nicht. Dann sind wir schon zu zweit.

Ohne dass wir ein Wort gewechselt hatten, fühlte ich mich zu ihr hingezogen. Und als sie sich nun soeben vor mich gestellt hat, ist mir erneut ihr Duft von einer Blumenwiese in die Nase gestiegen. Das hat mich an den besagten Abend denken lassen. Sie hat mich heute erneut so in ihren Bann gezogen, dass ich die zweite Person an ihrem Tisch nicht einmal bemerkt habe.

Verwirrt, leicht überfordert und zugleich von ihrem Verhalten beeindruckt, drehe ich mich um und erblicke die Frau, die mich vorhin im Gym angegrinst hat. Jetzt ist ihr Gesichtsausdruck jedoch weit weg von einem Grinsen.

»Bitte was?«

Dabei spielt sich das heutige Szenario im Schnelldurchlauf erneut vor meinem geistigen Auge ab. *Weißt du, was das sollte? Ich bin immer noch geflasht.* Ein Schmunzeln legt sich um meine Lippen. *Sie hat mich mit ihrer Schulter weggestoßen! Faszinierend!*

Mit der rechten Hand fahre ich derweil geistesgegenwärtig kurz über die Stelle, wo sie zuvor ihren Finger auf meine Haut gepresst hat. Ich spüre es immer noch, so fest hat sie gedrückt.

Was für eine Aktion! Bis jetzt haben alle Mädchen und Frauen immer nur nach meinem Mund geredet. Keine hat versucht, mir ihre eigene ehrliche Meinung mitzuteilen und dabei selbstsicher vor mir zu stehen. Geschweige denn mir mit einem erhobenen Finger auf Augenhöhe zu begegnen.

»Du hast mich schon verstanden!« Ihr Tonfall weist den Hauch einer Bedrohung auf und lässt mein Grinsen abebben.

Trotzdem überschlagen sich weiterhin meine Gedanken und bringen mich zu der Frage, warum ich sie hier zuvor noch nie gesehen habe. Sie wirkt vertraut mit Marietta und Aidan.

Die andere Frau, wohl ihre Freundin, stellt ihre Ellenbogen auf der Tischplatte ab und sieht mich herausfordernd an. Dabei schiebt sie sich eine weitere Pommes in den Mund und kaut dabei provokant.

»Ist das alles nur ein blödes Spiel für dich, was du da abziehst?«

Sie wiederholt ihre Frage und verschränkt ihre Arme vor ihrem nach hinten geschobenen Teller.

Ihr Blick ist so intensiv, dass ich mich ein wenig eingeschüchtert fühle. Ja, sie muss die beste Freundin sein. Ihr Verhalten ist ein typisches Merkmal dafür.

»Rede endlich, dir läuft die Zeit davon!«

Total überfordert und wie ein unreifer Teenager bekomme ich keinen ordentlichen Satz formuliert. *So was ist mir noch nie passiert.* Ich schaue von der Tür wieder zum Tisch.

»Nein!«, kommt es mit Schnappatmung endlich über meine Lippen. »Nein, das ist alles nur ein Missverständnis!«

Sie mustert mein Gesicht und scannt meinen ganzen Körper. Die Freundschaft zwischen den beiden scheint etwas Besonderes sein, wenn ich mich durch ihr Verhör wie vor Gericht fühle. Das alles verwirrt mich. Zumal ich die Rotblonde vor mir nicht einschätzen kann.

Sie starrt mich einen kleinen Moment länger an, ohne mit der Wimper zu zucken, und sagt dann mit einem strengen Gesichtsausdruck: »Sie heißt Luana. Nenn sie Lu und du hast ihre Aufmerksamkeit!«

»Bitte was?« Ich kann ihr nicht folgen und schaue immer wieder zwischen Tür und Tisch hin und her.

Hat sie mir den Namen meiner Unbekannten genannt? Luana? Was für ein schöner Name.

»Nun lauf ihr schon hinterher. Die Chance, dass du sie einholst, sinkt mit jeder verstrichenen Sekunde!«

Jetzt kommt ihre Information in meinem Kopf an. »Danke!« Mit einem Nicken schaue ich die Rotblonde ein letztes Mal an und setzte mich in Bewegung. Weit kann Luana nicht sein.

Mit großen Schritten begebe ich mich zur Tür. Dass ich mit meinen Freunden hierhergekommen bin, interessiert mich in diesem Moment reichlich wenig. Ich werde es ihnen später erklären.

Kräftig stoße ich eine der beiden Flügeltüren auf und gelange nach draußen. Frischluft wirbelt direkt in mein Gesicht. Nach dem, was im *Grande Amore* passiert ist, kommt mir diese Erfrischung wie gerufen. Es nieselt leicht. Die Gesamtsituation hat mich aus der Bahn geworfen. Ich schaue kurz in den Himmel und sehe die vereinzelten Tropfen auf mich niederschweben. Diese paar Sekunden brauche ich, um einen klaren Kopf zu bekommen.

Wo wird mich das alles hinführen? Aber wird es mich überhaupt irgendwo hinführen? Was passiert hier gerade eigentlich? Und wo befinde ich mich?

Wenn ich mich nicht spute, werde ich es nie herausfinden.

Ich muss sie unbedingt einholen. Wie kann ich ihr sonst alles erklären? Nach einem letzten, tiefen Atemzug senke ich meinen Kopf und schaue nach rechts und links.

Welche Richtung hat sie wohl genommen? Hoffentlich finde ich sie überhaupt. Es sind nicht viele Passanten unterwegs, aber die Menschenmenge reicht aus, um ihre Spur zu verlieren.

Ein paar Meter zu meiner Linken sehe ich einen schwarzen Pferdeschwanz hin und her tanzen. Luana! Ich bewege mich sofort in ihre Richtung.

»Luana!«, rufe ich ihr nach. Aber sie bleibt nicht stehen. Hört sie mich nicht? »Luana!«, rufe ich lauter. Passanten in meiner unmittelbaren Nähe drehen sich zu mir um. Ich bezweifele, dass sie alle Luana heißen.

Zügig versuche ich, mir einen Weg durch die Menge zu bahnen. Jeder scheint mich zu hören, nur sie nicht. Sie ignoriert mich und erhöht sogar ihr Tempo. Ihre Haare wirbeln in sämtliche Richtungen. Was wird das denn jetzt? Ich beeile mich, um sie einholen zu können, muss ich jetzt rennen.

Nenn sie Lu und du hast ihre Aufmerksamkeit, flüstert mir eine innere Stimme zu.

»Lu!«

Sie bleibt abrupt stehen. Bingo!

Kurz bevor ich sie einhole, dreht sie sich in meine Richtung um und es trifft mich wie ein Donnerschlag.

Schwarzes Haar, zu einem Pferdeschwanz zusammengebunden.

Eisgrüne Augen.

Die kleinen Sommersprossen auf ihrer Nase.

»Bitte bleib stehen«, flehe ich sie an.

Sie trägt eine helle Hose und ein rosafarbenes Oberteil. Die Jacke hält sie feste in der einen Hand und in der anderen ihre Handtasche.

Sie sieht perfekt aus. Viele glauben mir nicht, wenn ich sage, dass eine Frau Kurven haben muss. Man will doch was in der Hand haben.

Oder sehe ich das falsch? Wie siehst du das?

Luana raubt mir den Atem. Jedes Mal, wenn ich sie sehe, wirkt sie noch hübscher. Und jetzt bei Tageslicht … Mir fehlen die Worte.

Mir schlägt mein Herz bis zum Hals. Und das kommt nicht nur davon, dass ich mit den falschen Anziehsachen eine kleine Joggingeinlage hinlegen musste.

Eigentlich bin ich sportlich. Aber bist du schon mal mit einer Lederjacke, einer etwas enger anliegenden Hose und Schuhen mit steifer Sole jemanden hinterhergelaufen? Kann ich nicht empfehlen. Aber ich bereue es nicht. Denn die Tatsache, dass sie sich umgedreht hat, lässt mich hoffen, dass sie mir eine Chance gibt, zu Wort zu kommen.

»Gib mir bitte … bitte einen Moment zum Erklären!«

Ich flehe sie förmlich an und ringe dabei nach Luft. Der Sprint war eine Herausforderung. Zum Glück hat der Nieselregen aufgehört.

In mir gibt es nur einen Gedanken: *Hoffentlich hört sie mir zu. Bis jetzt brauchte ich nie um Aufmerksamkeit zu betteln. Das ist weiterer Punkt, weshalb mich diese Frau so fasziniert.*

Drück mir die Daumen, dass es klappt. Denn sonst habe ich versagt!

In dem Moment, als ihr Blumenduft zu mir durchdringt, sehe ich sie wieder an diesem Abend neben mir stehen. Ich habe meinen Arm um ihre Schultern gelegt und fühle mich wie in einem Rausch.

»Was willst du?« Sie kneift ihre Augen wütend zusammen. »Kannst du mich nicht einfach in Ruhe lassen?«

Genervt dreht sie sich um und setzt zum Weitergehen an. Aber ich bin schneller und schneide ihr mit meinem Körper den Weg ab.

»Gib mir zwei Minuten, okay?« Meine Hände halte ich vor mir hoch in die Luft. Ich möchte sie nicht mehr bedrängen, als ich es eh schon mache. Es muss mir gelingen, ihr zu zeigen, dass es keine Anmache war. Ein Blick in ihre Augen und meine zurechtgelegten Sätze sind alle weg.

Wie macht sie das? So etwas ist mir noch nie passiert!

Sie kneift ihre Augen mehr zusammen und legt den Kopf leicht schief. Dabei wirft sie sich ihre Handtasche über die Schulter, die sie vorher in ihrer Hand gehalten hat und wickelt die Jacke um ihre Unterarme, die sie vor ihrem Bauch verschränkt hat. Ihr Pferdeschwanz tänzelt ein wenig.

»Zwanzig Sekunden sind schon vorbei.«

»Das ist keine Masche von mir. Bitte glaube mir!«

Sie zieht einen Arm aus der umwickelten Jacke, winkt mit der Hand in der Luft herum und setzt zum Protestieren an. »Ich habe nur zwei Minuten. Also bitte! Erst ich, dann du. Okay?«

Ich möchte nicht durch meinen ausgestreckten Zeigefinger bedrohlich wirken, um mein Zepter zurückzuerlangen. Deshalb öffne ich meine Hände und zeige ihr meine Handinnenflächen. Dabei halte ich sie leicht seitlich vor meinem Körper. Mein Versuch, die Gesprächsführung wieder zurückzuerhalten, gelingt mir auch ohne erhobenen Finger. Sie öffnet ihre Augen ein wenig, schiebt ihren rechten Fuß etwas vor, verlagert ihre Hüfte und schiebt ihren Arm wieder in die Jacke vor ihrem Bauch.

»Das, was vor drei Wochen passiert ist …« Ich pausiere, um ihre Reaktion zu beobachten. Sie lässt mich weiterreden. Sehr gut! »… da wollte ich wirklich nur helfen. Der Typ sah nach Ärger aus. Er hat über den Abend hinweg sämtliche Frauen im *Grande Amore* so schmierig angemacht. Und als er es bei dir versucht hat, da … da … Ich musste das unterbinden.«

Obwohl ich mich nach der kleine Joggingeinlage schnell erholt habe, schlägt mir mein Herz weiterhin bis zum Hals. Sie fasziniert mich mehr denn je. Und mehr, als ich es mir eingestehen will. Es liegen Welten zwischen der zerbrechlichen Luana von vor drei Wochen und der Luana, die in diesem Moment vor mir steht. Sie wirkt heute dominant und selbstsicher. Stillschweigend hört sie mir weiter zu.

»Jeder sollte mit Respekt behandelt werden. Und nach Respekt sah dieser Typ für mich nun einmal nicht aus.«

Ein Schatten huscht über ihr Gesicht. Luana versucht, nach außen hin weiterhin stark zu wirken. Aber ich bin mir sicher, dass ich den richtigen Nerv getroffen habe.

»Ich wusste nicht, wie ich sonst hätte helfen sollen und habe instinktiv gehandelt.«

Am liebsten würde ich ihr sagen, dass ich ihr Leid sehen konnte. Dass es mich zerrissen hat, ihr nicht den Schmerz nehmen zu können. Warum traue ich mich nicht, es ihr zu sagen? Wovor habe ich Angst?

Ich bin keiner dieser typischen Bad Boys. Ich leugne nicht, dass ich gerne mal eine hübsche Frau an meiner Seite habe. Und ich leugne auch nicht, dass ich gerne Sex habe. Wer hat das nicht? Aber ich habe meine Prinzipien. Eine Frau hat man ehrwürdig zu behandeln und es sollte alles im Einverständnis passieren.

Eine feste Beziehung kommt für mich eigentlich aktuell nicht infrage. Hört sich vielleicht blöd an. Aber dafür habe ich, wegen des derzeitigen Auftrags in der Werkstatt, keinen Kopf. Und dennoch erweckt Luana etwas in mir, das anders ist und nach mehr verlangt.

Es ist alles so anders. Ich suche immer noch nach den passenden Worten und fahre mir mit der Hand durch mein Haar. Dabei schaue ich kurz über die Menschenmasse hinweg und hole tief Luft.

Erkläre mir bitte einmal, warum das alles so schwer ist?

»Gib mir bitte eine Chance, dir zu zeigen, dass ich so nicht bin!«

Sie umfasst mit einer Hand ihre Jacke und hebt beide Arme in die Luft. Dabei verdreht sie ihre Augen. »Ihr seid doch alle gleich!«

»Bitte was?«

Wovon spricht sie?

»Du weißt ganz genau, wovon ich rede!« Zorn legt sich über ihre Stimme. »Ihr sucht euch ein kleines, hilfloses Opfer für eure Trophäensammlung und setzt dann jeden Hebel in Bewegung, um erfolgreich zu sein.« Ein Schleier der Verletzbarkeit legt sich über ihr Gesicht.

Wie kommt sie darauf, dass sie eine Trophäe für mich ist? Ist es denn nicht nachzuvollziehen, dass sie mir gefällt?

»Ich enttäusche dich ungern, aber ich weiß nicht, wovon du sprichst.« Ungläubig schaut sie mir in die Augen.

»Es missfällt mir, dass du mich in eine Schublade steckst, ohne mich zu kennen. Gib mir eine Chance, das zu ändern!«

»Wozu soll das gut sein?« Der Riemen ihrer Handtasche rutscht leicht an ihrer Schulter hinab und sie muss ihn richten.

»Die zwei Minuten sind um.« Sie wirkt ein wenig unentschlossen. »Und wer sagt, dass ich das ändern möchte?«

Ich habe das Gefühl, dass dieses Gespräch noch nicht vorbei ist. Etwas hilflos schaut sie auf die vorbeilaufenden Passanten. *Könnte das meine Chance sein?*

Da platzt es aus mir heraus. »Ein Abend.«

Jetzt oder nie.

»Was?« Ihr Kopf schwingt zurück in meine Richtung. Dabei schiebt sie ihre Augenbrauen leicht zusammen und sie verzieht das Gesicht, als hätte sie auf eine Zitrone gebissen.

»Ein Abend. Sagen wir, zwei oder drei Stunden?«

»Wozu soll das gut sein?«

Sie versucht, Zeit zu schinden. Wenn ich es jetzt nicht vermassele, habe ich eventuell Glück.

»Sieh es als eine Art Wiedergutmachung an.«

Sie lächelt leicht herausfordernd. »Ist das deine Masche, um Verabredungen zu bekommen, weil du sonst verzweifelst?«

Daraufhin kann ich ein kleines Lächeln nicht unterdrücken. »Nein, ich bin absolut nicht verzweifelt. Ich möchte mich lediglich bei dir entschuldigen. Du entscheidest, wann, wo und was. Ich zahle.« Dabei schaue ich ihr direkt in die Augen und hoffe, dass sie sich nicht erneut umdreht und geht.

»Ist das dein Ernst?«

Wenn ich jetzt sagen würde, dass sie mich noch ungläubiger anschaut als vorhin schon, wäre das nicht gelogen. Sie weiß nicht, was sie von diesem Angebot halten soll. Ich kann es sehen. Sie ringt mit sich, neugierig und beängstigt zugleich.

Dann wirkt ihr Gesichtsausdruck plötzlich weicher. Sie überlegt es sich tatsächlich! Das Blatt kann sich noch wenden, aber ich bin positiv gestimmt.

Wieder schaut sie auf die Menschenmasse. Ich starte einen letzten Versuch, ihr das Angebot schmackhaft zu machen.

»Ein Abend. Zwei Stunden. Du entscheidest, was passiert. Egal, was es ist oder wohin es geht. Ich zahle. Was sagst du dazu?«

Muss ich selbst verstehen, was ich hier mache? Ich komme mir blöd dabei vor. Aber sie muss wissen, dass ich keiner von denen bin, die nichts Gutes im Schilde führen. Es ist mir wichtig, dass sie es weiß. Frag mich nicht, warum mir das wichtig ist. Ich habe keine Ahnung.

»Ein Abend? Zwei Stunden?«, wiederholt sie und schaut kurz auf ihre Hand, mit der sie die Handtasche festhält, damit der Riemen nicht ein weiteres Mal herunterrutscht.

»Ähm, ja.« Sie reißt mich damit aus meinen Gedanken.

»Egal, was ich möchte?«

Aus Angst, ich könnte etwas Falsches sagen, nicke ich und halte dabei meine Luft an. Sie atmet zwei Mal etwas tiefer ein und aus und schaut mich direkt an.

»Gib mir deine Nummer. Ich überlege es mir.«

Sie holt ihr Handy aus ihrer Handtasche, aktiviert das Display und schaut mich mit einer Mischung aus Selbstsicherheit und ein wenig Verunsicherung an.

Aber sie will meine Nummer haben. Das ist doch gut, oder? Langsam atme ich wieder aus.

Während sie meine Nummer eintippt, verändert sich ihr Gesichtsausdruck wieder.

Sie ist immer noch nicht von meinem Angebot überzeugt, aber immerhin will sie es sich überlegen.

»Wenn ich mich bis morgen Abend um neunzehn Uhr nicht bei dir gemeldet habe, hoffe ich, dass ich dich nie wiedersehen werde und du mich in Ruhe lässt!«

Jetzt schaut sie mich wieder mit einer Selbstsicherheit an, die ich schon zwei Mal zuvor bei ihr gesehen habe. Zum ersten Mal an besagtem Freitagabend. Zum zweiten Mal vorhin, wieder im *Grande Amore* – und nun schafft sie es erneut, dass wir uns auf Augenhöhe begegnen.

Ich möchte etwas sagen, aber jetzt steht sie wieder mit ihrem ausgestreckten Finger vor mir. Sie berührt mich nicht, aber trotzdem spüre ich einen imaginären Druck auf meiner Brust, wie zuvor im Lokal.

»Haben wir uns verstanden?«

Ihre Botschaft ist eindeutig. Beeindruckt von ihrem plötzlichen Selbstbewusstsein kann ich nur nicken. Mein kleines *»Danke«* untermalt meine Freude, eine Chance bei ihr bekommen zu haben.

Ein kleines Lächeln bildet sich um ihre Lippen, das mein Herz höherschlagen lässt. Sie schaut mir ein letztes Mal direkt in die Augen, bevor sie sich ohne ein weiteres Wort wieder in Bewegung setzt. Sie geht an mir vorbei und lässt mich in der Masse an Menschen zurück.

UND *wo* IST DEINE NÄCHSTE AUSFAHRT?

ELA BRAUN

Kapitel 4

L & D

»Luana!«

Oh, warte nur, Pat, bis ich dich erwische! Wie konntest du mir das antun? Warum hast du diesem Fremden meinen Namen genannt?

»Luana!« Jetzt ruft er mir noch lauter hinterher.

Ich hoffe für dich, Pat, dass du …

»Lu!«

Ich schließe meine Augen und atme einmal tief ein. *Das wirst du mir büßen, Patricia!*

Abrupt bleibe ich stehen und weiß nicht, was mich mehr in Rage bringt: Meine beste Freundin, die einem Fremden meinen Namen genannt hat, oder die Tatsache, dass er glaubt, er könnte mich ohne Probleme um seinen Finger wickeln. Ich drehe mich um und komme ins Trudeln, weil er auf mich zugerannt kommt.

Als er fast auf meiner Höhe ist, verringert er sein Lauftempo. Letzten Endes bleibt er kurz vor mir stehen. Er ist etwas außer Atem. Es liegt wohl eher an der falschen Kleidung, denn seine Kondition ist gut. Er trägt eine enger anliegende schwarze Jeanshose mit weißen Fäden an manchen Stellen. Der Stoff ist dort nicht komplett aufgerissen, nur angeritzt. Sein locker sitzendes weißes T-Shirt wird von einer dunkelbraunen Wildlederjacke bedeckt.

Er fährt sich mit der rechten Hand durch sein blondes Deckhaar. Die Seiten sind, wie vor drei Wochen, kürzer geschnitten. Und genau wie an dem besagten Freitagabend bleibt ein Teil seiner Haare in der neuen Form liegen, vereinzelte Strähnen fallen rebellisch in sein Gesicht zurück.

Er sieht mich direkt an und es fällt mir schwer, nicht sofort nachzugeben. Ich verliere mich sofort in den Weiten seiner Augen.

Was? Ähm, ja! Ich habe schon mal in meinem Leben in Augen geschaut. Was glaubst du denn? Aber keine waren so faszinierend wie diese. Ich blicke in ein unbeschreibliches Blau. Nicht so hell wie Eis, aber auch nicht so dunkel wie das Meer. Es ist ein schöner Blauton, irgendwo dazwischen.

Und das Highlight: Sein linkes Auge hat in der unteren Hälfte zusätzlich einen braunen Farbklecks.

Hast du so etwas schon mal gesehen? Ich nicht. Einen Menschen mit verschiedenfarbigen Augen? Ja. Aber zwei unterschiedliche Farben deutlich getrennt in einem Auge? Nein.

»Gib mir bitte … bitte einen Moment zum Erklären!«

Neuer Tag, neues Glück. So sagt man doch immer, oder nicht?

Der heutige Morgen ist bei mir weder das eine noch das andere. Seit einer Ewigkeit starre ich auf meinen

Monitor und den immer gleichen Takt des Cursors. Jeder Versuch, mich auf die Arbeit zu konzentrieren, scheitert. Wie hypnotisiert beobachte ich weiter den Takt des Cursors. Dadurch steigt Müdigkeit in mir hoch, weil ich in der Nacht kaum ein Auge zubekommen habe. Mit meinen Händen fahre ich mir über mein Gesicht.

Das gestrige Gespräch mit Dom ging mir nicht mehr aus dem Kopf, nachdem ich ihn in der Menschenmenge hatte stehen lassen. Immer und immer wieder hallte sein Angebot in mir nach. Wenn ich meine Augen schloss, sah ich sein Gesicht vor mir und sein Blick nahm mich erneut gefangen. Ziellos irrte ich durch die Stadt, bis meine Füße selbständig den Weg nach Hause fanden. Auf meinem Smartphone gingen insgesamt zehn Nachrichten von Pat ein, nachdem ich das *Grande Amore* verlassen hatte.

Süße, melde dich bitte bei mir,
wenn du das hier liest.
Bis später <3

Bist du sauer auf mich?

Es tut mir leid, ich konnte
nicht anders!

Der lange Spaziergang an der frischen Luft half mir dabei, mich wieder zu regenerieren. Auf die ersten Nachrichten wollte ich nicht antworten. Meine Wortwahl wäre nicht vorteilhaft gewesen und zu emotional. Das empfand ich, trotz aller Wut, als unfair. Sie schrieb mir fürsorglich und verständnisvoll, weil sie wusste, was sie falsch gemacht hatte.

Aber ich wollte in Ruhe nachdenken und schaltete mein Smartphone auf lautlos. Und obwohl ich Pat am liebsten den Hals umgedreht hätte, konnte ich ihr nicht lange böse sein. Das kann ich nie. Tief in meinem Herzen wusste ich, dass sie es gut gemeint hatte. Und weil sie mich ebenfalls gut kennt, lautete ihre letzten Nachrichten folgendermaßen:

Ich sehe die blauen Haken
und weiß, dass du meine
Nachrichten gelesen hast.

Melde dich, wenn du wieder
zu Hause bist.
Bin auf deine Berichterstattung
gespannt! ;-P

Ich drücke dich, Süße <3

Ein Klopfen an meiner Bürotür reißt mich aus meinen Gedanken. Pat wartet keine Antwort ab, sondern öffnet die Tür halb, kommt herein und bleibt im Rahmen stehen.

»Kommst du mit? Ich könnte einen weiteren Kaffee vertragen.«

Nach der gestrigen Rückkehr in meine Wohnung schrieb ich Pat und zog mir bequemere Sachen an. Wie angekündigt, kam sie vorbei und ich musste ihr alles bis ins kleinste Detail erzählen. Bevor wir es uns auf der Couch gemütlich machten, hatte ich uns eine kleine Erfrischung gemixt.

Kennst du einen Bambula? Das ist ein alkoholfreier Cocktail aus Maracuja-, Ananas-, und Orangensaft. Dazu Crushed Ice, Limette und Rohrzucker. Lecker, sag ich dir, und erfrischend zu gleich.

Aber ich möchte dir jetzt nichts über Cocktails erzählen, sondern lieber über unsere Freundschaft. Pat nahm mich vor knapp einem Jahr hier in Münster bei sich auf.

Wie du dich vielleicht erinnerst, hat damals ein unerwartetes, schlimmes Ereignis mein Leben auf den Kopf gestellt. Ich erzähle dir später mehr davon, aber heute fühle ich mich nicht bereit dazu, dich daran teilhaben zulassen. Bitte verzeih mir.

Mir standen damals nicht viele Möglichkeiten zur Verfügung. Und weil mich das Ganze überfordere, entschied ich mich dazu, Pats Angebot anzunehmen und von Neuss nach Münster zu ziehen.

Pat nahm mich bei sich auf, ohne zu wissen, wie lange ich bei ihr wohnen würde. Das erinnerte mich daran, dass sich unsere Wege nach der zehnten Klasse getrennt und wir nicht gewusst hatten, wann wir uns wiedersehen würden, nur andersherum. Pat machte ihr Abitur in einer anderen Stadt, ging danach für zwei Jahre ins Ausland und fing danach in Neuss bei einem mittelständigen Betrieb an.

Mein Lebenslauf ist weniger spektakulär. Nach meinem Schulabschluss entschied ich mich für eine

Ausbildung zur Bürokauffrau und wechselte danach zwei Mal den Betrieb, bis ich bei meinem inzwischen Ex-Arbeitgeber angelangt war.

Über die Jahre hinweg blieben Pat und ich immer in Kontakt. In Münster verschaffte mir Pat einen Arbeitsplatz bei ihrem Arbeitgeber und nach meiner Probezeit half sie mir bei der Suche nach einer eigenen Wohnung. Sie liegt nicht direkt in der Innenstadt, ist aber nah genug, dass ich bei trockenem Wetter mit dem Rad zur Arbeit fahren kann. Oder ich gehe zu der Bushaltestelle in der Nebenstraße. Da fährt immer eine Linie entlang, die direkt vor dem Bürogebäude hält, wo ich arbeite.

Ich werde Pat nie genug dafür danken können, wo ich wegen ihrer Hilfe heute stehe. Sie arbeitet in der Marketingabteilung und macht eine Weiterbildung, um einen Fuß in die Führungsebene setzen zu können. Eine unserer gemeinsamen Lebensphilosophien lautet: »Wer aufhört, zu lernen, hört auf, zu leben!« Ich arbeite in der Buchhaltung. Nächstes Jahr habe ich eine Weiterbildung: einen Sprachkurs, der meine Englischkenntnisse verfeinern soll.

Mein Vorgesetzter, Herr Dörnekamp, war von meinem Vorschlag begeistert gewesen und hatte das Seminar genehmigt, ohne zu zögern.

Er kannte damals als Einziger in der Firma, neben Pat, den wahren Grund für meinen Umzug. Er versuchte, mich so schonend wie nur möglich einzuarbeiten. Mir hätte zu dem Zeitpunkt nichts Besseres passieren können. Die Dankbarkeit, die ich Herrn Dörnekamp gegenüber verspüre, werde ich nie in Worte fassen können. Deshalb möchte ich mich erkenntlich zeigen. Und weil wir auch mit Kunden im Ausland korrespondieren und mein Englisch nicht sonderlich gut ist, möchte ich somit meinen Teil in der Firma dazu beitragen.

Damals stürzte ich mich zur Ablenkung in die Arbeit und schaffte es nicht nur, mich zu seiner vollsten Zufriedenheit einzuleben, sondern meistens sogar auch, alle Aufgaben vor der Deadline fertigzustellen. Daraufhin bekam ich nach meiner Probezeit ein eigenes, kleines Büro, behielt meine Stelle als Herrn Dörnekamps persönliche Assistentin – und was das Coolste ist, ich darf zwischendurch Homeoffice machen.

Ich glaube, das ist auch ein Grund mehr, mich zu revanchieren.

Heute Morgen hatte ich erst überlegt, ob ich von dem Luxus des Homeoffice Gebrauch machen sollte. Aber der Takt des Cursors wäre zuhause derselbe gewesen, und hier sorgte Pat für kleine Abwechslungen.

Ich liebe Pat. Vor fünf Monaten begann die Suche nach einer passenden Wohnung für mich. Ich hatte Glück und wurde schnell fündig. Sehr zu Pats Leidwesen. Wenn es nach ihr gegangen wäre, würde ich heute noch bei ihr wohnen. *Verstehe mich jetzt nicht falsch. Ich weiß ihre Hilfsbereitschaft sehr zu schätzen.* Deshalb war es für mich nicht verwunderlich, dass sie mich beim Auszug anflehte, zu bleiben.

Dennoch wusste ich, dass ihr »Privatleben« unter meiner Anwesenheit litt. Auch, wenn sie nie etwas sagen würde, wusste ich, dass sie auf mich Rücksicht nahm. Und diese wollte ich nicht länger in Anspruch nehmen.

Sein Glück sollte man nie zu stark strapazieren, meinst du nicht auch?

»Und, hast du dich schon entschieden?«

Wir stehen in der Gemeinschaftsküche meiner Abteilung und warten auf unser Edelgesöff. Vor ein paar Monaten hat der alte Brühautomat über Nacht seinen Geist aufgegeben. Und der neue Kaffeevollautomat ist seit jeher heiß begehrt. Neben dem Automaten stehen ein paar Boxen mit einer großen Auswahl an Kapseln. Milder Kaffee, entkoffeinierte Kaffee, Espresso, Cappuccino, Latte macchiato. Ach, einfach alles, was das Kaffeeherz höherschlagen lässt. Einige bringen trotzdem ihre Favoriten von zuhause mit. Für Pat und mich ist bis jetzt immer etwas in den Boxen dabei gewesen.

Pats milder Kaffee läuft zuerst durch den Kaffeevollautomaten. Mit ihrer Frage vorhin meinte sie Doms Angebot, worauf ich nur mit einem Schulterzucken antworte.

Ich weiß nicht, ob ich es wagen soll oder nicht. Kannst du mir einen Tipp geben?

»Was hast du zu verlieren, Lu?«

»Ich weiß nicht, ob ich dieses Treffen möchte.«

Seufzend nimmt Pat ihren dampfenden, fertigen Kaffee und stellt meine leere Tasse unter den Ausgießer. Sie legt meine ausgesuchte Kapsel in die dafür vorgesehene Stelle ein und drückt auf *Start*.

»Möchtest du einen Rat von deiner besten Freundin?« Sie lehnt sich gegen die Arbeitsplatte und rührt den

Zucker unter. Ein paar Mal pustet sie in den Dampf und stellt beim ersten Schluck fest, dass ihr Kaffee zu heiß ist.

»Wenn ich nein sage, ignorierst du es sowieso. Also?« Dabei lache ich sie verschmitzt an.

»Auch wenn ich Dom als Bubi bezeichnet habe, ist er nicht von schlechten Eltern.« Sie pustet weiter in ihren Kaffee und sieht mich über den Tassenrand hinweg an. »Es wird dir guttun, mal vor die Tür zu kommen. Und wenn er zahlen möchte? Umso besser. Ich kann mir gut vorstellen, dass es sich lohnen wird.«

Tief in mir drin weiß ich, dass Pat recht hat. Was habe ich schon zu verlieren?

Pat schaut mich weiter sanft über ihren Tassenrand hinweg an.

Das ist wieder einer dieser Momente, in dem nur einer ihrer Blicke ausreicht, um mich zu besänftigen – wie es schon so viele Male geklappt hat. Aber dieses Mal fühle ich mich anders. Ich kann es nicht erklären.

Dieses Gefühl verleitet mich dazu, zu einem Protest anzusetzen. Aber Pat lässt mich nicht zu Wort kommen.

»Ich habe gesehen, wie er dich angeschaut hat. Das ist dir eventuell in deinem Wahn nicht aufgefallen.«

Während sie die Tasse zu ihrem Mund führt, schmunzelt sie mich an. Ihr zweiter Versuch, einen Schluck Kaffee zu ergattern, scheitert ebenfalls. Normalerweise gibt sie dem heißen Getränk die Möglichkeit, sich abzukühlen.

Sie hat mir übrigens bei unserem ersten Kaffee heute Morgen verraten, dass sie einen Typen kennengelernt hat, der sich gerne ein zweites Mal mit ihr treffen möchte. Ach, meine liebe Pat. Ich freue mich so für sie, dass sie nicht länger auf mich Rücksicht nehmen muss. Und wie ich sehe, verleitet ihre neue Bekanntschaft sie dazu, mich ebenfalls zu einem Date zu motivieren.

Aber ist das mit Dom überhaupt ein Date? Wie würdest du sein Angebot bezeichnen?

Da ich mir letztens erst meine Lunge am Kaffee verbrannt habe, puste ich vor dem ersten Schluck in meine Tasse und denke über Pats Worte nach. Die Erwähnung von gestern Nachmittag lässt mein Herz ein wenig höherschlagen. Ich sehe Doms blaue Augen vor mir und trinke verträumt meinen heißen Seelenbalsam.

»Du hast nichts zu verlieren. Triff dich mit ihm. Schau, wo es hinführt.« Pat beobachtet mich und schafft es beim dritten Versuch, einen Schluck zu trinken.

Ich inhaliere derweil den Duft meines Getränks. Der neue Flavour macht es köstlicher: Kaffee mit Karamell ist meine neue Kaffeeleidenschaft.

Nach einer künstlerischen Pause sagt Pat zum Abschluss: »Ansonsten kenn' ich Leute, die Leute kennen. Die kosten auch nicht viel. Sie erledigen trotzdem ihre Arbeit sehr gewissenheit und souverän. Okay, wir beide müssten im Vorfeld Urlaub nehmen, damit es keine Verbindung gibt. Aber das sollte sich dann auch regeln lassen!« Ich reiße meine Augen weit auf und starre Pat ungläubig an, woraufhin sie lacht. »Spaß! Das ist nur Spaß! Er scheint dir doch zu gefallen?« Damit begibt sie sich Richtung Küchentür. »Mach es einfach. Triff dich mit ihm. Es sind nur zwei Stunden!«

Damit lässt sie mich in der Küche allein zurück. Im Türrahmen bleibt sie stehen, dreht sich zu mir um und wirft mir einen Handkuss zu. Mit meiner Tasse in der Hand bleibe ich einen Moment länger stehen und gehe ihre Worte erneut im Kopf durch.

Der wunderbare Duft dieser beruhigenden Substanz legt sich derweil wie Balsam über meine Seele. Ich ziehe mein Handy aus meiner Gesäßtasche und gebe eine Nachricht ein.

> Hey Dom!
> Diesen Freitag
> 18:30 Uhr
> Am Rohrbusch 81
> Sei pünktlich!
> Lu

Ich atme lange aus und bemerke erst jetzt, dass ich die ganze Zeit über meine Luft angehalten habe. Wie ein Teenager, der sich zu seinem ersten Date verabredet. Sehr erwachsen, Lu! Sehr erwachsen! Ich muss über mich selbst lachen und zucke fast zusammen, als mein Display aufleuchtet.

> Hey Lu!
> Ich werde pünktlich sein.
> Dom

D & L

Das Smartphone liegt vor mir auf dem Schreibtisch. Es ist auf Lautlos, aber auf Vibrieren eingestellt. Ein Geräusch, das man nicht überhören kann. Trotzdem habe ich Schiss, dass ich Luanas Nachricht versäumen könnte.

Wird sie mir überhaupt schreiben? Was meinst du?

Es ist erst Viertel nach zehn am Morgen, bis neunzehn Uhr kann einiges passieren. Mein Bauchgefühl sagt mir, dass sie sich melden wird.

Da war etwas in ihren Augen, das ich mir nicht erklären kann. Als ich ihr gestern sagte, dass Frauen mit Respekt zu behandeln sind, sah ich in ihren Augen etwas aufflackern. Als könnte sie nicht glauben, dass jemand wie ich so etwas sagt. Aber warum sollte ich es nicht sagen? Verstehst du das?

Ein erneuter Blick auf das Display: keine neue Nachricht. Ich schiebe das Smartphone beiseite und wende mich wieder meinen Zeichnungen zu. Ein neuer Auftrag wartet darauf, von uns zum Leben erweckt zu werden. Meine Jungs und ich bauen Chopper auf Kundenwunsch.

Die ersten Gespräche für dieses Projekt sind gut verlaufen und die Wünsche für den aktuellen Job alle realistisch und umsetzbar. Trotzdem sind diese beiden anders und etwas Besonderes. Es ist ein Großauftrag über zwei Bikes. Nichts, was nicht zu schaffen wäre.

Wir liegen gut in der Zeit. Der letzte Auftrag ist früher fertig geworden. Das verschafft mir Luft für unser aktuelles Baby.

Soll ich dir mal erzählen, wie ich zu meinem Beruf gekommen bin? Die Liebe zum Schrauben habe ich durch meinen Opa erlangt. Er hatte damals seine Veteraner Tomos 3P Lux immer wieder repariert und so lange am Laufen gehalten, bis ich sie übernehmen konnte. Die alten Maschinen waren schon top. Das hat mich auf den Geschmack gebracht, selbst in diesem Bereich kreativ zu werden.

Ein tolles Ventil, um den Kopf freizubekommen. Nach der Schule wusste ich sofort, was ich mir für meine Zukunft vorstellte: Es sollte eine eigene Werkstatt werden. Ich startete direkt mit einer Lehre zum Zweiradmechaniker, dann folgte die Ausbildung zum Karosserie- und Motorradbaumechaniker. Und zum Schluss habe ich, neben meinem Vollzeitjob, auf der Abendschule, meinen Meister gemacht.

Der Anfang war alles andere als leicht. Aber ich habe mich durchgebissen und bin stolz auf meinen heutigen Standpunkt. Meine Jungs und ich, wir kennen uns durch unsere Ausbildung und haben schnell herausgefunden, dass wir auf einer Wellenlänge liegen. Nachdem wir ein paar Jahre Berufserfahrung gesammelt hatten und ich mit meiner Meisterschule fertig geworden war, stand für uns fünf fest, dass wir unsere Träume zusammen verwirklichen wollten. Wir wollten was Besonderes erschaffen. Unser Traum war es, auf die Wünsche der Kunden eingehen zu können und somit der Individualität grenzenlose Freiheit zu verleihen.

Die Jungs in meinem Team, Benjamin, Florian und Alexander, arbeiten für mich. Tom, der zuerst mit uns geschraubt hat, ist im vergangenen Jahr mit in die Geschäftsführung eingestiegen. Er hat sich auf Buchhaltung spezialisiert. Da muss ich ehrlich sein und zugeben, dass der ganze Papierkram nicht so meins ist. Trotzdem war ich am Anfang skeptisch. Zwei Alphas an der Führung? Aber jeder hat seine Chance verdient. Und wie die Zeit mir bewiesen hat, sollten meine Zweifel unberechtigt bleiben. Wir ergänzen uns und wir haben uns in den vergangenen fünf Jahren einen Namen gemacht.

Mein Handy vibriert kurz, was eine Nachricht ankündigt. Warum zittert jetzt meine Hand? Ich sollte mich zusammenreißen, das wird sie schon sein.

Ich hebe mein Handy vom Schreibtisch hoch. Dabei kommen mir kleine Erinnerungsfetzen vom gestrigen Tag in den Sinn. Lu, wie sie vor mir steht und ihren Finger in meine Brust drückt. Ihr Schulter-Stoß, mit dem ich nicht gerechnet habe. Und dann ihre Augen. Sie sind grün und wie von einer dünnen Schicht aus Eis überzogen. Eisgrün. Mit dem Blick in ihre Augen war es um mich geschehen. Ich möchte mehr von dieser schönen Unbekannten erfahren. Sie kommt mir sehr facettenreich vor und ich möchte herausfinden, ob ich mit meiner Vermutung richtig liege.

Ich hatte schon einige schöne Frauen an meiner Seite, aber das war alles nur oberflächlich. Die meisten waren nur darauf bedacht, mir zu gefallen und nach meinem Mund zu reden. Keine von ihnen hatte eine Persönlichkeit, die mich auf lange Sicht interessiert hätte. Geschweige denn, dass eine den Mumm gehabt hätte, mir die Stirn zu bieten. Das ist in einer festen Beziehung nichts für mich. Da brauche ich Konter, Gleichberechtigung, konstruktive Zusammenarbeit. Man muss nicht in allen Punkten einer Meinung sein. Dafür sind die Geschmäcker und Vorlieben zu individuell. Aber es sollte schon auf einer Ebene verlaufen. Und Schönheit allein genügt dazu nicht. Ja, ich weiß, ich bin selbst nicht vollkommen – dagegen sprechen meine Sturheit und mein Perfektionismus!

Ich glaube, gestern gesehen zu haben, dass Lu von mir eingeschüchtert war. Und dann wendet sich das Blatt und sie bietet Konter. Das hat mich fasziniert. Ich habe sie mir so vertieft angeschaut, dass ich sie nicht mehr aus meinem Kopf bekomme. In dem Moment, als sie sich auf der Straße zu mir umdrehte, fühlte ich mich wie vom Blitz getroffen.

Die Nachricht ist wirklich von Lu. Ich muss schmunzeln. Wie sehr hatte ich mir gewünscht, dass sie mir schreiben würde! Denn es hätte ebenso anders ausgehen können.

Sie will sich mit mir treffen. Ich glaube, mein Herz macht gerade einen Aussetzer vor Freude. O Mann! Es ist ungewohnt für mich, bis zur letzten Sekunde nicht zu wissen, woran ich bin. Bis dato musste ich noch nie auf eine Entscheidung warten. Aus Angst, sie könnte es sich anders überlegen, schreibe ich ihr direkt zurück.

Kapitel 5

L & D

In meinem Kopf gehe ich sämtliche Szenarien durch, wie dieser Abend ablaufen könnte. Im Grunde weiß ich nicht einmal, ob man sich ordentlich mit Dom unterhalten kann.

Bin ich gerade mit diesen ganzen Fragen allein oder macht sich jede Frau solche Gedanken, wenn sie auf dem Weg ist zu einem … Nun ja, was ist das heute denn? Ist das ein Date? Im Grunde ja, oder? Er hat mich eingeladen und ich folge dieser Einladung. Aber hat er nicht gesagt, dass es eine Wiedergutmachung sei? Ist das dann trotzdem ein Date?

Der Abend hat noch nicht einmal angefangen und mir raucht schon der Kopf. Na super, das kann ja was werden.

Ich bin zu Fuß unterwegs, biege um die letzte Ecke in meine Zielstraße ein und sehe Dom wenige hundert Meter vor mir. Er lehnt lässig an der Wand des Gebäudes und wartet auf mich. Für einen kleinen Augenblick steigen Zweifel in mir auf. Was ist, wenn sich das heutige Treffen als hinausgeworfene Zeit entpuppt? Mein Herz schlägt vor Unsicherheit schneller.

In dem Moment, als ich überlege, ob ich umdrehen soll, nimmt er mich wohl aus dem Augenwinkel wahr und sieht zu mir auf. Selbst aus dieser Distanz spüre ich seinen ruhenden Blick auf mir. Zum Umdrehen ist es nun zu spät, er hat mich gesehen.

»*Was hast du zu verlieren? Es sind nur zwei Stunden!*«, kommen mir Pats Worte wieder in den Sinn. Mit einer Kombination aus Unsicherheit und Neugier bewege ich mich in seine Richtung.

Ein verschmitztes Lächeln macht sich auf seinem Gesicht breit, genau wie damals. Dom fährt sich wieder mit der Hand durch sein Haar. Er scheint nervös zu sein. Damit ist er nicht allein.

Merkt er mir meine Nervosität wohl an?

Es sind nur wenige Schritte, bis ich bei ihm bin. Mir fällt auf, dass ich die Luft angehalten habe. Mit den letzten Schritten atme ich langsam durch. Was soll ich bloß sagen?

»Hey!« Dom kommt mir zuvor.

»Hey!« Ich lächle verlegen. »Steht das Angebot weiterhin?«

Da ist wieder das neugewonnen Selbstvertrauen, das sich in mir freisetzt, wenn er bei mir ist. Dom lächelt mich an und nickt. Sein Gesichtsausdruck ist für mich nicht zu deuten. Herausfordernd, schüchtern, entschlossen, geheimnisvoll.

»Okay, dann lass uns reingehen.«

So eröffne ich den gemeinsamen Abend. Dom hält mir gentlemanlike die Tür auf und tritt nach mir in den kleinen Vorraum ein.

»Hallo, ihr zwei,« begrüßt uns Sören. Den Namen entnehme ich seinem Namensschild.

»Hallo, Sören! Ich hatte reserviert.«

Wir erhalten einen kleinen Spind für unsere Jacken und Wertgegenstände. Dann gibt es von Sören eine Unterweisung in die Technik. Nachdem alles geklärt ist, nehmen wir für uns Getränke mit und gehen den angedeuteten langen, dunklen Gang entlang.

Am Ende angekommen setzen wir unsere Brillen auf und tauchen durch den dicken Vorhang hindurch. Auf der anderen Seite empfängt uns eine bunte, atemberaubende Neon-Welt.

Ein wunderschöner Blauton zieht sich durch sämtliche Räume, weshalb ich das Gefühl habe, ich wäre unter Wasser. Alles ist farbenfroh und bunt. Wir sehen Tiere und Fantasiewesen, die sich handgemalt im ganzen Raum erstrecken. Kein Millimeter an Decke, Wänden oder dem Fußboden wurde ausgelassen und mit Liebe zum Detail entworfen erstreckt sich eine Farbenwelt vor uns.

»Willkommen beim Glow-Golfen«, sage ich zu Dom über meine Schulter hinweg und suche unser erstes Spielfeld. Ich war schon öfter hier. Ich kann es jedem empfehlen, der mal etwas anderes ausprobieren oder machen möchte.

»Das sieht ja fantastisch aus.« Dom kommt aus dem Staunen gar nicht mehr heraus. Er dreht sich einmal um die eigene Achse und schaut sich dabei alles genau an.

»Das ist alles per Hand bemalt worden.«

Ich prahle mit meinem Wissen. Bei Doms Begeisterung muss ich schmunzeln, weil ich bei meinem ersten Besuch genauso regiert habe – wenn nicht sogar noch ein wenig euphorischer. Ohne Brille sehen die Räume schon toll aus. Aber mit der Spezialbrille erwacht eine so atemraubende 3D-Welt, dass man wirklich alles andere um sich herum vergessen kann. Diese leuchtenden Farben, die aussehen, als würden sie von einem Licht beleuchtet sein. Das Blau wirkt so beruhigend wie das Meer. Man denkt nicht, dass man in einem geschlossenen Raum ist. Alles kommt einem so unendlich weit vor.

»Minigolfen in einem Raum mit einer tollen Atmosphäre würde ich das nennen.«

Innerlich feiere ich mich. Wie es aussieht, habe ich es geschafft, dem Herren von Welt etwas Neues zu zeigen.

»Hier müssen wir anfangen.« Ich zeige auf die Bahn, an der wir starten. Unsere Getränke stellen wir auf ein kleines Regal an der Wand.

»Bitte sehr. Du zahlst, dann darfst du auch anfangen.«

Ich mache mit meinem Schläger eine Bewegung, die Dom auffordern soll, zu beginnen, und stelle ihn dann vor mir auf den Boden ab. Meine Hände verweilen auf dem Griffkopf.

»Wie zuvorkommend die Dame doch ist.« Dom macht einen Hofknicks. »Leider muss ich Sie enttäuschen, Mylady. Die alte Schule ist manchmal auch nicht zu verachten. *Ladies first!*«

Und damit weist er mich an, zu beginnen. Ich bin überrascht. *»Was für eine vorbildliche Geste«*, denke ich und kann ein Schmunzeln nicht unterbinden.

»Vielen Dank, der Herr.«

Mit einem damenhaften Knicks bedanke ich mich für seine Höflichkeit, platziere mich an Bahn eins und lege los. Als wir mit dem dritten Loch fast fertig sind, bin ich mir absolut sicher, dass Dom mich veräppelt.

»Du kannst ja doch minigolfen!« Entsetzt über sein Talent versuche ich, mich vor ihm aufzubauen. Da Dom aber fast ein Meter neunzig groß ist und ich auf stolze ein Meter achtundsechzig komme, muss es für Außenstehende eher lustig aussehen.

»Ich habe nie was anderes behauptet!« Zur Verteidigung hebt Dom seine Arme in die Luft und schaut mich belustigt an.

»Aber dein staunender Blick zu Beginn?« Ich zeige zum Eingang.

»Die Farben haben mich fasziniert. Minigolfen mag ich sehr gerne. Aber Glow-Golfen war für mich neu.«

Ich bin entsetzt, weil ich dachte, dass ich ihm etwas Neues Zeigen könnte, und schaue ihn über meine Brille hinweg an. Vor dem nächsten Spiel geht Dom nach vorn, um neue Getränke zu holen. Ich versuche in der Zwischenzeit, mit dieser imaginären Niederlage fertig zu werden. Insgeheim hatte ich gehofft, dass ich ihn besiegen könnte. Woher diese Versuchung kam, mich beweisen zu wollen, weiß ich nicht. Auf jeden Fall ist dieser Schuss nach hinten losgegangen.

Dom kommt mit unseren Getränken zurück und stellt sie auf eine der Wandhalterungen. Ich reiche ihm seinen Schläger, den ich derweil festgehalten habe.

»Bereit für eine Revanche?«, frage ich und setze ein triumphierendes Lächeln auf. *»Wäre doch gelacht,* *wenn ich das nicht hinbekomme!«,* geht es mir dabei durch den Kopf.

An den nächsten zwei Löchern setze ich einen künstlichen Schmollmund auf, weshalb sich Dom dazu verleitet fühlt, mich aufzuziehen. Weil mir bewusst wird, dass das alles ein wenig kindisch von mir ist, muss ich schmunzeln. Letztendlich beruhigt mich dieser wunderschöne Blauton um mich herum.

Habe ich dir eigentlich schon gesagt, dass Blau meine Lieblingsfarbe ist?

Dom gewinnt zum Schluss haushoch. »Du bist mir ja einer.« Sarkastisch tadele ich ihn beim Rausgehen.

»Es tut mir aufrichtig leid, Mylady.« Erneut verbeugt er sich vor mir.

»Ach, schon gut.« Ich mache eine kapitulierende Handbewegung in der Luft. »Dafür gehen wir jetzt noch über die Sommerkirmes. Und du musst mit mir Karussellfahren.«

Mein Versuch, ihn damit zu ärgern, scheitert jedoch. »Wie gesagt, du hast heute das Zepter in der Hand. Was du sagst, wird gemacht. Versprochen ist versprochen.«

Ich grinse neckisch und lege meinen Kopf etwas schief. »Pass nur auf, dass du es am Ende nicht bereust.«

»Niemals«, sagt er und lächelt mich so verführerisch an, dass meine Knie für den Bruchteil einer Sekunde nachgeben.

Das Sommerfest ist nur eine Viertelstunde Fußweg vom Glow-Golfen entfernt. Überall sind Fahrgeschäfte, Imbissbuden und Spielstände in der Innenstadt aufgebaut. Vom Weiten hört man die verzerrten Stimmen aus den Boxen der Fahrgeschäfte-Betreiber, die dazu auffordern, lauter zu rufen und fragen, ob es eine weitere Runde sein soll.

Deshalb gehe ich immer gerne nachmittags über die Kirmes: Da gibt es noch mehr Extrarunden. Der Duft von Leckereien weht uns entgegen und mir läuft das Wasser im Munde zusammen.

»Hast du auch so einen großen Hunger wie ich?«, fragt mich Dom.

Kann er meine Gedanken lesen?

»Ich könnte einen Bären verputzen.«

»So viel kannst du doch gar nicht essen. Einen ganzen Bären? Niemals passt der in deinen Bauch!«

»Hey!«

Ich schlage verspielt mit meinem Handrücken gegen seine Brust. Wir lachen beide.

Es macht sich eine angenehme Leichtigkeit in mir breit. Meine Sorge, dass man sich nicht mit ihm unterhalten kann, war umsonst. Das hast du dir bestimmt schon im Vorfeld gedacht, oder? Ich habe keine Worte dafür, wie es sich anfühlt, weil ich bis jetzt noch nichts Vergleichbares erleben durfte.

Obwohl Dom größer und selbstbewusster ist, hat er mir bis jetzt nicht einmal das Gefühl gegeben, klein zu sein. Es ist mit ihm alles so unkompliziert. Ich fühle mich mit ihm auf Augenhöhe.

Hast du so etwas auch schon mal erlebt? Weil es unbekannt ist, finde ich es ein wenig beängstigend. Aber nicht abschreckend. Oh je, was für ein Kauderwelsch macht sich denn da in mir breit? Das muss von meinem Hunger kommen. Ganz bestimmt.

Wir halten nach einem passenden Imbissstand Ausschau und finden einen, der Folienkartoffeln verkauft.

»Ich hätte gerne eine Folienkartoffel. Was möchtest du haben?«

Ich lasse ihn die Option offen, dass wir uns etwas anderes suchen können. Aber Dom liest sich das Angebot durch und wir entscheiden und beide für Speckwürfel, geriebenen Käse und Creme-Füllung.

Mit den Kartoffeln in der Hand lassen wir uns weiter von dem Treiben leiten. Wir schlendern, während wir essen, eine Gasse entlang, die aus Losbuden, Fahrgeschäften, Verkaufsständen und weiteren Imbissbuden vor uns aufgebaut ist. Aus allen Richtungen schallen Musik und die verzerrten Stimmen der Moderatoren, immer wieder steigt uns neuer Essensduft entgegen. Da es um diese Jahreszeit erst spät dunkel wird, kommen die ganzen bunten Lichter nicht so schön zur Geltung und mir fällt auf, warum ich am liebsten im November auf die Kirmes gehe.

Nachdem wir aufgegessen haben, sehe ich einen Starbucks-Stand und wir gönnen uns zum Nachtisch jeweils einen Kaffee. Dom entscheidet sich für einen klassischen Kaffee: schwarz. Ohne Zucker, ohne Milch. Ich entdecke, dass dieser Stand laktosefreie Milch anbietet, weshalb ich mir einen laktosefreien Milchkaffee ohne Zucker, aber mit viel Kakaopulver obendrauf bestelle.

Mit unseren Getränken in der Hand schlendern wir weiter durch das Treiben, bis ich mein Glück bei einer

Losbude versuchen möchte. So schnell, wie Dom bezahlt, kann ich nicht gucken. Aber er hatte ja gesagt, dass er heute alles bezahlen wird. Und auch, wenn mir das ein wenig unangenehm ist, nehme ich sein Angebot dankend an.

Du solltest wissen, dass mich die Zeit bei Pat ein wenig geprägt hat. Ich habe dir ja schon gesagt, dass sie in den sechs Monaten, als ich bei ihr gewohnt habe, für mich auf vieles verzichten musste. Ja ich weiß, das hat sie gerne gemacht. Aber trotzdem bin ich ihr in einer gewissen Hinsicht zur Last gefallen. Und wenn Dom heute alles bezahlt, und ich möchte noch mal darauf hinweisen, dass ich hier gerade meine beste Freundin mit einem quasi Fremden vergleich, fällt es mir schwer, mich nicht wieder wie eine Belastung zu fühlen. Verstehst du, was ich sagen möchte?

Leider ziehen wir nur Nieten. Zu der übernächsten Biege sind unsere Getränke geleert. Wie praktisch, denn ich entdecke ein Kettenkarussell.

»Gehst du da bitte mit mir drauf?« Wie ein kleines Kind hüpfe ich auf und ab. Mit meiner Hand ziehe ich an seinem Unterarm und lenke uns in Richtung des Fahrgeschäfts.

»Wäre es okay, wenn du da alleine raufgehst?« Dom schaut mich gequält an.

Ich bin ein wenig irritiert. Gibt es vielleicht doch etwas, das den großen, starken Dom in die Knie zwingen kann?

»Hast du etwa Angst?« Einen neckischen Unterton kann ich nicht unterbinden.

»Nein. Auf jedes andere Fahrgeschäft gehe ich gerne mit dir, aber nicht auf dieses Ungetüm.«

Ungläubig schaue ich zu Dom auf. Ich lasse meinen Blick über sein Gesicht wandern und schaue dann zu dem Fahrgeschäft.

»Das ist nur ein Kettenkarusell.« Mit hochgezogenen Augenbrauen schaue ich zu ihm auf.

»Sag ich doch, das ist mir nicht geheuer!«

»Wie war das noch mal mit: Du entscheidest, was, wann, wo?«, frage ich künstlich gekränkt und setze einen Schmollmund auf.

Jetzt schaut Dom mich wieder liebevoll an. Aus dem Augenwinkel vernehme ich, dass er mir seinen Arm entgegenstrecken will. Er hält aber inne und lässt seine Schultern sinken.

»Hör zu ... hm ... Ich traue den Dingern nicht. Man sitzt nicht feste in dem Sitz und alles ist so lose, dass man sich hin und her bewegt. Das mag ich nicht so sehr. Wenn ich in ein Fahrgeschäft steige, möchte ich *fest im Sattel* sitzen. Nenn es wie du magst. Du musst es nicht verstehen. Ich möchte nur, dass du es akzeptierst. Wie gesagt, jedes andere Fahrgeschäft, nur nicht dieses.«

Er bleibt bei seiner Entscheidung. Warum habe ich bloß vor Enttäuschung wieder so kindisch reagiert? Bestimmt, weil ich es toll gefunden hätte, mit ihm eine Runde auf meinem Lieblingsfahrgeschäft zu erleben. Aber seine Begründung kann ich nachvollziehen und habe Verständnis dafür. Auch wenn in mir immer noch eine kleine Enttäuschung umherschwebt, finde ich es super, dass er es mir anvertraut hat. Es gehört doch Mut dazu, so etwas einem Fremden zu sagen, oder nicht?

»Ich warte hier auf dich. Gib mir deine Tasche und dann sehen wir uns gleich wieder.«

Dom streckt mir seine Hand entgegen, um mir meine Handtasche abzunehmen, und sieht mich entschlossen an. Ich schaue erst zu seiner Hand und dann in sein Gesicht.

Wie kann er mich in so einer kurzen Zeit so beeindrucken? Bin ich überhaupt beeindruckt? Ich glaube, ja. Im Schnelldurchlauf rast der heutige Abend vor meinem inneren Auge vorbei. Schon lange habe ich mich nicht mehr so gut gefühlt.

»Es wird dir guttun«, *hatte Pat gesagt – und sollte mal wieder recht behalten. Das wusste ich schon damals, als wir darüber geredet hatten, aber ich wollte es mir nicht eingestehen. Aus Angst. Ich kann dir das jetzt nicht erklären. Ich glaube, ich brauche ein wenig Zeit, um all das zu verarbeiten. Wenn ich so weit bin, sag ich dir Bescheid.*

Dom schaut mich weiterhin geduldig an und wartet auf meine Antwort. *Soll ich ihm meine Sachen geben?*

»Aber nicht weglaufen, versprochen?«

Sein Gesichtsausdruck verändert sich bei meiner Frage. »Niemals«, sagt er, und es klingt wie ein Versprechen für immer.

Oder bilde ich es mir ein, dass es sich wie ein Versprechen anhört? Erde an Lu, das ist euer erstes Date. Aber ist es überhaupt ein Date?

Irritiert von diesem Gedanken übergebe ich Dom meine Handtasche und begebe mich zum Kassenhäuschen. Die aktuelle Runde kommt zum Stehen und ich kann mir einen freien Sitzkorb aussuchen. Metallstange nach oben schieben, in den Sitz hineinhüpfen und die Stange herunterrattern lassen. Das habe ich schon zu Kinderzeiten gerne gemacht.

Ein Kontrolleur sammelt die Fahrchips ein und schon bald beginnt das Kettenkarussell, sich zu drehen. Was für ein tolles Gefühl in mir aufsteigt! Als die Geschwindigkeit zunimmt, fühlt es sich für mich wie Fliegen an. Ich strecke meine Arme aus und schließe meine Augen.

Es wäre schön gewesen, wenn Dom das hier mit mir erleben könnte. Aber wenn er für dieses Fahrgeschäft nichts übrighat, akzeptiere ich das und werde es einfach für ihn mitgenießen. Der Wind weht durch mein Haar und ich lasse erneut die zwei Stunden mit Dom Revue passieren.

Ich staune über meine eigene Fehleinschätzung. Seinem Aussehen nach hätte ich ihm einen ganz anderen Charakter zugeordnet. Kennst du das, wenn man sich von Klischees leiten lässt, und am Ende ist man erstaunt, dass man sich vertan hat? Ich hatte Dom für … Ja, wofür habe ich ihn gehalten? Ich weiß es nicht. Aber ich muss sagen, dass ich mich heute Abend mit ihm nicht ein einziges Mal fehl am Platz gefühlt habe. Ich hatte nicht einen Augenblick lang das Gefühl, nicht für voll genommen zu werden oder dass er mich von oben herab behandelt. Es hatte immer den Anschein, als wären wir auf Augenhöhe. Als wäre er wirklich an meiner Persönlichkeit und nicht an meinem Aussehen interessiert.

Wäre es zu früh, sich zu fragen, wo das alles hinführen kann oder wird? Heute war das erste Date. Der Gedanke gefällt mir, glaube ich, ganz gut. Auch wenn ich es am Mittwoch noch anders gesehen habe. Nach den letzten Stunden mit Dom gefällt mir dieser Gedanke besonders gut. Ein Date. Und wenn ich weiterhin ehrlich sein darf, gefällt mir Dom mehr, als ich zugeben will. Aber wir wollen nichts überstürzen, Madame!

In den nächsten beiden Runden öffne ich meine Augen wieder und sehe Dom leicht seitlich mit meiner Handtasche auf der Kirmes stehen. Er winkt mir jedes Mal zu, wenn ich bei ihm vorbeikomme, und lächelt mich dabei an. Es ist ansteckend, weshalb ich es ihm gleichtue. Aber dann ist er auf einmal weg.

Habe ich zur falschen Stelle geschaut? Nein, er ist komplett weg!

Schlagartig wird mir schlecht. Alles dreht sich in meinem Kopf. In meinem Magen.

Ich habe ihm meine Handtasche gegeben mit meinem Portmonee! Da sind all meine Karten drin. Und mein Smartphone. O Mann, wie dumm kann man nur sein!

Eine Träne läuft brennend über meine Wange. Ich wische sie weg. Da sehe ich Dom wieder an Ort und Stelle stehen. Habe ich am helllichten Tage Halluzinationen? Er ist wieder da.

Wie kann das sein? Egal, er steht wieder dort . Jetzt drücke mir bitte die Daumen, dass er gleich nicht wieder verschwindet.

Ich winke ihm mit einem breiten Grinsen zu und er winkt zurück. Mit dem Gefühlschaos im Bauch rutsche ich, als das Karussell stillsteht, aus meinem Korb heraus und verlasse das Fahrgeschäft. Meine Knie fühlen sich wackelig an und ich kann mich kaum aufrechthalten. So schnell es geht, gehe ich dorthin, wo ich Dom zuletzt habe stehen sehen.

Panik breitet sich in mir aus, die war den gesamten Abend über nicht da. Aus Angst, er könnte wieder verschwinden, erhöhe ich mein Tempo. Ich bin fast bei ihm angekommen, da streckt er seinen Arm aus. In meinem Auge bildet sich eine kleine Freudenträne und ich muss wegen meiner Dummheit lachen, denn er hält mir eine Blume von der Schießbude entgegen.

»Ein kleines Dankeschön für diesen Abend.«

Ich werde rot und schaue zwischen der Blume und Dom hin und her. Gerne würde ich sie nehmen, aber ich halte in meiner Bewegung inne.

»Kein Hintergedanke, einfach nur als Dankeschön.«

Wie kann jemand so goldig sein? Kannst du mir das mal bitte verraten?

Er sagt es mit so einer Leichtigkeit. Und da ist wieder dieses Lächeln, wie bei meiner Ankunft vor dem Glow-Golfen-Gebäude. Mit leicht zittrigen Händen nehme ich die Blume aus seiner Hand und rieche an ihr.

»Hmm, die riecht aber besonders toll!«

»Darf ich dich nach Hause bringen?« Geduldig wartet er auf meine Antwort.

Ich drehe die Blume zwischen meinem Finger und dem Daumen hin und her. Meine Nase steckt immer noch in der Blüte, die nach Industrieware riecht. Je länger ich ihn anschaue, desto mehr Röte steigt in mein Gesicht.

»Keine Hintergedanken. Nur reine Höflichkeit.«

Und wieder schaut er mich verständnisvoll an. Ich bekomme nur ein leichtes Nicken zustande.

»Dann komm, ich parke nicht weit von hier entfernt!«

Als wir in meine Straße einbiegen wollen, ist sie gesperrt. »Was ist denn hier los?«, fragt mich Dom und wir schauen uns beide das Treiben hinter der Absperrung an. Überall stehen Feuerwehrautos und Löschfahrzeuge herum. Die Polizei und ein Krankenwagen sind ebenfalls hier. Mein Magen macht einen Absacker nach unten. Da ich nicht weiß, weshalb die ganzen Blaulichter hier sind, machen sich sämtliche Szenarien in meinem Kopf breit.

»Durchatmen, Lu!«, ermahne ich mich selbst. Versuch erst einmal, herauszufinden, warum die alle hier sind.

»Ich weiß es nicht. Als ich heute Abend losgegangen bin, war noch nichts. Ich gehe mal zu einem Beamten und frag nach«, sage ich zu Dom und zeige auf eine Gruppe uniformierter Männer.

Ich verlasse das Auto und gehe zum erstbesten Polizisten. Nach ein paar Minuten weiß ich mehr.

»Und, was sagen sie?«, fragt Dom, nachdem ich mich wieder auf den Beifahrersitz niedergelassen und die Autotür geschlossen habe. Er sieht mich besorgt an, denn ich kann mein Entsetzen kaum zurückhalten.

»Im Nachbarhaus hat es gebrannt.« Ich zeige auf eines der Häuser, das man aus unserer Perspektive schlecht einsehen kann. Dabei scannen meine Augen die Wände des betroffenen und meines Hauses. Alles glänzt von dem Löschwasser der Feuerwehr. Dann beobachte ich die Männer bei ihrer Arbeit, wie sie den Löschschlauch aufwickeln und die Gerätschaften vom Wasserhydranten abbauen.

Dom fragt nach, wie schlimm es ist. Meine Wohnung ist zum Glück nicht von dem Brand betroffen.

»Das ist doch gut, oder nicht?« Dom schaut ebenfalls den Männern bei ihrer Arbeit zu und verschafft sich einen Überblick von dem optischen Zustand der Häuser.

»Wenn man mein Haus nicht unter Wasser gesetzt hätte, dann ja. Die Sachverständigen arbeiten an ihren Bericht. Vielleicht habe ich Glück und erfahre morgen Nachmittag mehr.« Dom schaut wieder zu mir. »Ich habe einem Beamten meine Handynummer gegeben. Man will sich bei mir melden.«

Was für eine Wende dieser Tag genommen hat, kann ich kaum glauben. Mit dem Irrglauben, in einem blöden Traum zu sein, seufze ich schweren Herzens.

Warum musste das bitte passieren? Der Abend hatte doch so toll begonnen. Ich hatte über zwei Stunden so viel Spaß und Freude. Nach sehr langer Zeit habe ich endlich mal wieder eine gewisse Schwerelosigkeit gespürt. Und als Dom mich nach Hause bringt, sehe ich das hier? Kann das sein? Das ist bestimmt nur ein Traum?

Leider zeigt mir ein kleines Zwicken in meinen Handrücken, dass ich nicht träume. Heute kann ich nicht zurück in meine Wohnung.

»Das heißt, ich müsste dich bitten, mich in ein Hotel zu bringen.« Enttäuschung schleicht sich in meine Stimme. Dom legt seinen Kopf leicht schief und zieht seine Augenbrauen fragend zusammen. »Pat ist auf einer Fortbildung und ich habe den Zweitschlüssel von ihrer Wohnung nicht mehr.«

In den vergangenen zwei Stunden haben wir uns über Gott und die Welt unterhalten, uns ein wenig mehr kennengelernt. Dabei habe ich ihm auch von Pat erzählt. Wie sagt man? *»Die Chemie stimmt?«* Bei uns passt sie und die Zeit verging wie im Fluge. Alles im allem war es ein gelungener Abend. Bis jetzt.

»Du kommst mit zu mir«, sagt er plötzlich. Verwirrt schaue ich zu ihm.

Was hat er da gesagt? Habe ich das richtig verstanden? Das geht doch nicht? Also, ich meine, wir kennen uns doch kaum. Da glaubt er doch nicht im Ernst, dass ich mit zu ihm nach Hause komme?

In dem Moment heult eine Sirene einmal auf. Meine Aufmerksamkeit richtet sich kurz wieder auf die uniformierten Männer und ihr Treiben. Unentschlossen schaue ich zu Dom zurück. Ein weiteres komisches Gefühl macht sich in mir breit und ich registriere, dass ich vielleicht mein Zuhause verloren habe.

Beruhig dich, Lu. Der Wachmann hat gesagt, dass alles nicht so schlimm aussieht.

Ich verspüre einen Hauch von Unsicherheit. Ich kann dir nicht wirklich sagen, welche Bilder und Szenen in Sekundenschnelle durch meinen Kopf rauschen. Dieses Gefühlschaos überfordert mich ein wenig und ich möchte Dom nicht zur Last fallen. Ich weiß, wie es immer mit Pat und meinem Gefühlschaos war. Das kann ich keinem Fremden aufbürden. Aber irgendwo muss ich hin.

Mein Versuch, zu protestieren, wird von Dom im Keim erstickt. »Es ist nur ein Angebot. Aber du weißt nicht, ob du morgen in deine Wohnung zurückkannst, und irgendwo musst du ja unterkommen.«

Diesen Zweifel hege ich schon seit ein paar Minuten. Kann er vielleicht wirklich Gedanken lesen?

»Außerdem brauchst du bei mir nichts zu bezahlen. Ich kann dir Schlafsachen geben und dir eine Waschmaschine anbieten. Was kann dir das Hotel bieten und was kostet das alles?«

Die Frage lässt er offen im Raum stehen. *Was soll ich nur machen?* Dom lässt das Auto an und schaut geduldig zu mir, wartet auf meine Antwort.

Ich weiß, dass es jetzt an mir liegt, ob ich mit zu Dom fahre oder ein teures Hotel buche. Egal, wofür ich mich entscheide: Er wird mich, ohne zu zögern, dort hinfahren. Prinzipiell hat er recht, dass es praktischer für mich wäre, bei ihm zu übernachten. Aber ich kenne ihn erst seit heute Abend, sofern man von Kennen *sprechen kann.* Näher kennengelernt *trifft es da wohl eher.*

Ich unterbreche unseren Blickkontakt und schaue noch einmal zu dem Spektakel vor uns auf der Straße. Viele dunkel Uniformierte laufen umher, die Blaulichter drehen sich auf sämtlichen Fahrzeugen, die kreuz und quer parken. Die Lichtkegel werden von den Hauswänden reflektiert.

Dom hat recht. Wer weiß, ob ich morgen zurückkann. Mein Kopf arbeitet, obwohl ich an nichts denken kann. Ich stehe mit dem Rücken zur Wand und habe dadurch nicht viele Möglichkeiten. Zumindest nicht in diesem Moment.

Ich streiche mit den Händen über mein Gesicht. Dom sagt weiterhin kein Wort. Er lässt mich nachdenken, drängt mich nicht. Das rechne ich ihm hoch an. Die Sekunden kommen mir wie Stunden vor. Letzten Endes kommt nur ein Wort über meine Lippen: »Okay.«

Dom legt den Gang ein und fährt los.

Was habe ich mir nur dabei gedacht?, frage ich mich, während Dom sein Auto stadtauswärts lenkt. Wir haben uns über das ein oder andere Private unterhalten, aber wo wir wohnen und welchen Einrichtungsstile wir haben, war kein Thema. Und jetzt, als wir vor einer Art Lagerhalle stehen bleiben, weiß ich weiterhin nicht, was mich erwartet.

Dom macht das Auto aus. Ich sehe kurz zu ihm und bekomme nur ein künstliches Lächeln zustande. *Worauf habe ich mich da bloß eingelassen?*, kann ich mich nur immer und immer wieder fragen. Ein kleines, maues Gefühl breitet sich in meinem Bauch aus.

Gab es so eine Szene nicht schon einmal in einem Thriller oder einem Horrorfilm?

Mein Blick richtet sich auf meine Hände, die gekreuzt in meinem Schoß liegen. Mein Kopf verarbeitet alle Ereignisse dieses Abends, der zu Beginn so toll gewesen ist. Und jetzt?

Das Stoppen des Fahrstuhls wirft mich in die Realität zurück. Ich bin so in Gedanken versunken gewesen, dass ich, wie ferngesteuert, aus dem Auto gestiegen und Dom in das Gebäude gefolgt bin. Als würde Dom mich schon länger kennen, hatte er nicht versucht, mit mir zu reden.

Ich brauche ein wenig Zeit, um meine Gedanken zu sortieren, und den Raum, um die Ereignisse des Abends zu verarbeiten. Was für ein Emotionswechsel. Und ich danke Dom innerlich dafür, dass er mich nicht mit Worten zustopft. Es fühlt sich schon fast so vertraut an wie bei Pat. Sie war bis jetzt die einzige Person, die mich ohne ein Wort oder eine Silbe lesen und verstehen konnte.

Ich höre ein Glockengeräusch, bevor sich die Fahrstuhltür automatisch öffnet. Eine kleine Nische kommt zum Vorschein. Dom tritt aus dem Fahrstuhl und die Deckenbeleuchtung aktiviert sich. Ich schaue mich neugierig und ein wenig schüchtern zugleich um, während ich ihm folge.

Dom schließt die einzige Tür auf, die sich in der Nische befindet. Er öffnet sie, drückt die Tür weiter auf und macht einen Schritt zur Seite.

»Darf ich bitten?«

Er wartet darauf, dass ich eintrete. Innerlich schüttele ich meinen Kopf. Weil ich nicht weiß, was auf mich zukommt, schlägt mir mein Herz bis zum Halse. Ich kann mein Blut in meinen Ohren rauschen hören. Aber anders als bei dem ekeligen Typen im *Grande Amore* habe ich keine Horrorszenarien vor Augen. Ob ich mich irre, wird sich erst später zeigen.

Etwas zögernd gehe ich über die Türschwelle und betrete einen riesigen Raum. Er ist so groß, dass ich nicht weiß, was ich mir als Erstes anschauen soll. Ich vernehme ein leises Klicken und mehrere kleine Lampen an den Wänden erleuchten die Wohnfläche. Draußen ist es hell. Aber die Dämmerung hat bereits eingesetzt, weshalb die kleinen, gemütlichen Lichtquellen eine gewisse Helligkeit spenden.

Mein Blick wandert weiter durch den Raum. Die Wände bestehen aus dunklen Doppelbrandziegeln. Die gesamte Einrichtung wirkt im ersten Moment etwas dunkel.

Hand aufs Herz: Hättest du mit einer dunklen Einrichtung gerechnet? Ist ja auch egal. Ich weiß nicht, was ich ihm zugetraut hätte, aber mir gefällt es. Auch wenn es dunkler als in meiner Wohnung ist, fühle ich mich wohl und zu meinem Erstaunen wirkt es nicht erdrückend.

»Schau dich gerne in Ruhe um. Möchtest du etwas trinken?«

Dom schließt die Wohnungstür hinter uns und nimmt mir meine Jacke ab. Er hängt sie an die Garderobe neben der Eingangstür und begibt sich in den großen Raum.

»Was hast du im Angebot?« Ich gehe langsam hinter Dom her und versuche, sämtliche Eindrücke auf mich wirken zu lassen.

»Cola, Bier, Mischbier, Kaffee, Tee, Ginger Ale und Wasser.«

»Ein Wasser, bitte.«

Seine Wohnung ist geschmackvoll eingerichtet. Wenn man hineinkommt, erstreckt sich zur linken Seite eine gemütliche Leseecke. In mehreren mahagonifarbenen massiven Holzregalen reihen sich Bücher und Lektüren in unterschiedlichen Farben und Größen aneinander. Davor stehen zwei Ohrensessel aus Leder, zwei kleine Beistelltische und eine Leselampe. Dom hat mir erzählt, dass er zwischendurch gerne mal ein Buch liest. Aber ich hätte nicht damit gerechnet, dass er dermaßen viele Bücher besitzt.

Etwas weiter im Raum steht neben dem letzten Regal ein alter, wunderschöner Globus, der in eine Holzhalterung eingelassen ist. Er wirkt wie ein kleiner Raumteiler zu der darauffolgenden riesigen Insellandschaft: zwei Dreiercouchen, zwei Zweiercouchen und zwei größere Sitzhocker. In der Mitte steht ein großer Couchtisch und seitlich sehe ich zwei kleine Beistelltische, auf denen jeweils eine kupferfarbene Dose mit Deckel steht. Die offene Großraumküche hat eine Kochinsel mit Barhockern zu bieten, davor steht ein Esstisch mit acht Stühlen. Zu meinem Erstaunen befindet sich auch eine kleine Werkstatt hier oben.

Na klar, ich weiß, dass Dom sein Hobby zum Beruf gemacht hat. Aber so ein exklusives Hobby übt nicht jeder in seinen eigen vier Wänden aus. Allerdings, wenn ich den Blick so durch seine Wohnung schweifen lasse: Dom hat die Möglichkeit. Es ist einfach nur ungewohnt für mich. Aber es ist, wie würde es Pat nennen? Ach ja: männlich.

Es hat was. Das Bike scheint eine Reparatur zu brauchen, da es auf Böcken steht und die Räder seitlich daneben liegen. Ein mittelgroßer Tisch an der Wand dient als Werkzeugablage.

Dass Dom nach der Arbeit den Kopf für das private Schrauben hat, finde ich beneidenswert. Ich kann meistens nach der Arbeit keine Zahlen und Buchstaben mehr sehen. So ist jeder anders.

Vereinzelt befinden sich größere Fenster an den Wänden, die durch lange Vorhänge bedeckt sind. Sie sehen aus, als seien sie aus einem leichten Stoff gefertigt. Etwas weiter hinten sehe ich einen abgetrennten Bereich und zwei Türen an der Rückwand des Raumes. Die Decke ist höher angebracht im Vergleich zu einer Wohnung oder einem Haus. Mehrere Metallstreben und Betonsockel stützen die Decke.

Ich überfliege den Raum und komme auf geschätzte zweihundertvierzig Quadratmeter. Aber festlegen werde ich mich nicht mit der Zahl.

»Was für eine große Wohnung!« Ich kann ein Staunen nicht unterdrücken.

»Warte nur, bis du die Dachterrasse gesehen hast.« Er grinst mich verführerisch an. Ein warmer Blitz schießt durch meinen Körper.

Mir wird erst jetzt bewusst, dass ich mit ihm alleine bin. Wie einem frisch verliebten Teenie kommen mir Szenen in den Sinn, die nicht wirklich jugendfrei sind und auf die ich nicht weiter eingehen werde. Falls du verstehst, wovon ich rede?

Luana, benimm dich! Woran du wieder denkst? Das ist nicht meine Art, das muss du mir glauben. Dom hat etwas an sich, das mich anders handeln und denken lässt, als es meiner Natur entspricht.

Zum Glück bekomme ich die Kurve, bevor ich mich in meinen Gedanken komplett verliere. »Aha, durchschaut. Ist das dein Ass im Ärmel für deine weiblichen Gäste?«

Warum ich auf einmal diese Schiene fahre, weiß ich nicht. Es geht mich nichts an, was er mit weiblichen Gästen macht. Aber wenn ich meinen Blick erneut über diese tolle Wohnung wandern lasse und Dom anschaue, steigt eine kleine Eifersuchtswelle in mir auf.

Wie viele Frauen hat er wohl schon mit hierher gebracht? In mir macht sich der Teenager breit.

»Was unterstellst du mir da?« Seine Stimme klingt spielerisch empört. Er holt zwei kleine Wasserflaschen aus dem Kühlschrank.

»Jaja, ich weiß, du hast keine Hintergedanken.«

Jetzt muss ich verlegen grinsen und werde dank des Teenagers in mir ein wenig rot. Eindeutig zu viel Kopfkino. Zum Glück ist das Licht hier nicht so hell. Dom reicht mir das Wasser und ich bedanke mich.

»Bin gleich wieder da«, sagt er und begibt sich dann in den abgetrennten Bereich. Ich höre Tüten klappern und Schubladen werden auf- und wieder zugeschoben. Mit einem Stapel aus Handtüchern und Anziehsachen kommt er zurück zu mir.

»Hier, für dich.« Er hält mir den Stapel entgegen. »Ein paar Handtücher, falls du duschen möchtest. Eine Hose und ein T-Shirt für die Nacht.«

Wo ist dieser Mann die ganze Zeit über nur gewesen? Ich bin gerührt über seine Geste und fühle mich überfordert.

Dom bemerkt meinen Stimmungswechsel und lege die Sachen auf den Esstisch ab. »Komm, ich zeig dir eben noch die Dachterrasse. Hatte vor, dann als Erstes duschen zu gehen, damit du danach alle Zeit der Welt hast. Ist das okay für dich?«

Ich kann nur nicken. Dom lächelt mich verständnisvoll an und weist mich an, ihm in die Küche zur Glastür zu folgen.

Kurz halte ich inne und kämpfe mit aufsteigenden Tränen. Für den heutigen Tag hatte ich genug Aufregung. Ich kann nur hoffen, dass mich heute Nacht mein inneres Chaos in Ruhe lässt.

Kurzerhand entscheide ich mich dazu, die Sachen vom Tisch doch schon an mich zu nehmen. Wie einen Schutzschild drücke ich den Wäschestapel vor meinen Körper. Ein Seufzer will meiner Kehle entrinnen, aber ich schaffe es, ihn hinunterzuschlucken.

Ich trete durch die Terrassentür und folge Dom nach draußen. Es erstaunt mich jeden Tag aufs Neue, wie schnell die Dämmerung voranschreitet. Als wir hier ankamen, ging die Sonne zwar schon langsam unter, aber es war noch hell. In den wenigen vergangenen Minuten ist die Sonne weiter gesunken und die Dämmerung setzt nun von der gegenüberliegenden Seite ein.

Ich schaue hoch zum Himmelszelt und erkenne schon den ein oder anderen Stern. Bald wird es komplett dunkel sein. Ich fixiere einen Punkt am Himmel, um die wandernden Wolken zu beobachten. Ich komme schnell zu dem Entschluss, dass es dort oben weniger windig ist als hier unten, denn die Wolken bewegen sich kaum merklich.

Aus dem Augenwinkel vernehme ich eine Lichtquelle, die Dom soeben eingeschaltet hat. Eine Lichterkette, die um das Geländer geschlungen ist, sorgt für genügend Helligkeit, obwohl nicht alle Lampen leuchten.

Dom führt mich weiter auf die Terrasse und eine große Sitzecke kommt zum Vorschein. Die Kissen sehen extrem bequem und weich aus.

»Kommst du kurz allein zurecht?«, fragt er mich und reibt dabei etwas verlegen seine Hände aneinander. »Wenn ja, würde ich jetzt duschen gehen.«

Meine Wangen erwärmen sich erneut. Zum einen vernehme ich den gemütlichen und leicht romantischen Touch, den Dom mit der Lichterkette und der beruhigenden Atmosphäre mit dem offenen Himmelszelt erzeugt hat. Es wirkt wie ein Date. Und zum anderen schafft er es mit dieser kleinen Geste, wieder die positiven Momente des heutigen Abends hervorzuheben.

»Ja klar. Geh nur.« Dabei versuche ich, so selbstsicher zu sein, wie es nur geht. Leider überkommt mich im selben Moment die Kehrseite von heute Abend: der Wasserschaden, der mich eventuell in eine brisante Situation bringt.

Was ist, wenn ich nicht wieder in meine Wohnung zurückkann?

Nicht komplett überzeugt von meiner Antwort schaut Dom mich direkt an, lässt mich dann aber allein zurück, nachdem ich ihm zugenickt habe. Er nickt mir ebenfalls zu und geht zügig von der Terrasse.

Nachdem er die Tür hinter sich geschlossen hat, setze ich mich auf die Kante einer Sitzfläche, lege meinen Kopf in den Stapel Wäsche, den ich auf meinem Schoß abgelegt habe, und ein paar Tränen lassen sich nicht länger aufhalten. Wie kann so ein schöner Abend nur zu so einem Desaster werden?

Damit meine ich nicht die Tatsache, dass ich beim ersten Date in seiner Wohnung gelandet bin. Ich bin sogar ein wenig froh darüber. Aber ich glaube, wenn die Umstände anders wären, könnte ich es mehr genießen. Jetzt bin ich halt hier bei Dom, weil mein Zuhause unbewohnbar ist.

Am meisten beschäftigt mich die Frage: »Wie groß ist wohl der Schaden in meiner Wohnung?« Alles, was mir heilig ist, *befindet sich dort. Und es macht mich fertig, nicht zu wissen, ob meine Erinnerungsstücke hinüber sind. Ich kann nur hoffen, dass sich der Schaden in Grenzen hält. Drück mir bitte die Daumen! Es wäre schön, morgen wieder in meinem eigenen Bett schlafen zu können. Die Chancen stehen eigentlich gut, weil nur das Nachbarhaus gebrannt hat.*

Wir warten einfach den morgigen Tag ab, oder? Aber das ist leichter gesagt als getan.

»Ich bin fertig«, sagt Dom vorsichtig.

Ich schaue erschrocken auf, weil ich das Geräusch der zufallenden Terrassentür nicht hatte einordnen können. Mein Blick fällt auf Dom und er raubt mir den Atem. Sein halb getrocknetes Haar hängt ihm ins Gesicht. Das helle T-Shirt hat ein paar Wasserflecken. Es lässt mich vermuten, dass er sich nicht komplett abgetrocknet hat, um schneller fertig zu werden. Eine Jogginghose aus Baumwolle hängt ihm lässig auf den Hüften.

In dem Moment, als eine leichte Brise über die Terrasse weht, muss ich mich zusammenreißen. Da ist wieder der Geruch, der mir schon öfter die Sinne geraubt hat. Er fühlt sich so vertraut an, obwohl er so fremd ist. Es ist der gleiche Duft wie an dem Abend im *Grande Amore*. Der, in den ich mich ein wenig verliebt habe.

»Schon fertig? Das ging ja schnell.« Ich versuche, es beiläufig klingen zu lassen.

»Das waren fünfundzwanzig Minuten«, sagt Dom erstaunt.

Wie bitte? Ich habe nicht mitbekommen, wie schnell die Zeit vergangen ist.

»Wenn ich mich beeile, wartest du dann hier auf mich?«

Warum frage ich ihn das? Ich muss verletzt und panisch klingen, denn er schenkt mir ein beruhigendes Lächeln.

»Lass dir Zeit. Du brauchst dich nicht zu beeilen. Ich werde warten.«

Sein Blick ruht sanft auf mir. Ich nicke kurz, erhebe mich dabei und mache mich auf den Weg nach drinnen.

»Ich habe dir die Badezimmertür offen gelassen, damit du das Bad besser findest.«

Dom gibt sich so viel Mühe, dass ich mich nach dieser Hiobsbotschaft bei ihm gut aufgehoben fühle. Ich kann daraufhin nur ein leichtes, verlegenes Lächeln über meine Lippen bringen, denn es bahnen sich schon wieder Tränen ihren Weg an die Oberfläche.

Ich schließe die Badezimmertür hinter mir schnell zu und lehne mich mit meinem Rücken dagegen. *Tief einatmen, Luana. Tief einatmen.* Ich will hier jetzt nicht zusammenbrechen und versuche, die Tränen zu unterdrücken.

Ich atme mehrmals tief ein, und mit jedem Einatmen inhaliere ich seinen Geruch. Den Duft von frischem Regen. Für einen Moment schließe ich meine Augen, lehne den Kopf an die Tür und lasse mich von seinem Duft benebeln. Es hilft. Bald ist der Drang, weinen zu wollen, im Keim erstickt und ich öffne meine Augen erneut.

Was für ein gigantisches Badezimmer. Der Traum einer jeden Frau. Zumindest wäre es meiner. Ein riesiger, beleuchteter Spiegel hängt über der Wascharmatur. Das Waschbecken sieht wie ein gigantischer Stein aus, der in Form gebracht worden ist. Auf dem kleinen Schränkchen daneben liegen ein paar Beauty-Artikel. Duschgel, Shampoo, Zahnbürste und Zahnpasta, Gesichtscreme und Bodylotion.

Ein kleiner Stich im Herzen zwingt mich dazu, meine Augen zu schließen. *Er ist aufmerksam. Genau das, was ich jetzt brauche. Ist er bei allen Frauen so? Aber worüber mache ich mir hier Gedanken? Selbst wenn es so wäre, ich könnte es nicht ändern.* Ein tiefer Atemzug lässt mich den Gedanken beiseiteschieben. *Er ist niemanden Rechenschaft schuldig. Und schon gar nicht mir gegenüber. Auf jeden Fall ist es beeindruckend, dass er an alles denkt.*

Nachdem ich mich ausgezogen habe, drehe ich mir meine Haare hoch und fixiere sie mit einem Haarband. Ich habe immer eins dabei. Dann gehe ich in die ebenerdige Dusche. Das Wasser fällt wie ein Wasserfall auf die Fliesen. So sanft und weich.

Die Temperatur, die Dom für sich eingestellt hat, senke ich, da ich nicht gerne heiß dusche. Im Sommer mag ich es meistens lauwarm bis kalt.

Als ich fertig bin, drehe ich das Wasser ab, benutze eines der Handtücher und ziehe mir nach dem Eincremen mit der Körperlotion Doms Sachen an. Meine Zweifel, dass mir sein Shirt nicht passen könnte, weil ich mehr Kurven besitze als andere Frauen, war unberechtigt. Dadurch, dass Dom größer ist, fällt der Stoff locker. Die Hose hingegen sitzt etwas enger. Aber es ist okay, weil sie nicht zwickt oder kneift. Ein letzter Blick in den Spiegel und ich wage mich wieder zurück in die Höhle des Löwen.

Auf dem Weg nach draußen sehe ich, dass Dom Kissen und eine Decke bei der Sitzinsel bereitgelegt hat. Das wird dann wohl mein Schlafplatz sein. Die Terrassentür ist geöffnet und ich trete geräuschlos nach draußen.

Dom erblicke ich, wie er dort draußen sitzt und in die Ferne schaut. Er nimmt einen Schluck aus seiner Wasserflasche. Er muss mich gehört oder gesehen haben, denn er schaut zu mir. Schweigend lächelt er mich an.

Langsam gehe ich auf ihn zu und setze mich auf eines der Polster leicht abseits von ihm. Mein Blick richtet sich gen Himmel, wo er zuvor hingeschaut hat.

»Es tut mir sehr leid, aber ich glaube, ich bin müder als gedacht«, sage ich. Obwohl ich jetzt gerne bei ihm sein möchte, würde ich genauso gerne alleine sein. Ich brauche etwas Zeit für mich.

»Nein, nein. Schon okay.« Dom macht eine kleine Pause. »Komm, ich zeig dir das Schlafzimmer, dann kannst du dort im Bett schlafen.«

Ich schaue ihn erschrocken an. *Sein Bett soll heute Nacht meins sein?*

»Ich kann die Couch nehmen. Das ist schon okay.«

Auch ihm ist die gesamte Situation etwas unangenehm. So wirkt es zumindest auf mich. Sollte er es nicht gewohnt sein, Frauen bei sich zu haben? Andererseits kann ich mir kaum vorstellen, dass jedes seiner Dates mit zu ihm kommt, weil deren Wohnung ebenfalls einem Löscheinsatz zum Opfer fiel.

So erscheint es mir zumindest. Ich drehe mich ein wenig in seine Richtung und bin unentschlossen, ob ich Blickkontakt halten soll oder nicht.

»Ich weiß nicht, wie ich dir danken soll.« Dankbar dafür, dass er mir einen Schlafplatz bietet und ein wenig beschämt, weil ich in solch einer Situation noch nie gewesen bin, bin ich zwischen meinem neuen Selbstbewusstsein und Unsicherheit hin- und hergerissen.

»Ach, du musst mir nicht danken.« Sein Lächeln ist ein wenig unbeholfen.

»Gilt es eigentlich immer noch, dass ich mir heute alles wünschen darf, was ich möchte?«

Er hält inne, weil ich ihn mit dieser Frage überrumple. Mit seinem Blick studiert er mich für einen kleinen Moment, bevor er vorsichtig nickt.

»Versprochen ist versprochen.« Seine Antwort kommt leicht zögernd, weil er anscheinend absolut nicht einschätzen kann, wohin diese Bitte führen wird.

Langsam erhebe ich mich und schaffe es, zu ihm zu gehen. Er macht keine Anstalten, aufzustehen, lässt mich aber keine Sekunde lang aus den Augen. Bis auf einen geringen Abstand traue ich mich an ihn heran und komme vor ihm zum Stehen.

Sein besinnlicher Duft steigt mir wieder in die Nase und ich habe das Gefühl, verloren zu sein. Er bleibt weiterhin sitzen und schaut zu mir auf. Ich beuge mich vor und schaue ihm auf Augenhöhe direkt in die Augen.

Trotz meines neu erlangten Selbstvertrauens, das immer auftaucht, wenn er bei mir ist, schlägt mein Herz wie wild in meiner Brust. Sollte sein Herz genauso schnell schlagen, lässt er es sich nicht anmerken.

Ich halte nicht inne und beuge mich immer weiter zu ihm vor. Aus dem Augenwinkel glaube ich, zu erkennen, dass Dom seine Augen schließt. Bei den letzten Zentimetern schließe ich ebenfalls meine Lider und küsse ihn auf seinen Mundwinkel.

»Sehr gut.« Damit richte ich mich wieder auf und öffne meine Augen.

»Dann nehme ich die Couch. Gute Nacht!«

Ich drehe mich um und gehe in die Wohnung.

Kapitel 6

D & L

»Gilt es eigentlich immer noch, dass ich mir heute alles wünschen darf, was ich möchte?«

Diese Frage wirft mich aus der Bahn. »Versprochen ist versprochen!«, sage ich vorsichtig.

Sie steht auf, kommt zu mir, beugt sich vor und schaut mir direkt in meine Augen. Ich kann ihre Trauer sehen. Sie hat geweint.

Was für ein innerer Kampf muss das sein, dem sie ausgeliefert ist? Es macht mich fertig, sie leiden zu sehen, denn ich kann aktuell nichts machen. Ich kann nur dafür sorgen, dass sie sich sicher fühlt und ein Dach über dem Kopf hat.

Sie beugt sich langsam zu mir vor. Mein Herz macht, glaube ich, einen Aussetzer. Sie riecht unglaublich gut. Das muss die Duschcreme sein, die ich ihr hingestellt habe. Kokosmilch. Ein Verlangen breitet sich in mir aus, das ich bis jetzt für noch keine andere Frau verspürt habe.

Ich will sie, keine Frage. Aber nicht um jeden Preis.

Der heutige Abend war schön. Ihr scheuer Gesichtsausdruck vor dem Glow-Golfen- Gebäude, ihr erstaunter Blick, als sie erfahren hat, dass ich Minigolf spielen kann.

Ihr schelmisches Lächeln bei ihrer Aufforderung, über die Sommerkirmes zu gehen. Und dann die Natürlichkeit beim Kettenkarussell, als sie mit geschlossenen Augen ihre Arme ausstreckte und so ein paar Runden voller Leichtigkeit genossen.

Ich weiß nicht, wie der Abend ausgegangen wäre, wenn ihre Wohnung nicht einem Löscheinsatz zum Opfer gefallen wäre. Und ich gebe zu, dass ich sie auf der Kirmes fast geküsst hätte. Aber ich wollt es nicht übereilen. Ja ich weiß, dass ich es bei anderen Dates getan hätte, aber Lu ist anders. Alles ist anders mit ihr. Das spüre ich und sehe ich.

Wohin führen mich diese Gedanken? Ich werde nervös, denn das Letzte, was ich will, ist, dass sie sich zu irgendetwas gezwungen fühlt. Sie soll nichts tun, wozu sie nicht bereit ist. Geschweige denn möchte ich etwas einfordern, was sie nicht möchte.

Ihre weichen Lippen berühren meinen Mundwinkel und sie zieht mich damit endgültig in ihren Bann.

»Sehr gut. Dann nehme ich die Couch. Gute Nacht!«

Damit holt sie mich wieder ins Hier und Jetzt zurück. Sie lässt von mir ab und geht in meine Wohnung, ohne sich umzudrehen. Mein Herz rast.

Was war das? Ihre weichen Lippen waren fast auf meinen. Ich spüre den leichten Druck weiterhin auf meiner Haut.

Die Tür schließt sich und ich fahre schnell mit beiden Händen durch mein Gesicht und hole drei Mal tief Luft, vergrabe die Hände im Haar und halte inne. Ich erhebe mich und schaue zur Terrassentür. Es ist egal, wie der Abend anderweitig verlaufen wäre. Denn jetzt sind wir bei mir und sie hat mich auf den Mundwinkel geküsst.

Wie sagt man immer so schön: »Weniger ist mehr?« Es war nur ein kleiner Kuss, aber der hat mich kalt erwischt. Was mich verwirrt, ist die Tatsache, dass sie zuvor geweint hat. Sie glaubt, es vor mir verbergen zu können, aber ich sehe es in ihren Augen. Sie sind glasig.

Es tut mir leid, dass sie eventuell ihr Zuhause verloren hat. Ich kann nur hoffen, dass der Schaden sich in Grenzen hält und sich alles wieder einrenkt.

Aber gut. Es ist ihr Wunsch, die Couch zu nehmen? Dann soll es so sein.

Ich gehe in meine Wohnung und schließe hinter mir die Terrassentür ab. Lu hat es sich in der Zwischenzeit bequem gemacht. Die Kissen sind ausgelegt und die Decke liegt ausgebreitet über der Sitzfläche. Mit ihrem Smartphone in der Hand sitzt sie auf ihrem heutigen Bett und tippt auf dem Display herum.

»Soll ich das Licht noch anlassen?«, frage ich, weil ich nicht weiß, was ich sagen soll.

»Nein, brauchst du nicht, danke.«

Ohne den Kopf zu heben, antwortet sie mir. Ob sie das von vorhin bereut? Ich auf jeden Fall nicht. Ich schaue ein letztes Mal zu ihr und schalte dann die Wandbeleuchtung aus.

»Gute Nacht,« sage ich, bevor ich durch die Schlafzimmertür verschwinde.

Sie dreht den Kopf leicht zur Seite und antwortet ebenfalls mit »Gute Nacht«, über ihre Schulter hinweg.

Mitten in der Nacht werde ich unsanft geweckt.

»Nein! Nein! Nein!«

Ich schrecke hoch, brauche einen Moment, um wachzuwerden.

»Bitte nicht!«

Und dann höre ich ein langgezogenes Nein.

Luana!

Ich springe aus dem Bett und schnappe mir mein Shirt vom Bettende, das ich vor dem Zubettgehen ausgezogen habe. Da es mitten in der Nacht ist, schalte ich nur ein paar Wandlampen an. Dann suche ich den Raum nach Luana ab, aber ich kann sie nirgends entdecken – bis ich eine Bewegung auf der Couch wahrnehme.

Als ich mich ihr nähere, sehe ich, dass sie schläft. Sie windet sich unter der Decke, muss einen Alptraum haben. In mir breitet sich etwas Panik aus. Ich kenne mich mit so was nicht aus. Während ich sie weiter beobachte, fahre ich mir durch mein Haar, um mich zu beruhigen. Das hat mir bis jetzt immer geholfen. Obwohl ich nicht weiß, was ich machen soll, zögere ich nicht lange und gehe zügig um die Couch herum. Ich muss zu Luana. Ich möchte ihr helfen. Deshalb setze ich mich auf die Kante der Sitzfläche und fasse sie leicht an den Schultern an.

»Lu? Hörst du mich? Lu?«

Sie reagiert nicht. Ich schüttele sie leicht an der Schulter. Nichts. Wie weckt man jemanden, der schlecht träumt, auf? Darf man diese Personen überhaupt wecken? Schlafwandler darf man nicht wecken, glaube ich zu wissen.

Luanas Atmung wird immer schneller und kommt stoßweise. In dem Moment, als ich mich dazu überwinde, mich über sie zu beugen, kommt sie mir mit ihren Oberkörper entgegen und schreit ein langgezogenes Nein.

»Lu?« Ihre Augen sind offen, ihr Blick irrt wirr durch den Raum. »Kannst du mich hören? Luana?« Sie ist nassgeschwitzt. »Lu, das war nur ein Traum.«

Endlich schaut sie zu mir. Auf ihren Augen liegt der Schleier des Alptraums. Langsam verflüchtigt sich die Angst und sie kommt zu sich. »Dom?«, flüstert sie mit einem Zittern in ihrer Stimme.

»Ja, ich bin es!«

In ihrem Gesicht steht die blanke Hilflosigkeit. Der Schleier legt sich komplett und sie erkennt mich. Mit ihrer rechten Hand umfasst sie mein Gesicht und sieht mich an, ihre Augen sind inzwischen mit Tränen gefüllt. Aus einem Reflex heraus greife ich nach ihr und ziehe sie auf meinen Schoß. Meine Arme bilden einen Schutzschild um sie herum. Sofort sackt ihr Körper gegen meinen. Ihr Hand gleitet langsam von meinem Gesicht und sucht sich einen neuen Weg.

Sie drückt ihren Kopf an meinen Hals und lässt ihre Hand weiter sinken, bis sie ein Stück Stoff meines T-Shirts ergattert, das sie krampfhaft umschließt. Liebend gern würde ich sie jetzt zudecken, aber leider sitzen wir beide halb auf der Decke. Ich versuche es, bekomme sie aber absolut nicht so bewegt, wie ich es gerne hätte.

Lu verweilt weiterhin mit ihrem Kopf an meinem Hals. Ihre Atmung neutralisiert sich und sie schläft in mein T-Shirt gekrallt wieder ein.

Ich starre auf den Tisch vor mir und versuche, mir einen Reim darauf zu machen, was passiert ist. Ich bin kein Fachmann und habe nicht das Recht, über das Geschehene zu urteilen. Ich weiß nur, dass Lus Verhalten spezifisch war.

Ich erinnere mich schwach daran, mal einen Bericht über Alpträume gelesen zu haben. Da war auch die Rede von einem Nachtschreck, der wie ein Alptraum wirkt, aber wesentlich intensiver sein soll. Betroffene Personen erwachen plötzlich und schrecken aus ihrem Tiefschlaf auf – häufig mit einem gellenden Schrei. Unschöne Träume entstehen durch unverarbeitetes Tagesgeschehen, traumatische und traumatisierende Ereignisse, Stress oder psychische Probleme, aber auch physische Faktoren können der Auslöser sein. Sicher bin ich mir deswegen nicht.

Aus Angst, sie wecken zu können, bleibe ich mit ihr im Arm sitzen. Irgendwann löst sich ihre Hand von meinem T-Shirt und ich starte den ersten Versuch, mit ihr zusammen im Arm aufzustehen. Nach dem vierten Anlauf stehen wir beide. Ich stehe, sie schläft. Ich halte kurz inne, weil sie sich bewegt. Zum Glück schläft sie weiter und ich nehme sie mit ins Schlafzimmer.

Vorsichtig lege ich sie auf das Bett und möchte mich von ihr abwenden. Das scheint sie zu merken, denn sie krallt sich krampfhaft, als wäre es ein Rettungsanker, wieder in mein Shirt. Mit ein wenig Geduld schaffe ich es, ihre Hand zu öffnen, um mich zu befreien, und lege sie komplett in mein Bett.

Ich schwinge mich auf meine Betthälfte und verzichte darauf, mein Shirt auszuziehen. Im Glauben, sie so beschützen zu können, sind meine Augen so lange auf sie gerichtet, bis ich selbst wieder einschlafe.

L & D

Langsam werde ich wach und habe das Gefühl, in eine Heizdecke gewickelt zu sein. Die erste Welle an Panik will sich ausbreiten, weil ich mich nicht bewegen kann. Es dauert etwas, bis ich mich gesammelt habe.

Der gestrige Abend kommt mir wieder in Erinnerung und ich weiß nun, wo ich bin. In Doms Wohnung. Bei dem Gedanken an ihn beruhigt sich mein Pulsschlag direkt. Ein leises Schnarchen ertönt hinter mir. Ich versuche, meinen Kopf in die Richtung zu drehen, aus der das Geräusch kommt, und blicke in sein Gesicht.

Zumindest sehe ich einen Teil seines Gesichtes. Aus meinem Blickwinkel nehme ich seine geschlossenen Augen und seine Nase wahr. Sein Haar ist verstrubbelt. Den Rest kann ich nicht erkennen, weil meine Schulter mir die Sicht verdeckt. Ich liege auf der Seite und scheitere beim Versuch, mich umzudrehen. Doms rechter Arm liegt quer über mir, weshalb ich mich kaum bewegen kann.

Bei einem erneuten Anlauf, mich doch zu bewegen, vernehme ich, dass eines seiner Beine mich in Beschlag genommen hat. Ich bin von Dom umklammert. Sein Arm muss eine Tonne wiegen, denn ich bekomme ihn keinen Millimeter bewegt. Er fängt an, sich zu bewegen, und macht ein komisches Grunzgeräusch.

O nein, bitte jetzt nicht wach werden!

Mein Stoßgebet aus der Stille scheint zu fruchten, denn jetzt ist wieder dieses leise Schnarchen zu hören. Da ich sowieso keine Chance habe, mich aus seinen Fängen zu befreien, schließe ich erneut die Augen und schlafe wieder ein.

Bei meinem nächsten Wachwerden ist alles kalt. Der Arm und das Bein sind weg.

Dom ist weg!

Ich schrecke panisch hoch, versuche, aus diesem hohen Bett zu krabbeln, und halte inne. Bei meinem ersten Aufwachen war ich noch zu schlaftrunken, um mich zu fragen, warum Dom bei mir war. Jetzt, da ich wach bin und mich in seinem Bett befinde und nicht mehr auf der Couch, bekomme ich eine kleine Vorahnung davon, was passiert sein könnte. Das Klirren von Tellern reißt mich aus meinen Gedanken und weckt meine Aufmerksamkeit.

Ich erzähle dir später von meiner Vermutung.

Ich setze mich auf die Bettkante, lasse meine Beine baumeln und rutsche über die Kante auf meine Füße. Der kalte Fußboden vertreibt meine Morgenmüdigkeit in Sekunden und ich werfe mir, wegen der aufsteigenden Kälte, ein Bettlaken über meine Schultern. Solche Laken habe ich bis jetzt nur in amerikanischen Filmen und Serien gesehen. Und auf Social Media.

Etwas verwundert begebe ich mich aus dem Schlafzimmer. In der Tür kommt mir ein verlockender Duft entgegen. Ich bleibe stehen und schließe meine Augen, um tief einzuatmen. Es riecht verlockend nach gebratenem Speck und Eiern. Ich bekomme Hunger und folge dem Duft in die Küche, wo Dom herumwirbelt.

Kaum trete ich in die Großraumwohnung, bemerkt er mich. Er sieht mich mit einem gemischten Blick an. Mitleidig, aber auch kraftspendend. Bei seinem Anblick verschlägt es mir die Sprache.

Falls du dich an meine erste Begegnung mit Dom erinnern kannst, weiß du vielleicht noch, dass ich ihn damals als attraktiv beschrieben habe. Nun, das war eine exakte Beschreibung von dem, was sich auch jetzt in diesem Augenblick vor meinen Augen präsentiert. Dom trägt dasselbe Shirt, das seinen muskulösen Oberkörper betont, wie gestern Abend. Demnach denke ich, dass er auch dieselbe kurze Hose anhat. Weil er hinter der Kochinsel steht, kann ich nur seinen Oberkörper sehen. Sein Haar ragt rebellisch in alle Richtungen. Ich bin unsicher, was ich sagen soll.

Aber Dom kommt mir mal wieder zuvor und wünscht mir einen guten Morgen. Damit unterbricht er die Stille und nimmt mir meine Unsicherheit.

»Guten Morgen«, antworte ich mit einem scheuen Lächeln.

»Hast du Hunger? Ich hoffe, ja. Ich wusste nicht, was du gerne frühstückst und habe ein wenig vorbereitet. Hoffentlich kann hiervon etwas deinen Hunger stillen.«

Er zeigt auf die Küchentheke, wo viele frisch zubereitete Leckereien stehen. Ich sehe Rührei, angebratenen Speck, Pfannkuchen, dampfende Baked Beans, Brötchen, Wurst und Käse.

Bei dem Anblick dieser ganzen Leckereien bin ich gerührt. Er gibt sich so viel Mühe. Eine Scheibe Brot mit Aufschnitt hätte mir gereicht. Aber die Tatsache, dass er so viel aufgetischt hat, lässt mein Herz schneller schlagen. Mit aufgerissen Augen komme ich aus dem Staunen nicht mehr raus.

»Das alles kann ich aber nicht allein aufessen.«

Damit akzeptiere ich seine Einladung und nehme ihm gleichzeitig die Anspannung, nicht das Richtige aufgetischt zu haben. Er ist so liebevoll – und das ist nicht gut.

Denn ich erwische mich dabei, wie er mich in seinen Bann zieht. Die Vorstellung, jeden Morgen mit ihm zu frühstücken, die Freizeit zusammen zu gestalten und abends zusammen ins Bett zu gehen, jagt mein Blut schneller durch meine Venen.

Das wäre so schön. Ich könnte mich an alles hier gewöhnen. Deshalb bricht es mir das Herz. Denn ich weiß, dass es keinen gemeinsamen Weg geben wird.

Ich meine, schau ihn dir an. Warum sollte er sich für jemanden wie mich interessieren? Er hat selbst gesagt: »Ohne Hintergedanken.« An seine Seite passt eine Frau, die hübscher ist, als ich es je sein könnte.

»Komm her und setz dich, bitte. Kaffee? Tee? Heiße Milch? Was möchtest du?« Damit reißt er mich aus meinem Tagtraum und bietet mir einen Sitzhocker an.

»Hast du Honig?«

»Agavensirup. Ist fast wie Honig.«

Ich bleibe an der Theke stehen. »Dann eine heiße Milch mit dem Sirup, bitte.«

»Kommt sofort!« Er strahlt mir entgegen und wirbelt dabei umher.

Ist das nicht süß von ihm? Aber ich muss es noch mal sagen: Es gibt für uns beide keine Zukunft. Das steht mir nicht zu. Er hat was Besseres verdient. Kein Wrack wie mich.

Mein Blick fällt auf die Couch, wo ich gestern eingeschlafen bin. Die Decke liegt zusammengefaltet und ordentlich da, die Kissen gestapelt daneben.

Ich fange an, zu stammeln. »Wegen letzter Nacht …« Dabei lasse ich das geordnete Bettzeug nicht aus den Augen.

Ich sagte doch, dass ich eine Vorahnung hatte, warum ich nicht auf der Couch wach geworden bin.

»Du hast schlecht geschlafen.«

Ich schließe meine Augen und versuche, den aufsteigenden Kloß hinunterzuschlucken. »Anscheinend hatte ich wieder sowas wie einen Alptraum?«

Abweisend mache ich eine Bemerkung darüber. Dom hält in seiner Bewegung inne und schaut mich an. Die Situation ist ihm unangenehm. Und genau das ist der Grund, weshalb das mit uns nie funktionieren würde. Ich kann nicht von ihm verlangen, dass er seine Zeit einer gebrochenen Frau opfert. Diese Bürde kann und will ich ihm nicht auferlegen.

»Ich glaube, ja.« Unsicher, was er sagen soll, putzt er sich seine Hände an einem Handtuch ab. »Du hast laut geschrien.«

Ich schaue wieder zu Dom. Jetzt sehe ich seine Hilflosigkeit.

»Und dann habe ich geweint?«

Er sieht mich perplex an. »Erinnerst du dich daran?«

»Nein«, höre ich mich selbst sagen und blicke leer zu ihm.

»Du hast mich aber angeschaut.«

»Ich kann mich trotzdem nicht erinnern.«

Jetzt wird er stutzig. »Aber woher weiß du das alles dann?«

»Patricia.«

Pat hat mir einmal ausführlich erklärt, wie sie mich nachts vorgefunden hat. Ich habe immer noch ihren hilflosen und besorgten Gesichtsausdruck vor Augen.

»Ich erinnere mich nie daran. Aber ich fühle es, weil ich am Morgen danach immer sehr erschöpft bin.«

Dom schaut mich genauso an wie Pat damals.

Ich bin hier fehl am Platz. Das ergibt alles keinen Sinn. Warum habe ich nicht das Hotel genommen? In mir bahnt sich eine dieser unschönen Gefühlswellen einen Weg an die Oberfläche. Dom hat es nicht verdient, das zu sehen.

Ich würde dir gerne erklären, wie sich diese Welle in mir anfühlt. Aber ich finde dafür keine passenden Worte. Das Schlimme daran ist die Kombination. Es steigt ein Gefühl auf, als würde sich mein Brustkorb zusammenziehen. Im selben Moment jagen viele kleine Stiche durch mein Herz. Sie sind unangenehm und verblassen direkt. Aber sie kommen nacheinander, dadurch fühlt es sich kontinuierlich an. Und dann steigt der Druck vom Brustkorb Richtung Hals. Das Herz schlägt schneller und zugleich überkommt mich Panik. So ist es jedes Mal. Und jedes Mal ist jeder einzelne Impuls anders intensiv.

»Ich habe deine Zeit schon genug unberechtigt in Anspruch genommen«, schießt es aus mir heraus, ohne dass ich nachdenke. Er will um die Kochinsel zu mir kommen. »Nein, bitte nicht!« Ich mache einen Schritt nach hinten.

Dom bleibt stehen. »Du nimmst meine Zeit nicht unberechtigt in Anspruch«, sagt er. Wenn ich es nicht besser wüsste, würde ich behaupten, dass er um mich kämpft. »Ich habe es dir angeboten, falls du dich erinnerst.«

Ein schelmisches Grinsen legt sich über mein Gesicht, weil ich die Ironie dieses Geschehens realisiere. *Siehst du sie auch?*

Es zerreißt mir das Herz, ihn so da stehen zu sehen. Er versucht, das zu machen, was bei den richtigen Frauen gut ankommen würde. Aber ich bin das nicht.

»Das ist alles nicht so einfach, weißt du?«

»Dann erkläre es mir.« Er kommt ein paar Schritte weiter auf mich zu, bleibt dann aber wieder stehen.

Er zeigt mir, dass er für mich da ist, obwohl ich ihn zurückgewiesen habe. Warum erschreckt ihn das nicht? Warum scheint es ihm nichts auszumachen, dass ich niemals wie andere Frauen sein werde? Er kann mir nicht erzählen, dass er nicht damit überfordert ist. Ich habe es in seinem Gesicht gesehen. Es tut mir leid, wenn ich mich wiederhole, aber es ist genau wie bei Pat damals. Das war auch ein Grund, weshalb es mir damals wichtig war, eine eigene Wohnung zu haben. Ich wollte sie nicht weiter belasten. Das ist das Wort, das mich beschreibt: Ich bin eine Belastung.

Ich schaue ihm direkt in seine Augen und bin verloren.

Ein Blick in dieses tiefe Blau und in mir macht sich ein kleiner Verräter bemerkbar. Dieser würde Dom so gerne von dem Unglück erzählen, wodurch ich meine Eltern verloren habe. Und meinen geliebten kleinen Bruder. So gern würde er ihm sagen, wie schuldig ich mich fühle, weil sie verunglückt sind und ich bei ihnen hätte sein sollen. So gerne würde dieser Verräter ihm auch sagen, dass ich seit über zehn Monaten diese Nächte erlebe und sie nicht mehr loswerde. Sie machen mich fertig und rauben mir meine Kräfte.

»Ich kann nicht.« Panik breitet sich in mir aus. Ich gewinne wieder die Oberhand über den kleinen Verräter und fange an, stoßweise und schneller zu atmen. Der Schmerz nimmt erneut Besitz von mir.

»Warum nicht?«

»Ich … ich …« Unfähig, seine Frage zu beantworten, bahnen sich unaufhaltsame Tränen einen Weg, den ich vermeiden wollte.

»Schschsch, ist schon gut.« Mit ein paar schnellen Schritten in meine Richtung steht er direkt vor mir und legt dabei, ohne zu zögern, schützend seine Arme um mich. »Du musst nicht, wenn du nicht kannst.«

Er flüstert beruhigende Worte in mein Ohr und drückt meinen Kopf an sich. Das reicht mir. Diese liebenswerte Geste wirft mein Gefühlschaos erheblich durcheinander. Mein Körper reagiert auf ihn und ich kann es nicht länger aufhalten. Ich öffne meine Arme samt Decke und schlinge beides um seinen Oberkörper.

Er lässt mich gewähren. Mein Gesicht vergrabe ich an seiner Brust und lasse meinen Tränen freien Lauf.

Weiterhin ineinander verschlungen manövriert Dom uns zu den Hockern an den Tresen, wo er sich auf einen niederlässt. Durch die neue Position kann ich mein Gesicht in seiner Halsbeuge vergraben. Meinen linken Arm ziehe ich wieder nach vorn und suche Halt, indem ich sein T-Shirt fest umschließe.

Dom hält mich behutsam in seinem Arm. Er drängt mich nicht oder zwingt mich zu irgendetwas. Er gibt mir genau das, was ich jetzt benötige: Halt und Raum.

Es dauert, bis meine Tränen versiegt sind. Dom macht aber keine Anstalten, die Position zu ändern. Mein Zeitgefühl hat mich verlassen, weshalb ich mich zuerst aus unserer Umarmung löse. Er lehnt sich etwas nach hinten und stützt sich mit seinem Ellenbogen an der Theke ab, um sein Gleichgewicht zu halten. Trotz Hocker ist ein kleiner Größenunterschied vorhanden. Sein Blick wandert zu meiner Hand, die sich weiterhin an seinem Shirt festkrallt. Obwohl er nichts sagt und mich nett anschaut, fühle ich mich dazu genötigt, es wieder loszulassen.

Verlegen nehme ich meine Hand von seinem Oberteil und betrachte das Malheur, das ich verursacht habe: Der Stoff ist an der Stelle komplett zerknittert. Das ist mir ziemlich unangenehm und ich versuche, die Falten zu glätten.

»Nicht.« Dom drückt seine Hand auf meine. Nur so stark, bis meine Hand zum Stillstand kommt.

Er schaut mich wieder direkt an, aber schweigt. Kein einziges Wort. Seine Nähe allein reicht aus, um mich zu beruhigen.

Liest er mich wie ein offenes Buch? Für mich ist es ungewohnt, in so einer Situation das zu bekommen, was ich brauche. Dom fühlt sich für mich wie ein fehlendes Puzzleteil an, das nach langer Suche seinen Platz gefunden hat.

Ich schaue fasziniert auf unsere übereinanderliegenden Hände. Wie kann etwas Fremdes so vertraut sein?

Nach einer gefühlten Ewigkeit hebe ich meinen Kopf und blicke in glasklare blaue Augen. Automatisch wandert mein Fokus auf den braunen Fleck in seiner linken Iris. Fasziniert von diesem Farbenspiel sehe ich wieder in die Weiten seines Blaus zurück. Seine Augen fangen meinen Blick mit Wärme und Güte ein.

Zweifel breiten sich in mir aus. Habe ich das alles verdient? Habe ich ihn verdient?

Dom rührt sich weiterhin keinen Millimeter. Als wäre es ein eingespielter Brauch von uns, schenkt er mir Zeit und Geduld. Sein Duft benebelt allmählich wieder meine Sinne. Für eine Sekunde schließe ich die Augen.

Beim Öffnen fällt mein Blick kurz auf seinen vollen Lippen. Ich ziehe meine Hand unter seiner hervor und lege sie auf seinen Hinterkopf. Langsam ziehe ich Dom zu mir und küsse ihn. Behutsam erwidert er den Kuss, löst sich aber kurz danach von mir und drückt seine Stirn an meine.

»Das war nicht meine Absicht. Weiß du noch: Ohne Hintergedanken?«

Er entschuldigt sich für etwas, was er nicht angefangen hat? Ich bin verwirrt, wie so oft in letzter Zeit. Sollte ich jetzt nicht sauer oder enttäuscht sein, weil er mich quasi abgewiesen hat? Ja. Aber kann ich es ignorieren, dass er die Situation nicht ausnutzt? Nein. Kannst du dich noch an das fehlende Puzzleteil erinnern?

Doms Atmung hat sich ein wenig beschleunigt, seine Augen sind geschlossen. Das ist es, was ich jetzt brauche.

»Bitte«, flehe ich und umgreife erneut die zerknitterte Stelle seines Shirts. Ich kann es mir nicht erklären, aber die Erwiderung von Doms Kuss hat sich wie Balsam über meine Seele gelegt. Für wenige Sekunden hat mir Dom meine Trauer und meinen Schmerz genommen. Nach fast einem Jahr habe ich so etwas wie Ruhe in mir gefühlt. *Nenn mich egoistisch, aber ich möchte mehr von dieser Ruhe.*

Nachdem Dom mich gestern zu sich holte, blieb ich vor weiteren Alpträumen verschont. Ich konnte durchschlafen. Das fühlte sich gut an. Das fehlt mir. Diese Leichtigkeit, diese Sorglosigkeit. Und genauso groß, wie mein Drang vorhin war, zu verschwinden, vernehme ich jetzt einen Drang, der sich freuen will, wenn das alles hier echt wäre.

Willkommen in meiner Welt des Gefühlschaos, das seit fast einem Jahr mein ständiger Begleiter ist. Verstehst du mich jetzt besser?

Ich kann mir beim besten Willen nicht vorstellen, dass Doms Interesse echt sein soll. Ja, ich weiß, wenn er nicht an mir interessiert wäre, würde er nicht weiterhin vor mir stehen. Ich sollte ein wenig an meinem Selbstvertrauen arbeiten. Zwischendurch ist es dank ihm stärker.

Unfähig, einen weiteren Gedanken zu fassen, beobachte ich ihn. Dom verweilt weiterhin an meiner Stirn und hält seine Augen geschlossen. Seine Atmung ist wieder kontrolliert, dennoch kommt sie stoßweise. Er führt einen inneren Kampf mit sich. Am liebsten würde ich ihm die Zeit und den Raum geben, die er mir ebenfalls gegeben hat. Aber ein Impuls in mir verleitet mich dazu, fester in sein Shirt zu greifen.

Ich sehe, wie er seine Lippen zusammenpresst. Er ringt einen weiteren Moment lang mit sich, und dann gibt er den Kampf mit sich selbst auf. Dom umfasst vorsichtig mein Gesicht, als wäre es zerbrechliches Porzellan. Er löst seine Stirn von mir und schaut mich an. Sein Blick ist benebelt. Entschlossen schaut er kurz zu meinen Lippen, bevor er mich zu sich zieht und mich küsst.

Sein Kuss fühlt sich sanft und vorsichtig an, seine weichen Lippen legen sich behutsam über meine. Zaghaft teilt er meine Lippen mit seiner Zunge und nimmt auch von meinem Mund Besitz. Wie ein Feuerwerk reagiert jede einzelne Faser meines Körpers und lässt mich abtauchen in die Tiefen eines Gefühlsstrudels, den ich so noch nie erlebt habe.

D&L

Behutsam beanspruche ich Lus weiche Lippen für mich. Leicht zögernd erwidert sie meinen Kuss. Ihr Kuss ist scheu, sie wirkt wie ein Reh, das bei der kleinsten falschen Bewegung weglaufen könnte. Und trotzdem fordert sie mich auf, nicht aufzuhören. Es kostet mich einiges an Kraft, nicht die komplette Führung zu übernehmen und somit meine letzte Beherrschung zu verlieren. Ich begehre diese Frau seit dem ersten Moment, als ich sie im *Grande Amore* gesehen habe. Aber ich würde niemals wie ein Tier über sie herfallen.

Sie lässt mein T-Shirt los und lässt ihre Finger über den Stoff meines Shirts Richtung meinem Hals wandern. Ihre Hand legt sich um meinen Nacken und, ohne zu zögern, zieht sie mich zu sich. Der Kuss und jede Berührung laufen fließend ineinander.

Wenn ich nicht so berauscht wäre, würde ich hinterfragen, woher ich weiß, wie ich mich bei Lu zu verhalten habe. Aber eine fremde Vertrautheit treibt mich voran und mit jeder Sekunde wächst mein Verlangen nach ihr. Mich zurückzuhalten, fällt mir immer schwerer. Sämtliche Vorstellungen, was ich jetzt mit ihr am liebsten anstellen würde, brechen über mich hinein. Ich würde sie ihres Oberteils entledigen und jeden Zentimeter ihrer Haut erkunden. Mein Ziel wäre es, sie zu verwöhnen und sie für einen Moment vergessen zu lassen, was sie quält.

Was? Nein, ich besitze keine Spielzimmer!

Bevor ich meinen letzten Funken an Selbstbeherrschung verliere und vollkommen über sie herfalle, hebe ich Lu hoch. Sie schlingt ihre Beine um mich und ich versuche, uns zu einer der Couchen zu leiten. Für eine bessere Balance löse ich den Kuss. Mit leicht eingeschränkter Sicht ist es gar nicht so leicht, den richtigen Weg zu finden.

Der erste Versuch, uns galant hinzusetzen, scheitert zu Lus Belustigung. Sie will delegieren, aber das bringt meine gesamte Konzentration aus dem Ruder. Kurzerhand falle ich zusammen mit ihr rückwärts auf die Sitzfläche. Ihr Versuch, sich an der Rückenlehne abzustützen, scheitert und sie prallt gegen mich. Dadurch wirbeln ihre Haare in alle Richtungen.

»Hast du dir wehgetan?«, frage ich sie. Dabei streife ich ihre Haare wieder nach hinten.

»Nein, alles gut. Ich hoffe, dass dir auch nicht wehgetan habe?« Sie lacht und tastet die Stellen ab, wo sie gegen mich geprallt ist.

»Ich bin weich gelandet,« witzele ich zurück.

Unsere Blicke treffen sich und ihre Hand bleibt auf ihrem letzten Kontrollpunkt liegen. Ihr Lachen verstummt allmählich. Ich sehe ein Banner mit tausenden Fragen auf ihrer Stirn, weshalb ich fürsorglich über die kleinen Gedankenfalten fahre. Der kleine Absturz hat mich wieder in die Realität zurückgeholt. Mit leiser Stimme unterbreche ich das Schweigen.

»Ich möchte nichts tun, was du nicht auch möchtest.«

Dann streife ich ihr eine weitere Strähne hinters Ohr und halte behutsam ihr Gesicht. Es fällt mir schwer, den Impuls zu unterdrücken, mit meinem Daumen über ihre Lippen zu fahren. Trotzdem habe ich ihre Aufmerksamkeit.

»Du entscheidest, was passiert. Nicht ich.«

Ein Blick in ihre eisgrüne Iris verrät mir, dass sie überlegt. Derweil schaut sie zwischen meinen Lippen und meinen Augen stetig hin und her. Sie stützt sich weiterhin an der Rückenlehne ab und behält mich im Visier, bevor sie ihre Hüften nach vorn auf meine Lenden schiebt und dort pausiert.

Diese Bewegung verfehlt ihre Wirkung nicht, wie Lu unschwer mitbekommt. Es kostet mich Kraft, sie nicht auf die Couch zu hieven, um dann doch die Initiative zu ergreifen. Weil ich noch nicht einschätzen kann, ob sie weiter führen will oder nicht, schiebe ich mein eigenes Verlangen noch einmal nach hinten. Fragt sich nur, wie lange ich diese Kraft noch aufbringen kann.

Unverhofft bewegt sie sich wieder und ich schließe meine Augen, um nicht der Versuchung zu verfallen. Wenn sie damit herausfinden will, wie weit sie mich reizen kann, ist das ein unfairer Test. Sie hält inne und ich spüre durch unseren dünnen Stoff ihre Wärme auf meinen Lenden.

Als ich meine Augen öffne, lässt sie im selben Moment ihre Hüften einmal kreisen. Der Blick in ihre Augen lässt mich ihr Verlangen deutlich sehen. Sie beugt sich vor und küsst mich sanft. Erst einmal. Dann ein zweites

Mal. Beim dritten Mal nimmt ihre Zunge Besitz von meinem Mund und sie bewegt dabei erneut ihre Hüfte.

Ich kann ein Knurren nicht weiter unterdrücken, ziehe ihr das T-Shirt über den Kopf, schlinge meine Arme um sie und bugsiere uns auf die Sitzfläche. Mit meinem letzten klaren Gedanken greife ich zu einer der kupferfarbenen Boxen auf dem Beistelltisch und hole ein Kondom heraus.

Aus der Ferne höre ich ein Vibrieren und werde dadurch geweckt. Der Versuch, meine Augen schnell zu öffnen, scheitert: Brennender Schmerz durch das blendende Tageslicht zwingt mich, meine Lieder wieder zu schließen. Mit meiner rechten Hand möchte ich mir den Schlafdreck wegreiben, den Arm kann ich aber nicht bewegen.

In dem Moment bemerke ich, dass Lu direkt vor mir liegt. Ihre nackte Haut schmiegt sich an meine und reflektiert ihre Wärme. Ich erinnere mich wieder an ihren scheuen Kuss und die Anziehung zwischen uns beiden.

Ich weiß, dass ich dich eventuell damit nerve. Aber das war kein Sex wie jeder andere.

Ich fahre mir mit der linken Hand durch mein Gesicht und versuche, mich anders hinzulegen. Da vibriert mein Handy erneut. Vorsichtig ziehe ich meinen Arm unter ihr hervor und schaffe es, jedoch unästhetisch, aufzustehen. Ich möchte Lu weder wecken, geschweige denn wehtun.

Auf dem Weg zur Küche hört der Anruf auf. Wie spät ist es überhaupt? Da kommt keine drei Sekunden später ein neuer Anruf rein. Es ist André.

»Ey, Mann! Was ist los mit dir?«, pflaumt er mich direkt an.

»Hey, André, danke der Nachfrage, mir geht es auch gut.«

»Was ist los?«

»Das frage ich mich gerade auch. Warum rufst du an?«

Ich höre, dass André am anderen Ende der Leitung stärker atmet. Das kenne ich von ihm, wenn er versucht, seine Konversation in eine neue Richtung zu lenken.

»Sasha bittet um ein Treffen. Es sollen weitere Abänderungen besprochen werden«, sagt er schließlich.

»Dann mach einen Termin und wir können alles ein weiteres Mal besprechen.« Ich bin leicht genervt. Das wäre dann die dritte Abänderung.

»Das Treffen soll heute stattfinden.«

Ich kann einen Seufzer nicht unterdrücken und drücke mit Daumen und Zeigefinger auf meinen Nasenrücken. *Das fehlt mir gerade noch. Ausgerechnet heute?*

»Wann?«

»Um zwölf.«

»Willst du mich verarschen? Das ist in einer halben Stunde!«, sage ich ungewollt laut. Sofort schaue ich zu Lu, sie schläft aber ungestört weiter.

»Ich versuche seit zwei Stunden, dich zu erreichen. Geh halt dran, und stell dich nicht so an. Es geht hier schließlich um ein ganz großes Ding!« So rechtfertigt André diesen Termin an einem Samstag.

Du solltest wissen, dass wir am Wochenende nur im allergrößten Notfall Termine vergeben. Wir arbeiten immer unterhalb der Woche und sind mit den Arbeits-

zeiten bisher immer super hingekommen. Okay, vielleicht müssen wir mal eine Stunde hinten dranhängen. Aber wirklich oft ist das bis jetzt noch nicht vorgekommen.

»Dann mach das doch mit Sasha alleine. Scheinst dich ja darum zu reißen.« Ich kann meine aufsteigende Wut schwer unterdrücken.

»Wo ist dein Problem?« André versteht es nicht, obwohl es offensichtlich ist.

»Wo mein Problem ist?« Ich bin mittlerweile auf die Dachterrasse gegangen, damit ich Lu nicht wecke.

Bei dem Namen Sasha *kommt es zwischen André und mir in letzter Zeit öfter zu kleineren Auseinandersetzungen und ich neige zu Wutausbrüchen. Klar weiß ich, was dieser Auftrag mit sich bringt. Unser größter Traum kann sich damit erfüllen. Und ich weiß auch, dass man was tun muss, um etwas zu erlangen. Wir haben ein Firmenmotto: Der Kunde ist König. Aber trotzdem erlangt er damit keinen kompletten Freifahrtschein. Ich kenne Schrauber, die das anders handhaben. Vielleicht ist es auch falsch, wie ich es handhabe. Aber ich möchte diesen Job noch ein wenig länger machen. Und mir ist Respekt sehr wichtig: Ich bin respektvoll dem Kunden gegenüber. Somit haben sie auch mir gegenüber respektvoll zu sein.*

Deshalb bitte ich um Verständnis, wenn ich sage, dass ich meine Prinzipien habe. Klar kann man Termine auch außer der Reihe vereinbaren. Aber so kurzfristige Geschichten lassen mich zu einer Marionette werden. Und das will ich nicht. Ich finde es gerade zum Kotzen, dass wir alle nach Sashas Pfeife tanzen sollen. Ich weiß, der Deal. Ja, Mann. Ach, Scheiße.

Ein Kompromiss muss her. »Halb eins könnt ihr bei mir sein. Ich springe nicht, wenn gerufen wird.« Ich warte Andrés Reaktion ab. Aber es kommt nichts. »Okay, dann bis gleich«, sage ich knapp und lege auf.

So ein Mist! Muss das unbedingt heute sein? Sasha führt etwas im Schilde, ich spüre das. Wäre nicht das erste Mal. Das ist schon mehrmals vorgekommen: Es war alles besprochen. Wir gaben immer nach dem Meeting bekannt, wie lange wir für die Kalkulationen und die Zeichnungen brauchen. Und was soll ich sagen? Einen Tag vor der nächsten Besprechung bekam André einen Anruf, dass doch eine andere Farbe erwünscht war und es ein anderer Stoff für den Sattel sein sollte. Ich fluchte zwar, aber nahm es hin. »Ist ja schließlich ein wichtiger Auftrag«, *dachte ich mir. Den nächsten Anruf bekam dann ich, an einem Samstagabend um zehn Uhr: Andere Scheinwerfer, andere Lenkungsdämpfer und ein anderer Motorradständer sollten es auf einmal sein. Und dann muss heute, wieder auf einem Samstag und wieder so kurzfristig, ein neuer Termin her?*

Ich habe dieses Spielchen durchschaut und ein *ungutes* Gefühl breitet sich in mir aus. Die Zeit läuft. Kurzerhand überlege ich, was jetzt am besten ist. Einmal tief durchatmen und sich in Ruhe auf dieses kurzfristige Treffen vorbereiten.

Vorsichtig öffne und schließe ich die Terrassentür, als ich zurück in die Wohnung gehe. Lu sitzt auf der Couch und hat sich ihr Shirt wieder angezogen. Auf dem Boden finde ich meine Hose und streife sie mir über.

»Habe ich dich geweckt? Es tut mir leid, ich wollte nicht so laut sein.«

Sie schaut mich verschlafen an und streicht mit der Hand einmal über ihr Gesicht. »Ist schon gut. Wie spät ist es?«

»Gleich halb zwölf.«

Sie schaut auf ihr Smartphone und legt es dann zurück auf den Tisch. »Es hat noch keiner angerufen«, sagt sie etwas traurig und schaut zu mir. Ihre Wangen werden rot und sie wendet sich verlegen ab.

Eine gelungene Abwechslung nach dem aufwühlenden Telefonat. Sorry, dass ich die Situation von Lu dazu nutze, wieder einen klaren Gedanken zu bekommen. Aber wenn ich bedenke, dass wir heute Vormittag Sex hatten und sie sich jetzt bei meinem Anblick schämt, bitte ich um Entschuldigung, dass ich mir einen Schmunzler nicht unterdrücken kann. Die letzten vierundzwanzig Stunden waren turbulent für sie und ich möchte nicht in ihrer Haut stecken. Für mich ist ihr schneller Facettenwechsel immer wieder ein Genuss. Leider ist jetzt aber keine Zeit, um darüber weiter zu plaudern, denn ich habe ein anderes Problem.

»Ähm, hör zu.« Sie schaut wieder zu mir und bekommt Panik. »André ist auf dem Weg hierher mit unserem aktuellen Kunden.«

Ich weiß nicht, wie ich es ihr anders erklären soll. Ich kann nur hoffen, dass sie sich nicht doch als Opfer einer Trophäensammlung sieht.

Aber dafür ist es zu spät. Denn sie reißt ihre Augen leicht auf und kontert mit einem leicht bellenden Ton. »Und jetzt soll ich verschwinden?«

»Was?« Ich bin leicht entsetzt. »Nein, auf keinen Fall. Du bleibst hier.« Jetzt schaut sie verdutzt drein. »Ich wollte auf etwas anderes hinaus. Wenn du noch duschen möchtest, solltest du jetzt gehen und dich beeilen. Denn wenn wir Pech haben, bleiben uns nur dreißig Minuten.«

Sie überlegt erst, öffnet ihren Mund, um etwas zu sagen, aber schließt ihn wieder. Ihr Blick fährt über meine Statur.

So, wie sie mich anschaut, wurde ich noch nie angesehen. Neugierig und schüchtern zugleich. Es liegt Begierde in ihren Augen. Leichte Röte breitet sich auf ihrem Gesicht aus. Ich sehe, wie sie schwer schluckt.

»Okay, ich beeile mich.« Sie steht auf und faltet die Decke neu zusammen, stapelt das Kissen obendrauf und bleibt auf dem Weg zum Badezimmer neben mir stehen. »Ich bräuchte ein neues Handtuch.«

Dankbar dafür, dass sie nicht schreiend weggelaufen ist, nehme ich ihr Gesicht in beide Hände und gebe ihr einen schnellen Kuss.

»Ich sollte dich warnen.« Jetzt schaut sie wieder misstrauisch aus. »Sasha ist extrem speziell. Halte dir das bitte immer vor Augen. Egal, was gleich passiert. Versprochen?«

Lu schluckt einmal nervös, schafft es aber, ein kleines Lächeln zustandezubringen. »Kommst du nachher mit in meine Wohnung, wenn ich den Anruf erhalte, dass ich zurückkann?«

Erwartungsvoll schaut sie mich mit ihren eisgrünen Augen an.

Wie kommt sie darauf, dass ich nicht mitkommen würde? Ach ja. Wie konnte ich den Überraschungsbesuch vergessen.

»Alles, was du willst!«

Jetzt lacht sie über das gesamte Gesicht. Ich gehe schnell vor ihr duschen, damit sie in fünf Minuten ins Bad kann. Während sie sich frisch macht, ziehe ich mich an und räume das Nötigste auf. In dem Moment, als Lu angezogen aus dem Schlafzimmer zurückkommt, klingelt es.

»Egal was gleich passiert, das mit uns beiden ist mir wichtig, verstanden?« Eilig gehe ich zu ihr und sehe sie flehend an.

Ich sehe, wie sich ihr Gesicht bei meinen Worten ungläubig fixiert. Ob sie die Bedeutung wahrnimmt, weiß ich nicht. Ich gebe ein Stoßgebet ab, dass hier gleich kein Unglück passiert.

»Keine Panik, mein Großer. Ich schaff das schon. Mit diesem Sasha werde ich schon fertig!«

Sie tätschelt mein Kinn, wie bei einem Kind, und lächelt mich herausfordernd an. Wenn sie nur wüsste … Aber für einen Rückzieher ist es zu spät.

Sie zieht mich zu sich und gibt mir einen Kuss auf den Mundwinkel. »Geh und mach die Tür auf!« Sie lächelt mich weiter an und hat keine Ahnung, was gleich passieren wird.

Panik steigt in mir auf. Was habe ich da zugelassen? Auf dem Weg zur Tür klingelt es erneut. »Ja! Ja!«, rufe ich hastig und reiße unhöflich die Wohnungstür auf.

»Bist du eingeschlafen, Bro?« André begrüßt mich leicht vorwurfsvoll, aber auch brüderlich und schiebt sich an mir vorbei in die Wohnung.

Dann höre ich Sashas Stimme. »Dominik, Dominik, Dominik! Schön, dich endlich mal wieder zu sehen. Es ist überaus freundlich, dass du mich so kurzfristig bei dir zu Hause empfängst. Und das an einem Samstag. Ich weiß das sehr zu schätzen und kann dir dafür gar nicht genug danken.« Sasha kommt mit einem heimtückischen Lächeln durch die Wohnungstür und bleibt dort stehen, wo Lu gestern stehen geblieben ist. »Was für eine tolle Wohnung du doch hast. Und so schön groß. Sehr geschmackvoll eingerichtet. Aber für dich? So ganz alleine?« Dabei dreht sie sich zu mir um und fährt verspielt mit ihrer Hand die Knopfleiste meines halb offenen Hemdes entlang.

»Hallo, Sasha, schön, dich wiederzusehen«, sage ich sachlich und weiche einen Schritt von ihr zurück. Missmutig bedeute ich ihr, weiterzugehen.

Kapitel 7

L & D

Ich sehe Sasha und habe das Gefühl, als wären mir meine Atemwege schlagartig zugeschnürt worden. Neben Dom steht eine blonde, hochgewachsene, schlanke Frau auf High Heels. Dadurch wirken ihre Beine länger als erlaubt. Eng anliegende, schwarze Leggings schmeicheln ihren tollen Beinen. Dazu trägt sie ein tief ausgeschnittenes, schwarzes Top. Ein etwas größeres weißes Hemd, dessen Ärmel bis zum Ellenbogen hochgekrempelt sind, dient als Jackenersatz. Beim Eintreten trägt sie eine Sonnenbrille, die sie bei ihrer billigen Anmache auf ihren Kopf schiebt. Lange Ohrringe, passend zu den vielen klimpernden Armbändern, verzieren ihre Ohren.

Ich habe keine Ahnung von Mode, aber alles an ihr sieht teuer aus. Die Lackhandtasche ist so eine, die man nur in der Hand halten kann. Das wäre nichts für mich. Bei mir muss eine Handtasche einen Riemen haben, den ich mir zeitweise über die Schulter legen kann. Ihr hellblondes Haar hat sie zu einem strengen Dutt zusammengebunden. Ihr Make-up ist auffällig, sieht wie vom Profi geschminkt aus. Der rote Nagellack glänzt in den Sonnenstrahlen, die sich ihren Weg in die Wohnung bahnen.

Sasha ist noch nicht lange hier, aber ich kann ihr ekeliges, penetrantes Parfüm trotzdem schon riechen. Im Vergleich zu ihr sehe ich gerade wie eine Lumpensammlerin aus.

Sie hat einen Akzent, den ich nicht erkenne, und bewegt sich wie in Zeitlupe. Mir wird schlecht.

»Was für eine tolle Wohnung du doch hast. Und so schön groß. Sehr geschmackvoll eingerichtet. Aber für dich, so ganz alleine?«

In dem Moment treffen sich unsere Blicke. Sie ist von mir ab der ersten Sekunde angewidert.

Warum sieht sie mich so komisch an? Ihr Blick ist eiskalt und herablassend. Ich habe diese Frau noch nie in meinem Leben gesehen. Trotzdem verleiht sie mir das Gefühl, als hätte ich ein schweres Verbrechen begangen. Dabei habe ich ihr nichts getan oder sie beleidigt. Kennst du dieses Gefühl?

Mein Smartphone klingelt. Alle schauen zu mir. Ich schaue kurz in die Runde. Selbst, ich glaube, André war sein Name, schaut mich verärgert an. Was ist mit denen heute nur los?

Im Display sehe ich eine mir unbekannte Nummer. Ich suche den Blickkontakt zu Dom, nicke kurz und verschwinde auf die Terrasse.

Das Gespräch dauert fünfzehn Minuten und sorgt für ein zusätzliches Gefühlschaos bei mir. Es war einer der Sachbearbeiter: Der Schaden an meinem Haus durch das Löschwasser ist größer als zuerst angenommen. Ob er repariert werden kann, wollte man mir nicht sagen. Die Anwohner werden gebeten, alles aus den Wohnungen zu holen, was wichtig ist. Es wird nur ein kleines Zeitfenster dafür geben. Ab Montagnachmittag wird das Haus auf unbestimmte Zeit gesperrt. Es wurde eine Sondernummer eingerichtet, die eine Notunterkunft vermittelt.

Als ich das Gespräch beendet habe, gehe ich zu dem aufregenden Spektakel zurück. Sasha hat es sich zur Aufgabe gemacht, Dom zu begrapschen und zu umwerben, während er immer wieder versucht, sich von ihr zu entfernen. André steht daneben und witzelt mit.

Dom ist froh, mich zu sehen, und dirigiert Sasha in meine Richtung. »Sasha, das ist Luana.«

Erneut verzieht sie ihr Gesicht. Als hätte ich eine unangenehme Krankheit, geht sie einen Schritt von mir weg.

Ich will nicht voreilig sein, aber ich bezweifle, dass wir gute Freundinnen werden könnten – und zum Glück müssen wir auch keine sein. Trotzdem sollte ich nett rüberkommen, denn ich nehme an, dass sie Doms aktuelle Auftraggeberin ist.

»Hallo, Sasha, freut mich, dich kennenzulernen.«

Für Dom versuche ich, höflich zu sein, und strecke ihr freundschaftlich meine Hand entgegen. Lächelnd mache ich einen Schritt auf sie zu. Widerwillig schüttelt sie meine Hand, danach wende ich mich an Dom.

»Es tut mir leid, dass ich nicht länger bleiben kann. Aber ich muss los.« Dom schaut mich fragend an. »Das war der Anruf, auf den ich gewartet habe.«

Da ich weiß, dass es sich hier um ein Geschäftsgespräch handelt, möchte ich professionell wirken. Ich wundere mich zwar darüber, was für eine Art von Geschäftsgespräch es sein soll, wenn die Kundin sich schamlos an den Auftraggeber heranmacht und fremden Personen mit so viel Hass entgegentritt, aber für Nachfragen habe ich keine Zeit.

»Hier, nimm mein Auto.« Zu meiner Verwunderung geht Dom zu dem Sideboard neben der Garderobe und ergreift einen Satz Schlüssel. »Das ist der graue Kombi unten im Hof.« Ich werde vor Verlegenheit rot. »Ich komme sofort nach, wenn dieses Gespräch hier vorbei ist, versprochen«, sagt Dom.

Ich bekomme kein Wort heraus. Zu Sashas Entsetzen küsst er mich und drückt mir dabei die Schlüssel in die Hand.

»Fahr vorsichtig.« Er zwinkert mir schelmisch zu.

André schaut mit offenem Mund zwischen uns beiden hin und her. Für mich sieht es aus, als würde sich seine Miene mir gegenüber weiter verfinstern. Ich bin im Kopf schon längst in meiner Wohnung und verarbeite noch die Worte, die mir gerade am Telefon zugeworfen wurden, weshalb ich dieser Geste keine weitere Beachtung schenke und jeglichen Gedanken daran erst einmal beiseiteschiebe.

»Einen schönen Tag wünsche ich euch beiden noch, und euch Dreien ein gutes Gelingen bei der Planung. André? Sasha?«

Manchmal ist das bessere Austeilen, wenn man sich auf nichts einlässt, findest du nicht auch? Mit dem Chaos in mir fällt es schwer, meine Eifersucht und die Empörung über Sashas unmögliches Verhalten zu ignorieren. Mein Selbstbewusstsein hat durch ihr Benehmen einen kleinen Knacks bekommen. Ja natürlich ist das alle idiotisch von mir. Aber die Chaosachterbahn der Gefühle lässt mich mal wieder nicht klar denken. Und Andrés ablehnende Haltung mir gegenüber verfehlt ihre Wirkung auch nicht, aber dafür habe ich jetzt keine Zeit und kontere lieber mit einfacher Höflichkeit.

Trotzdem brodelt es in mir und ich weiß nicht, wie lange ich freundlich bleiben kann. Zügig verlasse ich die Wohnung, ohne mich umzudrehen.

Ich schließe mit zitternden Händen die Haustür auf. Im Flur kommt mir ein komischer Geruch entgegen. Auf wackeligen Knien gehe ich die Treppenstufen hinauf und schließe mit meiner letzten Kraft meine Wohnungstür auf.

Ich trete ein, lasse hinter mir die Tür ins Schloss fallen und meine Tränen bahnen sich einen feurigen Weg über meine Wangen. Was für ein Chaos. Was für ein Wochenende.

Diese Gefühlsachterbahn halte ich nicht mehr lange aus. Seit mehr als zehn Monaten bricht sie immer wieder unerwartet über mich herein und zieht mich in einen Strudel, der mich Kraft kostet. Wie lange muss ich dieses Hin und Her noch über mich ergehen lassen?

Erst das schöne Date mit Dom. Dann der Wasserschaden. In der Nacht der Alptraum, und nachdem Dom mich zu sich holte, kam keiner mehr. Heute

Morgen die Selbstzweifel und danach der unbeschreibliche Sex. Gefolgt von der billigen Sasha.

Ach, ich werde Menschen niemals verstehen, die sich ein Urteil über andere bilden, ohne ein einziges Wort miteinander gewechselt zu haben – geht es dir auch so?

Und jetzt stehe ich inmitten der Scherben meiner Vergangenheit. Und wenn ich Pech habe, auch in denen meiner Zukunft. Mir kommen Doms Worte wieder in den Sinn: »Egal, was gleich passiert. Das mit uns ist mir wichtig!«

In dem Moment habe ich noch daran geglaubt. Habe mich durch seine Worte beflügelt gefühlt. Und dann kam *sie*.

Wie kann Dom sich für mich interessieren, wenn er jemanden wie Sasha haben könnte? Ich verstehe es nicht. Sie hat so eine tolle Figur, lange Beine, eine schmale Taille, und das Dekolleté war auch nicht übel. O Mann, da kann ich mal so was von nicht mithalten. Sie gehört eindeutig zu der Sorte Frau, die auf ihren High Heels einen Marathon läuft und weiterhin wie aus dem Ei gepellt aussieht. Aber hey, Luana, du hast gerade andere Sorgen. Kümmere dich doch erst einmal um das hier.

Wieder legt sich ein Gewicht auf meine Lungen und die Nadelstiche im Herzen melden sich in einem unschönen Rhythmus.

Wo soll ich jetzt hin? Ich kann nicht von Dom verlangen, dass ich bei ihm einziehe. Vor allem nicht nach dem Spektakel gerade. Für eine Nacht war es okay. Aber auf unbestimmte Zeit, bei einem Fremden? Im Grunde weiß ich eh nicht, was das mit Dom und mir ist.

Okay, meine liebe Lu. Bezüglich des »Fremden« hättest du dir besser im Vorfeld Gedanken machen sollen.

Was ist das zwischen uns? Wir sind nicht zusammen. Das ist Fakt. Er hat mir aus Freundlichkeit einen Schlafplatz für eine Nacht angeboten. Und war so frei, mich zu beschützen, als meine Alpträume mich heimgesucht haben. Immer wenn Dom bei mir ist, fühle ich mich wie auf einer Rettungsinsel, auf der er mich beschützt. Und für Sex braucht man keine Beziehung.

Aber ich brauche eine längerfristige Unterkunft. Und was soll ich mit all meinen Sachen machen? Wo ist genug Platz für alles?

Auf Dauer kann ich mir kein Hotel leisten. Ich muss schauen, wo ich schnell einen Lagerplatz oder dergleichen gemietet bekomme. Das hier ist mein wertvollster Schatz. Das hier ist alles, was mir geblieben ist. Alles, was ich bin.

Mir fällt wieder das Telefonat zwischen André und Dom ein. Ich kenne nicht alle Einzelheiten, deshalb sollte ich mir kein Urteil bilden. Aber das Gefühl, unerwünscht zu sein, lässt mich nicht los. Ich habe André nichts getan, aber trotzdem konnte er seinen Unmut mir gegenüber nicht verbergen. Ein Blick sagt meistens mehr als tausend Worte.

Und zur Krönung ist da Sasha. Der Inbegriff einer Sünde.

Dominik! Du hast mir den Kopf verdreht.

Und jetzt stehe ich inmitten meiner aufgewühlten Gefühle und meines emotionalen Chaos und weiß nicht weiter. Ich bin maßlos überfordert und könnte schreien, weil ich nicht weiß, wo ich all diese Emotionen hinsollen.

Mit diesem Chaos in meinem Kopf fange ich an, meine Kleidung zusammenzupacken. Ich besitze nicht viele Koffer oder Kisten, weshalb ich erst einmal mit meinen Lieblingsstücken anfange. Peu à peu wird der erste Koffer voll. Aber es gibt nicht annähernd genug Platz für all meine Kleidung darin. Danach nehme ich eine Kiste und packe alle wichtigen Sachen aus meiner Vergangenheit zusammen. Sie ist ebenfalls schnell gefüllt. Ich befülle noch zwei weitere Kisten und ein paar Taschen. Eins ist sicher: Ich brauche einen Lagerplatz, denn ich kann und will mich nicht von diesen Schätzen trennen.

Verzweiflung kommt in mir hoch und mit ihr die Trauer. *Was ist, wenn ich doch keinen Lagerplatz finde und ich mich erneut von einigen Schätzen trennen muss?*

Bei dem Gedanken an einen weiteren Verlust setze ich mich hin und hole mein Smartphone hervor. Ich hoffe auf Anzeigen im Netz, zum Mieten von Räumen oder Lagerflächen. *Wozu hat man denn sonst das World Wide Web?*

Ich führe ein paar Telefonate. Als es klopft, zucke ich zusammen und muss einen Schrei unterdrücken. Erschrocken drücke ich gegen meinen Brustkorb und öffne vorsichtig die Wohnungstür.

»Hey.« Dom tritt vorsichtig ein und schaut sich zügig um.

»Und? Wieviel ist beschädigt?«

Ich beobachte ihn dabei, wie er sich alles anschaut. Meinen Wäschehaufen auf der Couch, meine Kisten, den Koffer und die paar Taschen. Danach begutachtet er meine Wohnung.

Tief in mir drin bin ich froh, dass er hier ist. Ein Blick in seine blauen Augen und der Gedanke, dass er helfen möchte, löst beinahe einen kleinen Jubelschrei aus.

Aber dann schaut er wieder zu mir und ich fühle mich mit einem Mal kraftlos. Derweil gehe ich an ihm vorbei, zurück in meinen Wohnbereich. Ich schaue mir diesen Wirrwarr an.

»Ich glaub, ich kann den größten Teil retten«, sage ich tonlos.

»Na, das ist doch super. Wo kann ich helfen?« Voller Tatendrang zieht Dom seine Lederjacke aus und wartet auf Anweisungen von mir.

»Nein, lass nur.« Ich atme kurz durch und mache eine abweisende Handbewegung. »Du hast selbst zu tun.«

Alles bricht erneut schlagartig über mich herein. Hatte ich mich gerade ansatzweise wieder gefangen, bleibt mir wieder schlagartig die Luft weg. Ein Stein legt sich auf mein Herz und ich sehe vereinzelte Frequenzen aufflimmern. Von gestern Abend. Von heute Morgen. Das hier. Dom in meiner Trümmerwohnung und das Unwissen darüber, wie groß der Schaden sein wird. Und dann kommen Bilder von Sasha in meinen Kopf. Wie toll sie neben Dom aussah.

Ja, ich weiß, dass das blöd ist. Aber ich kann nicht anders.

»Ich werde das irgendwie alleine schaffen.« Als ich spreche, versuche ich, mich gerade zu halten und meine Schultern zu straffen.

Dom sieht mich entgeistert an. Er weiß wohl nicht, was er davon halten soll. Mein Handy klingelt, und bevor er etwas sagen kann, nehme ich den Anruf an. Dom beobachtet mich und schweigt.

»Ja, genau! Sehr nett von Ihnen, dass Sie mich so schnell zurückrufen.« Zwischendurch schaut Dom sich immer wieder um, bewegt sich aber nicht von der Stelle. »Ab wann könnte ich denn die Halle mieten?« Schlagartig schaut er zu mir und seine Stirn legt sich verwirrt in Falten. »Und wie teuer ist die?«

Mir wird der Preis gesagt, ich muss schlucken. Leider kann mir der Mann nichts Günstigeres anbieten und ich beende das Telefonat. Ich merke, wie sich ein weiterer Stein auf meine Brust legt und mir die Luft zum Atmen nimmt.

»Wer war das?« Irritiert schaut Dom zu mir.

»Ich wollte eine Lagerfläche mieten, damit ich mehr in Sicherheit bringen kann. Aber es gibt keine.« Tränen bahnen sich erneut ihren unkontrollierten Weg ans Tageslicht. »Es gibt momentan nur große Hallen. Die kann ich mir nicht leisten. Ich muss ja auch noch das Hotel bezahlen.«

»Hotel?«

»Der Wasserschaden ist größer als gedacht. Alle Bewohner müssen raus.« Ich schaue kurz in Doms mitfühlendes Gesicht. »Ich habe zwei Tage. Dann muss alles hier raus sein.«

Warum ich ihm das erzähle? Ich weiß es nicht.

Meine Atmung kommt unkontrolliert. Mit jedem Atemzug wird mir bewusst, wie viel erneuten Verlust das hier mit sich bringt, wenn ich keinen Lagerplatz finde. Der Versuch, Fassung zu bewahren, scheitert.

»Das ist dann halt alles, was ich mitnehmen kann.« Ich zeige auf die Taschen, einen Koffer und zwei Kartons.

Ohne zu zögern, beruhigt Dom mich. »Ich kann dir helfen. Du musst da nicht alleine durch. Ich habe einen Lagerplatz für dich. Der ist groß genug, damit du das alles«, er zeigt mit seiner Hand auf den gesamten Hausrat, »mitnehmen kannst.«

»Ich habe kein Geld dafür.«

»Wer redet hier vom Bezahlen?«

»Und wenn du den Platz selbst brauchst, dann –«

»Dann hätte ich ihn dir nicht angeboten.« Sein Ton wirkt nun strenger. »In die Halle passt genug rein. Und ein Hotel brauchst du auch nicht. Du kommst mit zu mir.«

Ich kann all die Informationen nicht direkt verarbeiten, weshalb ich Dom schweigend anstarre. Die Achterbahn in mir setzt zur nächsten Runde an. Geduldig wartet Dom auf eine Antwort von mir.

»Das geht nicht!«

»Warum nicht?«

Wieder steht er da und reicht mir symbolisch seine helfende Hand. *Aber ich kann doch nicht noch mehr von ihm nehmen? Was, wenn ich ihm nur lästig bin? Was, wenn er wegen mir eingeschränkt sein wird?*

Verständnisvoll schaut Dom zu mir. Ich schaue nur in die Weiten dieser blauen Augen. Geistesgegenwärtig fährt er mit seiner rechten Hand durch sein Haar und ein mir altbekanntes Bild lenkt mich für eine Sekunde ab. Der Großteil seiner Haare bleibt in der neuen Form liegen. Widerspenstige Strähnen fallen in seine Stirn zurück. Zusammen mit seinem verständnisvollen Gesichtsausdruck raubt er mir den Atem, wie so oft in den letzten vierundzwanzig Stunden.

Er ist schon fast wie ein Geschenk des Himmels, aber es hilft alles nichts.

Es sind nicht die molligen Frauen, die an der Seite eines so gutaussehenden Typen stehen. An seine Seite gehören andere Persönlichkeiten. Und dieser Jemand werde ich niemals sein können. Wie ich so etwas behaupten kann? Er bietet mir schließlich seine Hilfe an? Dem stimme ich dir zu. Er hilft mir – aber eher aus Mitleid. Er hat mitbekommen, dass es diesen Wasserschaden gibt und handelt seitdem aus dem Affekt heraus. Wenn er mir vor Ort auf dem Bürgersteig begegnet wäre, hätte er mir keinen Schlafplatz angeboten. Außerdem kann ich mich genau daran erinnern, wie Pat durch meinen Einzug bei ihr zu Hause eingeschränkt war. Das möchte ich nicht noch mal jemanden zumuten.

Dom steht ein paar Schritte von mir entfernt und schaut mich offen und ehrlich an. Aber meine Gedanken rasen unendlich schnell weiter, weshalb ich den Boden unter meinen Füßen verliere.

Von ganzem Herzen wünsche ich mir, dass sich jemand wie Dom für mich persönlich interessiert. Er kann mich wie ein Buch lesen. Aber ihm gebührt jemand, der zu ihm passt. Wünsche und Realität liegen manchmal weit auseinander.

»Ich glaube, es ist besser, wenn du jetzt gehst.«

Wie habe ich mal gelesen: »Man sollte immer rechtzeitig einen Schlussstrich ziehen?«. Hier und jetzt ist ein solcher Moment. Tief in meinem Herzen lodert eine kleine Flamme für ihn. Aber hier geht es um die Realität und nicht um Liebeleien. Es wäre besser, wenn ich jetzt an mich denke. Ich brauche einen klaren Kopf, um alles weitere organisieren zu können. Wie ich das schaffe, weiß ich jetzt nicht.

Aber das wird schon. Lu, was machst du hier nur?

So, wie er hier in meiner Wohnung steht und mich anschaut, kostet es mich einiges an Kraft, keine Miene zu verziehen. Ich straffe meine Schultern etwas weiter und nehme eine aufrechte Haltung ein.

Ja ich weiß, ich mache mir nur etwas vor. Ich brauche Hilfe, ich kann das alles unmöglich alleine schaffen. Aber ich kann doch nicht schon wieder jemandes Hilfe annehmen? Ich bin siebenundzwanzig und bekomme so etwas nicht koordiniert? Ich kann das! Auf der Arbeit schaffe ich doch auch so vieles alleine. Aber was mache ich mir hier vor? Mir ist bewusst, dass ich nicht wirklich stark bin.

Dom verzieht derweil keine Miene. Er steht nur da und mustert mich. Ich beiße meine Zähne zusammen, um seinem Blick ansatzweise standhalten zu können.

»Ich soll gehen?«, fragt er monoton.

»Ja!« Mehr kann ich nicht sagen, ohne einzuknicken.

Dom schaut sich ein weiteres Mal in meiner Wohnung um, sieht wieder zu mir und kommt dann langsam auf mich zu. Ich schlucke schwer und hoffe nur, dass er es nicht merkt.

Der Abstand zwischen uns minimiert sich mit jedem weiteren Schritt. Er macht keine Anstalten, stehen zu bleiben. Genauso, wie er mich keine Sekunde mich aus den Augen lässt. Liebevoll fixiert er mich und stoppt erst wenige Millimeter vor mir. Mein Kopf liegt leicht im Nacken, weil ich den Blickkontakt nicht unterbrochen habe.

»Willst du das wirklich?« Seine Stimme ist trotz meiner Abfuhr sanft und einfühlsam.

Warum folgt er nicht simpel meiner Aufforderung und lässt mich mit meinen Problemen alleine zurück?

Er fährt mit seinem rechten Handrücken über meine rechte Wange und hebt danach mein Kinn an. Zeitgleich minimiert er die letzten Millimeter zwischen uns und schaut mir direkt in die Augen. Sein Blick wird hypnotisch, tiefer. Es lässt sich nicht vermeiden, dass ich mir auf meine Lippe beiße.

»Antworte!«

Durch sein Drängen kann ich seinem Blick nicht länger standhalten. Ich schließe meine Augen und mir laufen seitlich Tränen über die Wangen. Kaum merklich schüttele ich meinen Kopf.

»Ich glaube, das war heute alles einfach zu viel für dich.« Mit seinen Daumen wischt er erst meine Tränen weg und fährt dann über meine Lippen. Seine Berührung katapultiert einen Blitz durch meinen Körper, weshalb ich die Augen öffne.

»Es tut mir so leid,« flüstere ich.

Dann zieht er mich an sich und legt seine Arme schützend um mich. Meine Fassade bröckelt komplett und ich lasse meinen Tränen freien Lauf.

D&L

Ich fahre mit meinem Daumen über ihre Lippen. Sie sind rau, nicht so weich wie bei unserem Kuss heute Morgen. Wenn ich daran denke, entfacht sich ein tobendes Feuer in mir. Es ist leider, in dieser kurzen Zeit, ein zu vertrautes Gefühl geworden - denn wir werden keine gemeinsame Zukunft haben. Es wäre ihr gegenüber nicht fair, etwas anzufangen, was kein Happy End hat.

Ich weiß, dass es dafür zu spät sein könnte. Und dass das, was zwischen Lu und mir läuft, schneller und anders ist als alles, was ich bisher kannte. Sie zieht mich in ihren Bann. Deshalb muss ich aufpassen, dass mir nicht alles komplett entgleitet. In der wenigen Zeit, die mir bleibt, möchte ich mein inneres Verlangen stillen, um mich um Lu zu kümmern. Das wird alles schneller vorbei sein, als mir lieb ist. Zum Glück hat unser aktueller Auftrag erst angefangen. Akut wird es demnach dann, wenn wir den Auftrag beendet haben. Ich werde mit Lu in den nächsten Tagen darüber sprechen. Aber heute hat sie andere Sorgen. Andere Probleme. Sie braucht Hilfe, und ich möchte helfen.

Ich ziehe sie an mich und lege meine Arme schützend um sie. Sobald meine Arme sie umgeben, bricht alles aus ihr heraus und sie weint wieder. Sie war vor ihrer Abreise aus meiner Wohnung schon komisch. Was ist mir entgangen? Habe ich etwas falsch gemacht? Ich konnte es in ihren Augen sehen. Wie sie mich angesehen hat … So zerbrochen. So kraftlos.

Ihre roten Augen haben mir verraten, dass sie vor meiner Ankunft geweint hat, weißt du? Deswegen fühlte ich mich hilflos. Jetzt kann ich ihr den Halt geben, den sie braucht.

Sie zittert am gesamten Körper. Warum hat sie versucht, mich wegzuschieben, obwohl ich helfen möchte? Hoffentlich spricht sie bald mit mir darüber.

Lu krallt sich in mein Oberteil, wodurch sie mich aus meinen Gedanken zurückholt. Mit dem Fuß schließe ich die Wohnungstür. Klar, wir sind komplett allein im Haus, aber so möchte ich ihr Privatsphäre verschaffen. Und es ist die Macht der Gewohnheit, die Tür zu schließen.

Ich bleibe mit Lu in meinem Arm an Ort und Stelle stehen, küsse sie auf ihren Kopf und streichele ihr sanft über den Rücken. Sie soll wissen, dass ich für sie da bin. Ich werde immer für sie da sein, wenn sie mich braucht. Zumindest in der nächsten Zeit.

Ihr Schluchzen lässt langsam nach. »Komm.« Ich löse unsere Umarmung und wische ihre letzten Tränen weg. Dabei fällt ihr eine Haarsträhne ins Gesicht und ich streife sie hinter ihr Ohr. »Wir fahren jetzt nach Hause.«

Sie schaut mich fragend an. Ich lächle liebevoll zurück und gebe ihr einen Kuss auf die Stirn. »Glaubst du allen Ernstes, dass ich dir nicht helfe?« Ein Fragenbanner läuft in Dauerschleife über ihre Stirn. Das klären wir später. »Lass uns rausgehen, die Luft ist nicht sonderlich gut. Wir können schon mal ein paar Sachen mitnehmen, um den Rest kümmere ich mich später. Versprochen!«

Dankbar schaut sie mich an, sie muss nichts sagen, ich sehe es ihr an. Lu entscheidet sich für den Koffer, ein paar Tüten und einen Karton, den sie unbedingt selbst tragen möchte. Er sieht schwer aus. Aber sie wird ihre Gründe haben, warum sie ihn nicht abgeben möchte, deshalb hinterfrage ich es nicht. Nachdem ich mir meine Jacke wieder angezogen habe, drückt sie mir die Taschen und den Koffer in die Hand und wir gehen nach unten.

»Wo darf ich den Karton hinstellen?«

Zu Hause angekommen gebe ich Lu freie Platzwahl für ihren Karton. Sie entscheidet sich für die Leseecke. Ihre Anziehsachen bringe ich direkt ins Schlafzimmer.

Danach mache ich uns einen Kaffee. Während sich der Seelenbalsam seinen Weg zu unseren Tassen bahnt, tätige ich ein paar kleine Telefonate. Lu macht es sich auf einer der Couchen bequem, sie will Pat eine Nachricht schreiben.

Mit Pat hat Luana eine richtig gute Freundin gefunden. Ein kleiner Stich im Herzen warnt mich, denn ich weiß, dass sie bald ihre Freundin mehr brauchen wird, als es mir lieb ist.

Aber das wird nicht heute sein. Heute gibt es andere Prioritäten. Lus Handy klingelt, das Gespräch dauert nicht lange. Ich will gerade den Kaffee auf dem Tisch abstellen, da beendet sie das Gespräch.

»Hier, der ist für dich.«

Sie lächelt mich schüchtern an und nimmt mir mit zitternden Händen ihre Tasse ab. Dann schaut sie skeptisch in ihre Tasse.

»Das ist Milchkaffee mit laktosefreier Milch, ein wenig Kakaopulver, aber ohne Zucker.«

»Das hast du dir gemerkt?« Überrascht sieht sie mich an.

»War nicht ganz so schwer. Das konnte ich mir gerade noch merken.«

Endlich ziert wieder ein herzerwärmendes Lächeln ihre Lippen. Ich nehme neben ihr Platz und genehmige mir sofort einen Schluck von dem heißen Getränk. Die Wärme tut gut und beruhigt zeitgleich ein wenig. Ich setze mich bequemer hin, stütze meinen Arm an der Rückenlehne ab und lehne meinen Kopf an meine Hand. Dabei drehe ich meinen Oberkörper leicht zu Lu. Die Kaffeetasse lasse ich auf meinem Oberschenkel verweilen.

»Vorsicht, heiß«, warne ich Lu etwas zu laut, weshalb sie zusammenzuckt, aber mir sofort ein bezauberndes Lächeln schenkt.

Es ist für mich beruhigend, zu sehen, dass sie sich gefangen hat. Und wieder ein schneller Facettenwechsel, der es in sich hatte.

Sie nippt an ihrer Tasse und genießt den kleinen Schluck. Etwas Schaum bleibt an ihrer Oberlippe hängen und sie wischt ihn mit zwei Fingern weg. Diese kleine Geste lässt mich an heute Morgen denken, als ich sie geküsst habe. Mein Magen zieht sich ein wenig zusammen. Aber das sollte nichts mit den Bildern zu tun haben, die sich in meinem Kopf ausbreiten.

»Ich habe Hunger«, sage ich plötzlich. Wir hatten nur das Frühstück, das kein *richtiges* Frühstück war. Und da höre ich auch ein Grummeln aus ihrer Richtung. Sie wird schlagartig rot und schaut mich verlegen an.

»Ich glaub, ich auch«, sagt sie, woraufhin wir beide lachen.

»Das ist gut. Worauf hast du Hunger?«

»Ich weiß nicht?« Überfordert schaut sie zu mir.

Ich schlage Reis mit Gemüse und Ei vor. Wir begeben uns zur Küche, wo Lu sich auf einem der Sitzhocker niederlässt.

Gemüse, Milch und Eier aus dem Kühlschrank, Reis aus der Vorratskammer, Pfanne aus der Schublade. Schnell steht alles beisammen und ich kann mit der Zubereitung anfangen.

Lu beobachtet mich derweil und schaut mir auf die Finger. In weniger als vierzig Minuten stehen zwei mit einer dampfenden Köstlichkeit gefüllte Teller auf dem Tresen.

»Hmmmmm, wie lecker!«

Lu spricht mit halb vollem Mund. Sie beim Essen zu beobachten, ist einfach nur süß. Wie sie erst den Happen auf der Gabel zum Abkühlen anpustet und ihn dann genussvoll in ihren Mund schiebt. Bei fast jedem Happen schließt sie ihre Augen und lässt ihrer Kehle ein leises Stöhnen entfleuchen. Ich bedanke mich und beobachte sie weiter mit Freuden, wie sie alles genussvoll verschlingt. Das Essen an sich verläuft schweigsam. Danach räumen wir gemeinsam die Küche auf und Lu spült ein Paar Teile per Hand ab, die nicht in die Spülmaschine dürfen.

»Ich würde gerne noch mal duschen, wenn das okay ist?« Sie hat auf einmal einen seltsamen Blick aufgesetzt, den ich nicht auf die Schnelle deuten kann.

»Aber natürlich. Komm mit. Ich zeige dir, wo die Handtücher sind. Dann kannst du immer duschen, wenn dir danach ist.«

Sie folgt mir, schaut mir aufmerksam zu und nimmt dann aus ihren Tüten ein paar Anziehsachen heraus. »Willst du vielleicht zuerst?«, fragt sie höflich und deutet mit der Hand auf die Badezimmertür.

»Nein, geh nur. Ich muss noch ein paar E-Mails bearbeiten. Dadurch hast du alle Zeit der Welt. Ich gehe dann nach dir.«

Sie schaut mich an. Einen Moment lang glaube ich, dass sie mir nicht zugehört hat. Denn sie sieht fragend zu mir und ihre Wangen werden leicht rot. Kaum merklich nickt sie auf einmal und geht direkt ins Badezimmer. Als die Tür geschlossen ist, dauert es nicht lange, bis ich das Wasser aus der Dusche prasseln höre.

Ich hole meinen Laptop, bereite mir einen weiteren Kaffee zu und ziehe mir, weil es bequemer ist, meine Homeoffice-Klamotten an: eine kurze Baumwollhose und ein locker sitzendes T-Shirt.

So platziere ich mich an der Kochinsel. Als alle E-Mails beantwortet sind, lege ich mir frische Sachen für die Nacht und ein Handtuch für gleich beiseite. Das Wasser im Badezimmer läuft weiterhin, weshalb ich damit loslege, für Lus Kleidung Platz zu schaffen. Hierfür räume ich ein paar Sachen in meinen Schubladen um und platziere das ein oder andere Teil anders. Zwei Regalböden, zwei Schubladenfächer und ein wenig von meiner Kleiderstange konnte ich für sie freilegen. Sollte der Platz nicht reichen, finden wir eine Lösung.

Ich schaue auf meine Uhr. Lu ist schon seit über dreißig Minuten im Bad. Ich erinnere mich wieder an ihren Gesichtsausdruck. Leichte Unsicherheit macht sich in mir breit.

Schnell schnappe ich mir meine zurechtgelegten Sachen und gehe zum Bad, horche an der Tür. Bis auf das Geräusch des fließenden Wassers höre ich nichts. Ich lehne meine Stirn an die Tür und überlege, ob ich reingehen soll. Im Grunde ist es in Ordnung, wenn sie länger duscht. Aber dann erinnere ich mich daran, wie sie heute Morgen hier in der Küche stand. Ihren Gesichtsausdruck nach dem Telefonat … An ihren Versuch, mich aus ihrer Wohnung zu werfen … Dann sehe ich sie wieder geistesabwesend vor mir stehen, bevor sie duschen ging, weshalb sich ein ungutes Gefühl in mir ausbreitet. Ich kann meinen Impuls nicht länger zügeln und öffne vorsichtig die Tür einen Spalt.

Ich erblicke Lu, wie sie mit dem Rücken zur Tür gewandt unter dem laufenden Wasserstrahl der Dusche steht. Ihr Körper ist leicht nach vorn gebeugt. Mit einer Hand stützt sie sich an der Wand ab, ihr Kopf ist zur Brust geneigt. Eine leichte Dunstwolke schwebt im Raum, und obwohl sie das Wasser wärmer eingestellt hat, glaube ich, zu sehen, dass sie zittert. *Da kann was nicht stimmen!* Besorgt trete ich ein und schließe die Tür hinter mir.

Die Sachen, die ich in der Hand halte, lege ich auf dem kleinen Schränkchen an der Seite ab und gehe langsam auf Lu zu. Ich möchte sie nicht erschrecken und schweige deshalb. Ich sehe, dass sie schwer atmet. Wenn ich es nicht besser wüsste, würde ich behaupten, dass sie nach Luft ringt.

Ich kann das nicht länger tatenlos mit ansehen und trete in voller Montur hinter sie. Das Wasser aus dem Duschkopf durchnässt sofort meine Kleidung, aber das ist mir egal. Ich lege meine Arme um sie, und als hätte sie auf mich gewartet, löst Lu ihre Hand von der Wand und lässt sich komplett gegen mich fallen. Ihren Kopf neigt sie nach hinten an meine Brust und umfasst zeitgleich meine Unterarme mit ihren Händen.

Ich hatte recht. Sie zittert am gesamten Körper, obwohl das Wasser warm ist.

Und als ich sie so sehe, bin ich mir sicher, dass ich mich nicht geirrt habe: Sie trägt eine Bürde mit sich herum, die unmöglich allein zu stemmen ist, und die mir nicht unbekannt ist. Denn wir reden hier nicht nur von dem gestrigen Wasserschaden.

Was du vielleicht wissen solltest: Ich habe vor vielen Jahren meine Mutter an Krebs verloren. Mittlerweile macht es mir nichts mehr aus, darüber zu sprechen. Die Technik war noch nicht so ausgereift, weshalb die Ärzte den Krebs erst recht spät diagnostizieren konnten. Als das Ergebnis vorlag, hatte er schon auf die inneren Organe gestreut. Weshalb ich trotzdem das Thema sehr ungern anspreche? Mein Vater hat sich seit jeher von mir abgewandt. Es schmerzte ihn, mich täglich zu sehen, weil ich die blauen Augen und das blonde Haar von meiner Mutter geerbt habe. Damals trug ich das Haar bis zu den Schultern, genau wie Mom. Mit achtzehn hatte ich meine erste eigene Wohnung und Opa war für mich seit meinem sechzehnten Lebensjahr meine neue Bezugsperson und Ersatzpapa.

Heute Morgen hat Lu gesagt, dass sie mir nicht erklären kann, was mit ihr los ist. Ich kann nur hoffen, dass sie sich von mir helfen lässt. Es zerreißt mir das Herz, sie so leiden zu sehen.

Ich löse langsam unsere Umarmung, wodurch sie sich wieder aufrechter hinstellen muss und den Kopf von mir nimmt. Sie schaut mich über ihre Schulter hinweg an. Ihr Blick sucht nach meinem, dann dreht sie sich komplett zu mir um. Über ihren Augen liegt ein Schleier, sie wirkt wie in Trance.

Mit dieser seltsamen Starre in ihren Augen wandert ihr Blick langsam an mir entlang nach unten und kommt auf Brusthöhe zum Stehen. Ohne etwas zu sagen, ergreift sie den Saum meines am Körper klebenden T-Shirts und schaut mir wieder direkt in die Augen, dieses Mal ist ihr Blick glasklar. Sie schiebt langsam das widerspenstige Shirt nach oben. Ich hebe meine Arme und lasse sie gewähren. Als sie aufgrund ihrer Körpergröße nicht mehr allein weiterkommt, ziehe ich das Oberteil selbst aus und werfe es achtlos in die Badezimmerecke.

Ich zucke zusammen, weil ihre Finger meine Haut in dem Moment berühren, als ich das Shirt über meinen Kopf ziehe. Ein mir unbekanntes, aber angenehmes Kribbeln breitet sich in mir aus.

Wäre das hier ein Fantasyroman, würde jetzt bestimmt geschrieben stehen: »Sie ist für mich bestimmt und nur für mich geboren.« *Leider glaube ich an so etwas nicht. Aber ich glaube daran, dass es unvorhersehbare Begegnungen von Menschen gibt. Es gibt keine wissenschaftliche Erklärung dafür. Das ist mir klar. Aber so fühlt es sich ein wenig an.*

Und auch, wenn ich weiß, dass das alles hier nicht von Dauer ist, fühlt es sich unheimlich gut an. Zu gut.

Lu holt mich aus meiner Gedankenwelt. Ihre Finger gehen auf Wanderschaft und finden meinen Hosenbund. Mit ihrem Finger malt sie oberhalb des Bündchens eine Linie auf meiner Haut und zieht dann eine weitere bis zu meinem Gesicht.

Ohne Druck streichen ihre Finger über meine Lippen. Vorsichtig küsse ich ihre Fingerspitzen, dann ihre Handinnenfläche. Mit meiner Zunge fahre ich von ihrem Handgelenk aus über ihren Unterarm bis hin zu ihrem Hals.

Lu legt den Kopf leicht zur Seite und lässt mich weiter kleine Küsse verteilen. Auf dem Weg vom Hals zu ihrem Gesicht schlingt sie einen Arm locker um meinen Nacken.

In dem Moment, als sich unsere Lippen finden, drückt sie sich komplett an mich. Die Wärme ihrer Haut, ihre forschen Lippen auf meinen und der festere Griff in meine Haare überrennt mich wie ein Orkan.

Kapitel 8

L & D

Meine nassen Haare sind in ein Handtuch gewickelt und mit frischen Sachen am Körper räume ich meine mitgebrachten Dinge in die von Dom freigeräumten Fächer ein. Er hat darauf bestanden, dass meine Kleidung nicht länger als nötig in den Tüten und dem Koffer bleiben soll. Da habe ich nicht länger widersprechen wollen. Als ich alles verstaut habe, gehe ich in den riesigen Wohnbereich zurück.

Was für ein atemberaubender Anblick sich mir bietet. Es wird schwer sein, eine neue Unterkunft für mich zu finden, die mit dieser mithalten kann.

Jep! Diese Größe an Lebensraum werde ich nicht so schnell in der Nähe der Innenstadt finden. Da hast du recht. Und Hand aufs Herz: Mir würden auch weniger Quadratmeter ausreichen. Aber das Flair und den Charme, den diese Bleibe ausstrahlt, wird sich eher weniger in einer kleineren Wohnung widerspiegeln können. Allein die Metall- und Betonsäulen strahlen etwas aus, was einzigartig ist. Wenn ich mich hier so umschaue, muss ich gestehen, dass ich mich in diese vier Wände verliebt habe. Aber mir ist auch bewusst, dass hier zu wohnen keine Option ist.

Meine eigenen sechzig Quadratmeter habe ich ebenfalls geliebt. Sie waren überschaubar, sehr gemütlich. Keine Frage. Es war mein kleines perfektes Reich. Und am meisten habe ich meine kleine Nische geliebt, in der mein Bett stand. Es gab dort so viel, das sich in meinem Herzen einen Platz erschlichen hat und so viel, das erneuert werden muss.

Ein Ziehen breitet sich in meiner Brust aus, da mir der Verlust meiner kleinen, heilen Welt erneut bewusst wird. Ich schüttele leicht den Kopf, weil ich so viel verarbeiten muss. Ich werde Zeit brauchen, bis ich das alles realisiert habe. Aber nicht jetzt. Nicht heute.

Ich schließe meine Augen und drücke mit meiner geballten Faust gegen meinen Brustkorb, um den Schmerz zu verbannen. Ich atme ein paar Mal tief ein und aus und schiebe die Gedanken letzten Endes bei Seite. Es kostet mich Kraft, aber ich schaffe es, wieder Luft zu bekommen.

Ich wünschte, ich könnte einiges ungeschehen machen, aber mir bleibt keine andere Wahl: Ich muss mich meinem gewaltigen Schicksal erneut stellen, um eine neue Bürde auf meinen Schultern zu tragen. Mein Scherbenhaufen wächst und wächst. Hoffentlich hat das alles bald ein Ende, denn ich weiß nicht, wie lange mein Herz diese Qualen noch ertragen kann.

Um mich abzulenken, schaue ich mir Doms Wohnung genauer an. An den Wänden sind, wie bei meiner Ankunft, nur vereinzelte Wandlampen eingeschaltet. Heute sind es andere, wodurch alles ein wenig gemütlicher wirkt. Sie sind mit einem hellen Lampenschirm mittig an der Wand angebracht und werfen in einer X-Form den Lichtkegel nach unten und oben.

Der Raum wird von leiser Musik ausgefüllt. Ich glaube, es ist James TW mit »Playlist«. Der Songtext handelt von einer Liebeserklärung. An sich passt das Lied zwar nicht zu meiner aktuellen Lebenssituation, deshalb muss ich leicht die Augen verdrehen. Aber bei der Textpassage, wo er davon singt, dass er jemanden morgens und abends gerne küssen würde, muss ich schmunzeln. *Wurde ich nicht auch heute Morgen und heute Abend geküsst?*

Da erblicke ich Dom in der Leseecke. Er hat eine kleine Stehlampe eingeschaltet und sitzt mit einem Buch in der Hand in einem seiner bequemen Ledersessel. Er ist in seine Lektüre vertieft und bekommt nicht mit, wie ich mich dem Lesebereich nähere.

Fasziniert betrachte ich ihn. Sein Gesicht besteht aus Schattenspielen, denn es ist nicht komplett erhellt. Ich muss schärfer Luft holen, weil ich mich an sein attraktives Aussehen immer noch nicht gewöhnt habe und mir dieser Anblick mal wieder den Atem raubt. Dom schaut sofort hoch.

»Ich wollte dich nicht beim Lesen stören.«

»Du störst nicht.«

Er ist so liebenswürdig, wie ich es mir nur wünschen kann. Aber sein breites Grinsen lässt mich erahnen, welche Gedanken er jetzt hat. Sicher bin ich mir nicht, aber ich muss trotzdem automatisch mitgrinsen.

Ich zeige auf mein errötetes Gesicht. »Jaja. Es ist mir schon klar. Nicht sehr ladylike!« Dabei versuche ich, ironisch zu klingen.

»Möchtest du dich nicht zu mir setzen?« Er bietet mir den freien Sessel neben sich an und klappt sein Buch zu. »Ich wollte mir etwas zu trinken holen. Möchtest du auch etwas trinken? Ein Wasser vielleicht?«

»O ja, sehr gern.«

Er schenkt mir sein umwerfendes Lächeln und holt unsere Getränke. Ich nehme das Buch, das Dom gelesen hat, und überfliege den Klappentext. Für mich hört sich jedes Wort spektakulär und gefährlich an. Unbeobachtet verziehe ich mein Gesicht zu einer kleinen Grimasse.

»Wohl eher nicht so dein Thema?«

»Nee, Motoren sind nicht wirklich meins.« Ich lege das Buch weg und nehme mein Getränk entgegen. »Danke schön. Aber auch wenn ich von dem Ganzen keine Ahnung habe, sieht dein Prachtstück da vorne schon richtig gut aus.«

»Was? Das da?«, fragt mich Dom und zeigt mit seinem Daumen seitlich auf sein Motorrad.

»Ja, genau, das meine ich.« Dabei versuche, ich schlau auszusehen.

»Da steht doch nur der Rahmen und der Motor.«

»Ja, genau. Sag ich doch, sieht schön aus.«

Eine kleine Pause entsteht. Dom schaut mich schweigend an, bis wir beide synchron loslachen. Der Lachanfall schwappt nur langsam ab und tut gut. Es dauert eine Weile, bis wir uns beruhigt haben.

»Aber mal im Ernst. Ich finde es beeindruckend, dass du nach deiner Arbeit Lust hast, dein eigenes Projekt zu verwirklichen«, sage ich, während der Lachanfall noch ausklingt. Nervosität steigt auf. Ich greife schnell zu meinem Wasser und trinke einen hastigen Schluck.

Frag mich nicht, warum ich jetzt nervös werde. Aber es fühlt sich angenehm an.

»Ich habe mein Hobby zum Beruf gemacht. Da ist es ganz üblich, dass man kein Ende findet.« Dabei lacht er so herzergreifend, dass es schön ist, ihm beim Reden zu beobachten. »Außerdem bekomme ich dabei den Kopf frei. Beim Sport und beim Schrauben kann ich wunderbar abschalten.«

Ich bemerke, wie er in einer kleinen Traumblase schwebt. Seinem Gesicht nach zu urteilen, scheint er an etwas Besonderes zu denken. Vielleicht an das Motorrad neben uns, wenn es mal fertig ist?

Aber er beendet schnell seine Träumerei und startet ein neues Thema. »Was ist da drin?«, fragt er vorsichtig mit einem Nicken in Richtung des Kartons aus meiner Wohnung.

»Ach, nichts Wichtiges.«

Warum muss er unbedingt jetzt den Karton ansprechen? Es kommt mir etwas ungelegen. Es bildet sich ein neuer Kloß in meinem Hals. Ich will ihn verbannen, ohne Erfolg. Neue Tränen vernebeln mir die Sicht.

»Tut mir leid.« Dom entschuldigt sich mit gedämpfter Stimme, woraufhin ich ihn fragend anschaue. »Ich habe wohl ein Thema angeschnitten, worüber du nicht gerne sprichst?«

»Nein. Alles gut.« Davon will ich mich selbst überzeugen. Aber ich scheitere, dabei wische ich mir die Tränen weg.

»Ich sehe es dir an.«

Wie macht er das nur? Es ist beeindruckend, dass er weiß, wie er mich zu deuten hat. Aber ich versuche, es mir nicht anmerken zu lassen. Und wieder scheitere ich, denn er liest mich wie ein offenes Buch. Das ist erschreckend und erstaunlich. Den Versuch, seinem direkten Blick standzuhalten, muss ich zeitnah abbrechen.

»Das ist alles«, sage ich und halte meinen Blick abgewendet, »was mir von meiner Vergangenheit geblieben ist.«

Ich schaue auf meine Hände hinunter. Zu groß sind der Verlust und der Schmerz in mir. Und genauso groß ist die Scham, weil ich nichts allein geregelt bekomme. Immer bin ich auf die Hilfe anderer Menschen angewiesen, und momentan geht es mal wieder nur so.

Dom sagt eine Weile lang nichts und verschafft mir dadurch Freiraum. Aber dann meldet er sich doch zu Wort.

»Ich glaube, dass es für heute gut sein sollte. Lass uns ins Bett gehen.«

Meine Gedanken haben mich mal wieder in Gefangenschaft genommen, sodass ich erst in die Realität zurückkehre, als Dom mit ausgestreckter Hand vor mir steht. Erschrocken darüber, wie tief ich in meiner Gedankenwelt gefangen war, lege ich, ohne zu zögern, meine Hand in seine. Er umschließt sie liebevoll und zieht mich aus dem Sessel hoch. Schweigend führt er mich in Richtung Schlafplatz. Etwas verdutzt schaue ich ihn an. Auf der Couch liegt weder eine Decke noch ein Kissen.

»Was ist …«, sage ich und zeige mit einem Finger auf die Couch. Verwirrt schaue ich hin und her.

»Du kommst mit zu mir ins Bett. Auf der Couch kannst du anscheinend nicht gut schlafen.«

Bei dem Teil »zu mir ins Bett« macht mein Herz einen kleinen Aussetzer und ich merke, dass meine Wangen leicht glühen.

Ja, ich weiß, dass sich das für dich komisch anhören muss. Aber wenn du dich an unser erstes Kennenlernen erinnerst, fällt dir vielleicht ein, dass sich meine Erfahrungen in Sachen Beziehungen und dergleichen auf ein Minimum beschränken.

Moment mal, Beziehung? Ist das hier schon eine Beziehung?

Als ich an dieses Wort denke, glühen meine Wangen noch mehr. Ich muss kurz meine Augen schließen, weil ich immer noch aufgewühlt bin.

Dom gibt mir mit seinem sanften Befehlston zu verstehen, dass er nicht mit sich diskutieren lässt, wenn es darum geht, wo ich heute Nacht schlafen werde, und ich bin ihm tief in mir dankbar dafür. Also folge ich ihm ins Schlafzimmer.

Er bleibt vor dem Durchgang kurz stehen und schaltet die Wandbeleuchtung aus. Unsere Blicke treffen sich flüchtig und die Röte in meinem Gesicht findet kein Ende. Erst jetzt fällt mir auf, dass die Musik nicht mehr läuft.

Im Schlafzimmer zeigt Dom mir die nötigen Lichtschalter, falls ich in der Nacht aufstehen muss, und überlässt mir die Auswahl einer Betthälfte. Erneut macht sich Nervosität in mir breit. Es war heute Morgen etwas anderes, in diesem Bett aufzuwachen. Jetzt stehe ich hier, mal wieder unfähig, etwas zu sagen, und bin hin- und hergerissen. Da ich Doms Geduld für heute schon genug strapaziert habe, entscheide ich mich für die mir zugewandte Betthälfte.

Schweigend beziehen wir das Bett. Mir hätte es nichts ausgemacht, erneut die Couch zu nehmen.

Aber machen wir uns nichts vor: Nach dem heutigen Tag hätte ich alleine nicht gut geschlafen und Dom hätte mich sowieso mitten in der Nacht zu sich holen müssen. Hoffentlich schafft er es erneut, meine Alpträume von mir fernzuhalten.

»Gute Nacht, Lu«, höre ich Dom von der anderen Betthälfte aus sagen.

»Gute Nacht, Dom«, erwidere ich direkt.

So ein komisches Gefühl! Ich kann es kaum beschreiben. Im Laufe des Tages war ich Dom so nah und dann wieder so fern. Meine Gedanken laufen auf Hochtouren und die Achterbahn der Gefühle schlägt einen Looping nach dem nächsten.

Ich schalte meine Nachttischlampe aus und Dom legt sich derweil auf die andere Betthälfte. Die Matratze bewegt sich unter seinem Gewicht. Aufgewühlt sehe ich mir, ohne wirklich wahrzunehmen, was ich erblicke, ziellos sein Schlafzimmer aus meiner Perspektive an. Dann geht auch seine Nachttischlampe aus. Im ersten Moment ist es dunkel. Aber dann gewöhnen sich meine Augen schnell an das Licht der Nacht, das durch die zugezogenen Vorhänge ins Zimmer fällt.

Weil ich mir etwas unbeholfen vorkomme und keine richtige Kontrolle über mein Gefühlschaos bekomme, drehe ich mich auf die Seite und wende den Rücken zur Bettmitte. Das Bettlaken ziehe ich mir bis zum Kopf hoch und schlinge es eng um mich. Mein Kinn lege ich auf meine Faust, mit der ich das Laken festhalte. Manchmal habe ich Glück und diese Position hilft mir, mich innerlich zu beruhigen. Kontrolliert atme ich ein und aus und schließe meine Augen dabei.

Ich merke, dass ich müde bin. Aber ich finde keine Ruhe, mein Kopf will nicht abschalten. Die letzten achtundvierzig Stunden laufen in Dauerschleife vor meinem inneren Auge ab und mein Herzschlag ist weit von einem normalen Rhythmus entfernt. Bei einem weiteren Versuch, die Kontrolle zurückzuerlangen, fange ich an, zu zittern. Mein Körper und Geist entgleiten mir.

Da merke ich, wie die Matratze hinter mir nachgibt und sich das Bett ein wenig bewegt. »Komm her.« Dom legt den Arm um mich und zieht mich liebevoll zu sich. Diese unerwartete Geste lässt mich zusammenzucken. »Du brauchst keine Angst zu haben«, flüstert er mir ins Ohr und vernichtet somit den letzten Freiraum zwischen uns. »Schlaf jetzt.«

Ein Kuss auf meinen Hinterkopf untermalt liebevoll seinen liebgemeinten Befehlston. Es dauert nicht lange, bis ich seine Körperwärme an meinem Rücken und meinen Beinen spüre. Wie Balsam legt sie sich um mich und schlagartig merke ich, wie erschöpft ich bin. Ich falle in einen tiefen Schlaf.

Durch die Vorhänge scheint nicht die geballte Kraft des Lichtes ins Zimmer, weshalb meine Augen nur leicht geblendet werden. Ein neuer Morgen beginnt. Langsam werde ich wach und kann mich entspannt an die Helligkeit gewöhnen. Ich habe wie ein Stein geschlafen.

Das habe ich schon lange nicht mehr erlebt! Ich muss durchgeschlafen haben, denn ich fühle mich so energiegeladen, dass ich Bäume ausreißen könnte. Bei diesem Gedanken schmunzele ich. Doch obwohl ich gut geschlafen habe, ist da trotzdem der Druck auf meinem Herzen und meiner Seele. Die vergangenen Tage haben einiges von mir abverlangt und gestern war der Höhepunkt. Mehr hätte ich nicht ertragen können.

Deshalb war ich Dom dankbar, dass er nicht weiter auf den Karton eingegangen ist. Wieder laufen die Ereignisse vor meinem inneren Auge ab.

Das muss ein Kinofilm sein. Anders kann ich es mir nicht erklären.

Die Nacht mit dem Alptraum. Das Aufwachen in Doms Bett. Die Art und Weise, wie er mich aufgefangen hat. Die Begegnung mit Sasha. Der irreparable Wasserschaden in meiner Wohnung, der kein richtiger Wasserschaden ist. Das erneute Auffangen von Dom.

Bei dem Gedanken kann ich einen Schmunzler nicht aufhalten und mein Herz macht einen Aussetzer. Das, was ich unterbinden sollte, nimmt seinen Lauf. Teenagerröte breitet sich aus.

Drück mir die Daumen, dass es bald aufhört. Es ist schon peinlich, dass eine erwachsene Frau wie ich ständig rot wird.

Meine Gedanken schweifen ab. Immer wieder denke ich daran, wie und wann Dom in mein Leben getreten ist. Wenn ich es nicht besser wüsste, könnte ich meinen, dass er mir gesandt wurde, um auf mich aufzupassen.

Jaja, ich weiß. So etwas gibt es nicht. Aber warum taucht er genau dann auf, wenn ich an meinem tiefsten Punkt angelangt bin und eine Katastrophe geschieht? Ich kann mir das Ganze nicht anders erklären und akzeptiere es so, wie es ist.

Außerdem habe ich keine Ahnung, was das zwischen uns ist oder sein wird. Momentan erkenne ich mich selbst kaum wieder. Dom zieht mich in seinen Bann und ich werfe immer öfter meine Prinzipien über Bord.

Sex zu haben, ist das Eine. Nach dem ersten Date Sex zu haben, ist allerdings normalerweise nicht meine Art. Wenn du verstehst, was ich meine?

Ich schätze an Dom, dass er weiß, wann ich Freiraum brauche. Und dann gibt er ihn mir. Mein mysteriöser Biker-Engel. Ich weiß, er ist nicht der Meine. Aber es überkommt mich öfter der Wunsch, dass er es wäre. Dom tut mir gut. Er gibt mir genau die richtige Mischung, die ich brauche. Und auch, wenn mein Verstand es mir untersagt, glücklich zu sein, sehnt sich mein Herz danach.

Meine Gedanken kreisen weiter in diese Richtung, doch dann meldet sich meine Blase. Ich muss auf die Toilette. Der Versuch, Doms Arm von mir zu heben, scheitert allerdings. Ich winde mich und kann mich kaum bewegen.

»Was machst du da?«, fragt Dom leise im Halbschlaf.

»Ich muss auf die Toilette.«

Er nimmt seinen Arm von mir und ich kann endlich aufstehen. »Aber wiederkommen«, nuschelt er mit geschlossenen Augen in meine Richtung.

Ich muss lächeln, wegen seines Befehlstons. »Versprochen«, sage ich und sehe dann, wie er wieder einschläft. Ich gehe schnell ins Bad und putze mir, wo ich schon mal hier bin, die Zähne und versuche, mit Wasser die Hitze aus meinem Gesicht zu waschen. Ein Blick in den Spiegel zeigt mir, dass es nutzlos ist. »Benimm dich wie eine erwachsene Frau, Lu!«, tadele ich mein Spiegelbild. Dabei schaue ich in die Dusche und erinnere mich an gestern, spüre Doms Lippen auf meiner Haut … Ich bekomme weiche Knie.

Kannst du mir sagen, was nur mit mir los ist? Kontrollier dich besser, Lu, ansonsten entgleist alles!

Mehr Wasser muss her. Nach einer Zeit glaube ich, dass sich meine Temperatur normalisiert hat, und verlasse das Bad. Auf dem Rückweg ins Schlafzimmer mache ich einen Abstecher in die Küche. Ich habe Durst. Aus dem Kühlschrank nehme ich eine Wasserflasche und trinke direkt daraus. Die kalte Flüssigkeit bahnt sich ihren Weg von meiner Kehle bis in meinen Magen, wodurch ich mich innerlich abkühle. Genau das Richtige bei meinen ganzen wilden Gedanken. Impulsiv lege ich meinen Kopf in den Nacken und kann ein leises Stöhnen nicht unterbinden.

»Guten Morgen. Wie ich sehe, bist du heute Morgen mit weitaus weniger zufriedenzustellen?« Doms neckische Frage lässt mich vor Schreck zusammenzucken.

Er steht mir an der Kücheninsel gegenüber und hat dieses verspielte Grinsen aufgesetzt. Schlagartig werde ich wieder rot. Das ist jetzt wohl mein neuer Teint, mit dem ich leben muss.

D & L

Ein undefinierbares Geräusch weckt mich. Lu ist nicht zurückgekommen, also stehe ich auf, um nachzuschauen.

Ich gehe durch die offene Tür und blicke um die Ecke. Lu steht in der Küche und trinkt aus einer Wasserflasche. Die Art, wie sie ihren Durst löscht, gibt mir Spielraum für unanständige Gedanken. Leise gehe ich weiter und lasse sie nicht aus den Augen.

Das Tageslicht bahnt sich einen Weg durch die halb geschlossenen Lamellen des Küchenfensters und lässt Lus Haut aussehen, als würde sie leuchten. Ihr schwarzes, langes Haar hat sie zu einem unordentlichen Haarknoten hochgebunden. Ihren Kopf legt sie in den Nacken, ihre Augen sind geschlossen. Sie trägt eigene Schlafsachen, eine kurze Hose und ein Shirt. Der Stoff liegt leicht an ihrem Körper an, wodurch ihre Kurven gut zur Geltung kommen. Kurven, die alle normalen Gedanken zunichtemachen.

Meine Jungs haben es nie verstanden, wenn ich gesagt habe: »An einer Frau muss auch etwas dran sein!« Dafür wurde ich jedes Mal schief angeschaut. »Sportlich soll sie sein«, war immer das Gegenargument.

Aber mal ehrlich. Klar, ich liebe Sport und ich liebe es, meinen Körper an seine Grenzen zu treiben. Aber was soll ich mit einer Frau, die nichts Weibliches an sich hat? Na ja, zum Glück sind die Geschmäcker verschieden.

Und natürlich ist jede Frau auf ihre Art und Weise schön. Ich habe meine Vorlieben, davon habe ich mich nie abringen lassen. Deshalb ist Lu für mich perfekt. Ich fühle mich zu ihr hingezogen. So, dass es mir den Verstand raubt und mich in den Wahnsinn treibt. Lu wirkt wie eine positive Droge auf mich. Ich mag das.

Und wenn ich sie jetzt so in meiner Küche stehen sehe, kommen mir die Bilder von gestern Morgen und gestern Abend in den Sinn. Ich kann den in mir aufsteigenden Feuerball kaum unterdrücken. Und zu allem Überfluss höre ich auch noch ihr leises Stöhnen.

»Guten Morgen. Wie ich sehe, bist du heute mit weitaus weniger zufriedenzustellen?«

Ich versuche, enttäuscht zu klingen. Sie zuckt zusammen, weil sie mich nicht gehört hat, und wird rot.

Frag mich nicht, warum, aber ich mag es, wenn sich ihre Gesichtsfarbe ändert. Wobei ich nicht verstehe, warum sie verlegen ist. Sie braucht sich für nichts zu schämen und es braucht ihr nichts unangenehm zu sein.

Sie schaut weiterhin zu mir. Etwas ändert sich in ihrem Blick und Lu fängt an, mich von oben bis unten zu scannen. Wenn ich es nicht besser wüsste, würde ich behaupten, dass sie an gestern Morgen denkt, denn es breitet sich mehr Röte in ihrem Gesicht aus.

Ihre Augen fixieren meine. Sie strafft ihre Schultern und sagt keck: »Manchmal ist weniger mehr.«

»Touché!« Wow, damit habe ich jetzt nicht gerechnet. Sie versucht, mir Konter zu bieten. Durch ihre gestrafften Schultern hat sie schnell die Kontrolle zurückerlangt.

Warum weiß sie nicht, dass sie mir nicht die Stirn bieten muss? Sie ist mir komplett ebenbürtig.

»Ich wollte gleich ins Gym. Wenn du magst –«

Weiter komme ich nicht. »In das Fit x?«

»Ähm, ja.« Ich bin irritiert. Woher weiß sie das?

»Kann ich mit?«

Meine Verwirrtheit nimmt zu. Ich wollte ihr vorschlagen, dass Pat in dem Zeitraum vorbeikommen könnte.

»An dem Tag, als du mir aus dem *Grande Amore* hinterhergelaufen bist, habe ich dich vorher im Gym mit deinen Jungs gesehen.«

Jetzt wird mir vieles klar. »Warst du an dem Tag mit Pat im Gym?« Sie presst ihre Lippen verlegen zusammen und nickt. »Ich habe sie dort gesehen, dich aber nicht.«

Sie wirkt weiterhin verlegen. »Das liegt eventuell daran, weil ich in den Ladies-Bereich gegangen bin.«

Ich erinnere mich: Damals dachte sie noch, dass sie ein Opfer meiner Anmache geworden wäre. Sie wendet ihren Blick ab, um sich auf einen neuen Fixpunkt im Raum zu fokussieren. Aber sie findet keinen, weshalb sie wieder zu mir schaut. Sie wird schon wieder rot.

Garantiert kommen ihr ihre Vorwürfe wieder in den Sinn. Im Nachhinein finde ich es belustigend: Pats Blick im Gym und ihr blödes Grinsen dabei, und dann Lus Reaktion im Grande Amore. *Und heute stehen wir hier und wissen nicht, was noch alles passieren wird.*

»Ich würde vorschlagen, wir essen jetzt nicht viel, gehen ins Gym und ich mache ein tolles Frühstück, wenn wir wieder zurück sind?«

»Das hört sich nach einem guten Plan an.«

Sie ist wohl froh darüber, dass ich nicht weiter auf das Thema eingehe. Dann umrundet sie die Insel und ich nehme an, dass sie jetzt ins Schlafzimmer will, um sich fertig zu machen. Aber sie bleibt direkt vor mir stehen, zieht mich an meinem Shirt zu sich, drückt mir einen leichten Kuss auf dem Mund und haucht »Danke dir« hinterher.

Etwas schelmisch grinsend lässt sie von mir ab, dreht sich um und geht weiter ihres Weges. Diese Aktion erstaunt mich, weshalb ich nicht weiß, was ich sagen soll. Verstohlen fahre ich mit dem Daumen über meine Lippen und beobachte dabei, wie sie ihre Kurven durch meine Wohnung schwingt. Sie ist immer wieder für eine Überraschung zu haben. Erst scheu wie ein Reh, dann so keck, und danach wieder so scheu.

Mein Kopf raucht. Sie macht mich auf eine belebende Art und Weise fertig. Ich versuche, mich abzulenken. Also bereite ich den nährstoffreichen Snack vor und warte, bis Lu sich umgezogen hat, denn ich kann nicht dafür garantieren, dass ich meine Finger von ihr lassen könnte. Der Gedanke ist verlockend, aber wir sollen die Kirche im Dorf lassen.

Knapp zwei Stunden später sind wir im Gym fertig, frisch geduscht und auf dem Weg nach draußen. In der Tür begegnen wir Benjamin, André und Alex, die gerade ankommen.

Aus dem Augenwinkel heraus beobachte ich, wie Lu sich beim Anblick der Jungs leicht distanziert und zurückzieht. Stand sie gerade noch neben mir, hat es nun den Anschein, als suchte sie hinter mir nach Schutz. Zuerst glaube ich, dass es an der Begegnung mit Benjamin im *Grande Amore* liegt und möchte sie darauf hinweisen, dass er am Mittwoch komplett eigenständig gehandelt hat. Ich wende mich ihr heiter zu und sehe, dass ich mich irre: Sie schaut nicht Benjamin, sondern André leicht abgeneigt an. Als er Lu erblickt, verschwindet seine gute Laune und er verzieht schuldbewusst sein Gesicht.

Ist mir etwas entgangen? Meine Heiterkeit flacht ab, weil ich mir ihr Verhalten nicht erklären kann.

Verwundert schaue ich erst zu André und dann wieder zu Lu. Genau in dem Moment, als ich etwas sagen möchte, kommt André mir mit einem Räuspern zuvor.

»Hey, Dom«, begrüßt er mich vorsichtig und wendet sich dann leicht schüchtern, was er sonst nie ist, Lu zu. »Luana, richtig? Hi!« Er lächelt sie vorsichtig an, aber sie macht keine Anstalten, ihn zu begrüßen. »Diese Reaktion habe ich wohl verdient. Hör zu ...«

Er lacht gequält auf und streicht mit seiner Hand einmal durch sein Gesicht. Dabei schaut er mich an, als wollte er mich um etwas bitten, und wendet dann den Blick von mir ab. Nun schaut er zu Lu und macht einen unbeholfenen Schritt auf sie zu, bleibt dann aber stehen und wechselt komisch von einem auf das andere Bein.

»Es tut mir leid, dass ich mich gestern so scheiße verhalten habe.«

»Was habe ich verpasst?«, werfe ich ein. Lus Verhalten gefällt mir nicht. Und weil ich weiß, dass es einen Grund für ihr Verhalten geben muss, flammt der Beschützerinstinkt in mir auf.

Ich lasse den gestrigen Morgen im Schnelldurchlauf Revue passieren, kann mich aber an nichts Auffälliges erinnern. Außer, dass Lu mich beim Verlassen der Wohnung leicht verängstigt und verwirrt angeschaut hat. Ich habe die Veränderung dabei Sasha und dem Anruf zugeordnet.

Lus Verhalten gefällt mir immer noch nicht, weshalb es mich mehr in den Fingern juckt, diese Situation so schnell wie möglich aufzuklären. Wieder meldet sich der Beschützerinstinkt in mir. Beim letzten Mal hat er mir eine Abfuhr von ihr eingebracht, aber wenn ich mir dieses Szenario so anschaue, bezweifele ich, dass ich wieder eine erhalte.

Auch wenn André mein bester Kumpel ist und ich Lu noch nicht so lange kenne, fühle ich mich dazu verpflichtet, sie zu verteidigen.

Frag mich bloß nicht, wo das auf einmal herkommt. Aber ich muss gestehen, dass Lu mir mehr gefällt, als ich es zugeben möchte.

»Sorry, Bro!« Jetzt dreht André sich zu mir und schaut mich wehleidig an. »Ich war gestern so angepisst auf dich, weil ich dich nicht, wie üblich, direkt ans Rohr bekommen habe. Du weißt schon, der Geschäftstermin. Und als wir dann bei dir waren, habe ich mich Luana gegenüber blöd verhalten.«

»Was hast du? André, was hast du dir dabei gedacht?« Ich fasse es nicht.

»Der Auftrag ist wichtig«, setzt er an, aber ich unterbreche ihn direkt.

»Meinst du, ich weiß das nicht?«

Ich dämpfe meine Stimme, aber trotzdem kotzt es mich an, dass er seinen Unmut mir gegenüber an Lu ausgelassen hat. Sie hat eigene Probleme, da kann sie künstlich erzeugten Blödsinn nicht gebrauchen. In mir steigt ein kleiner Feuerball aus Wut an die Oberfläche.

»Warum hast du nicht mit mir darüber gesprochen, anstatt es an ihr auszulassen?«, zische ich durch meine Zähne.

Ich zucke zusammen. Lu hat meine Hand ergriffen. Sie wirkt entspannter und versucht jetzt, mich zu beruhigen.

»Ich verstehe es, wenn ihr sauer auf mich seid, das ist euer gutes Recht.«

Lu entspannt sich weiter und stellt sich neben mich. »Auf solche Milchmädchenrechnungen stehe ich nicht.« Dabei lässt sie ihre Finger komplett zwischen meine gleiten. Und da ist wieder ihr Selbstbewusstsein, das ich auch schon kennenlernen durfte. »Aber wenn du mich ab sofort nur noch Lu nennst, überlege ich es mir noch mal und akzeptiere eventuell deine Entschuldigung.«

Als sie die letzten Worte sagt, steht sie direkt neben mir. Sie drückt kurz meine Hand und lässt sie dann los, um ihre Sporttasche auf ihrer Schulter zu richten. Dabei lächelt sie André freundlicher an, als er es verdient hat.

Wenn sie ihm verzeihen kann, ist es mir mehr als recht. Ich hätte mich sonst zu späterer Stunde noch mal mit ihm ausgetauscht und dann wäre die Sache auch erledigt gewesen.

»Also gut, Lu. Ich entschuldige mich bei dir für mein saublödes Verhalten. Wenn Kiki davon Wind bekommt, kann ich mir was anhören.«

»Darüber hättest du dir früher Gedanken machen sollen, Bro!« Den Seitenhieb kann ich mir nicht verkneifen.

Die Situation lockert sich zum Glück schnell auf. »Ich lass es dich wissen, wenn ich mich entschieden habe«, flötet Lu. Aber ich glaube, sie hat ihm schon verziehen. Allerdings schadet es nicht, André ein wenig zappeln zu lassen.

Nach ein bisschen Smalltalk kommt André auf die FIBO zu sprechen. Übernächste Woche ist es so weit: Das lange Warten hat endlich ein Ende. Wir wollen uns vorher zusammensetzen, um eine Liste zu erstellen, wer was anschauen möchte, und wir wollen noch entscheiden, ob wir mit dem Zug oder mit dem Auto fahren. Kurzerhand beschließen wir, dass am kommenden Sonntagabend alles bei einem gemeinsamen Grillabend mit der Clique bei uns zu Hause besprochen werden könnte.

Ich freue mich jetzt schon bei dem Gedanken daran, weil es kein reiner Männerabend wird, sondern die Mädels auch dabei sind. Natürlich ist das mit Lu und mir noch frisch. Aber weißt du, was das zwischen uns genau ist? Wir haben bis jetzt nicht darüber gesprochen und im Grunde lassen wir alles auf uns zukommen. Trotzdem ist es mir wichtig, dass Lu meine Freunde kennenlernt. Oder meinst du, dass es dafür noch zu früh ist?

»Ich würde auch gerne etwas machen, was wird gebraucht?« Lu bietet sich an, als sie erfährt, dass jeder eine Kleinigkeit zum Essen mitbringt.

»Ähm, was kannst du uns denn anbieten, Lu?«, fragt André und betont das *Lu* etwas mehr als nötig.

Sie wirft ein kleines, entschlossenes Lachen in die Runde. »Wie wäre es mit Brot und verschiedenen Aufstrichen? Und einen Couscous-Salat würde ich auch hinbekommen. Mit Thunfisch und Erbsen?«

Dafür erntet sie Zustimmung. Wir verabschieden uns bis Samstag.

»Ich glaube, du hast alles hier, was ich brauche«, sagt Lu am Samstagmittag nach unserem Frühstück und schenkt uns jeweils ein Gingerale ein.

»Dann gehört die Küche für die nächste Zeit komplett dir.«

Lus Grinsen wird breiter. Sie drückt mir einen Kuss auf die Wange. »Lust, mir zu helfen?«

»Ich würde dir gerne helfen«, sage ich und schlinge einen Arm um ihre Hüften, »aber dann kann ich für nichts garantieren.« Dabei ziehe ich sie leicht zu mir.

Sie schaut mich über ihren Glasrand hinweg an und setzt das Getränk ab. »Hm, das ist ein unmoralisches Angebot. Aber ich muss passen. Es sei denn, du willst mich heute Abend mit einem knurrenden Magen erleben.« Dabei zieht sie ihre Augenbraue hoch. Eine kleine Warnung steckt in ihrer Botschaft.

»Das ist ein sehr gutes Argument«, witzele ich.

Sie zieht meinen Kopf zu sich und küsst meine Nasenspitze. »Dann lass uns loslegen, die Zeit läuft.«

Sie löst sich aus der Umarmung und vergrößert den Abstand zwischen uns, bis sie meine Hände in ihren hält. Sie drückt einmal kurz meine Finger und will loslassen, aber ich komme ihr zuvor und ziehe sie wieder in meine Arme. Ich drehe sie dabei so, dass ihr Rücken an mir liegt. Ich umgreife sie, lege meine Lippen an ihren Hals und puste sie an. Am Hals ist sie kitzelig.

Sie quiekt einmal kurz und versucht, sich aus meiner Umarmung zu befreien. »Wir sollten langsam anfangen, sonst verhungern wir nachher!«

Sie quiekt und zappelt weiter in meinen Armen, ich lasse sie los. Daraufhin dreht sie sich zu mir und gibt mir einen Klaps auf meinen Brustkorb.

»Ich konnte nicht anders.« Ich versuche, mich zu entschuldigen.

»Wenn ich keinen Zeitdruck hätte, würde ich dich über mein Knie legen und deinen Po versohlen.«

»Das klingt verlockend.«

Ich versuche, mir vorzustellen, wie ich über ihr Knie gebeugt da liege. Bei unserem Größenunterschied könnte das sehr amüsant werden. Und dann sehe ich sie auf einmal über mich gebeugt. Ihre Hüfte kreist über meine Lenden.

Aus einem Impuls heraus lecke ich mir meine Lippen und schaue Lu herausfordernd an. Mein Grinsen kann ich leider nicht unterdrücken.

»Benimm dich!«, tadelt sie mich und ich gebe schließlich klein bei, weil ich mir sie nicht hungrig vorstellen will. Es heißt doch bei Erster Hilfe immer: »Eigenschutz geht vor.«

Lu grinst mich triumphierend an und holt alles hervor, was sie benötigt. Keine fünfunddreißig Minuten später liegen drei Laibe Brot im Backofen, während sie sich an die Zubereitung des Salates und der Dips macht. Die Luft füllt sich von Minute zu Minute mehr mit dem Duft nach frischem Brot. Ich bin gespannt, ob es später genauso gut schmeckt, wie es riecht.

Durch den tollen Duft angetrieben kümmere ich mich darum, dass die Kühlschränke für heute Abend freigeräumt sind.

Die Jungs und ich habe seit Jahren ein Ritual: Wenn wir uns auf einen gemeinsamen Grillabend treffen, bringt jeder etwas mit. Die Mädels helfen ebenfalls, und dadurch haben wir immer eine große Auswahl an Leckereien und Getränken. Wie viele schöne Abende wir schon hatten. Ein reiner Männerabend ist zwar cool, dabei müssen wir kein Blatt vor den Mund nehmen, aber wenn alle zusammen sind, ist es immer wie ein Familientreffen. Das möchte ich nicht missen.

Als der Kühlschrank für den Abend bereit ist, stellen Lu und ich Stühle und ein paar Stehtische auf. Eine Gasflasche schließe ich an den Grill an und nach einer Stunde holt Lu die Laibe aus dem Ofen. Peu à peu steht alles an seinem Platz.

Passend zum ersten Klingeln sind wir startklar. Auf dem Weg zur Tür leuchtet Lus Display auf. Ich zeige auf ihr Smartphone, das auf dem Couchtisch in der Sitzecke liegt, woraufhin sie sich bedankt und kurz in das Schlafzimmer verschwindet. Erst nach knapp zwanzig Minuten kommt sie zurück und begrüßt unsere ersten Gäste.

»Ist alles in Ordnung?« Lus Gesichtsausdruck beunruhigt mich. Sie schaut ein wenig aufgewühlt aus.

War das vielleicht der Sachbearbeiter? Man weiß ja nie. Ich nehme sie kurz zur Seite.

»Oh, ja. Pat lässt grüßen.«

»Pat? Geht es ihr gut?« Zum Glück gibt es keine neue Hiobsbotschaft.

»An sich geht es ihr gut. Sie kommt gut zurecht. Etwas viel Lernmaterial. Aber das war zu erwarten.« Lu verlagert ihr Gewicht abwechselnd auf das rechte und linke Bein.

»Ist mit dir auch alles okay?« Sie schaut mich verwundert an und ich fahre mit einem Finger über ihre Stirn. »Ich sehe dir an, dass dich etwas bedrückt.«

»Sie fehlt mir ein wenig. Zum Glück kommt sie Dienstag wieder zurück.«

Ich nehme sie kurz in meinem Arm und küsse ihren Kopf. »Du sagst, Dienstag ist sie wieder da? Dann kannst du sie gerne hierhin einladen. Einverstanden? Ich überlasse euch unser Zuhause.« Dankbar schaut mich Lu an. »Na los, unsere Gäste warten.«

»Oh, ich muss noch die Dips rausstellen. Entschuldigst du mich bitte?«

Ich gebe ihr einen Kuss auf die Schläfe. »Aber natürlich.«

Ein letztes Mal lächelt sie mich an und begibt sich dann in die Küche. Für einen Moment schaue ich ihr weiter hinterher und freue mich, dass sie und Kiki sich zur Begrüßung die Hände schütteln. Kiki ist Andrés Ehefrau und eine bemerkenswerte Persönlichkeit. Sie passt perfekt zu André und die beiden sind, in meinen Augen, ein absolutes Traumpaar. Ich gehe wieder zu den Jungs und wir belegen den Grill mit Grillfleisch.

L & D

»Hi ich bin Kristine. Aber alle nennen mich Kiki.«

»Sehr erfreut, Kiki. Ich bin Luana. Aber Lu reicht völlig.«

Wir geben uns die Hände und freuen uns über diese harmonische Begrüßung. Kiki ist mir von der ersten Sekunde an sympathisch.

Da ist wieder dieses Bauchgefühl. Erinnerst du dich noch an mein erstes Bauchgefühl im Grande Amore*? Dieses Mal ist es schön und angenehm.*

Es fühlt sich gut an, sich mit Kiki zu unterhalten. Wir merken schnell, dass wir, wie sagt man so schön, auf einer Wellenlänge sind. Kiki ist eine Persönlichkeit, die man auf Anhieb liebgewinnt. Jetzt verstehe ich auch, warum André bei unserer Begegnung im Gym meinte: »Wenn Kiki davon Wind bekommt, kann ich mir was anhören.« *Bei dem Gedanken tut mir André ein wenig leid, denn ich schätze Kiki zwar als sehr liebenswürdig ein, aber André hat bestimmt nicht als Einziger die Hosen in dieser Beziehung an.*

Kiki, mit ihren rehbraunen Augen und ihrem rotbraunen Haar, das wellig bis zur Mitte ihres Rückens fällt, verkörpert eine extreme Größe. Dabei überragt sie mich nur um wenige Zentimeter. Aber ihr schlankes Gesicht und ihre leicht kurvige Silhouette runden alles ab, um ihre Aura strahlen zu lassen.

»Es ist mir eine Ehre, endlich das Mädchen kennenlernen zu dürfen, das es geschafft hat, unseren Dom an die Leine zu nehmen.«

Verblüfft blicke ich sie an, während ihr Blick weiterhin liebenswürdig auf mir ruht. »Haha, der Witz ist gut. Aber ich glaube, da bist du bei mir an der falschen Adresse.«

Im Grunde habe ich verstanden, was sie mir gesagt hat, aber glauben kann ich es nicht. *Wie soll ausgerechnet ich* jemanden *wie Dom an die Leine nehmen können? Einerseits halte ich es für einen Scherz. Aber andererseits wünsche ich mir, dass es stimmt.*

Ich nehme einen Schluck von meinem Getränk und suche den Raum nach Dom ab. *Kann das, was ich mir von Herzen wünsche, wahr sein?* Er steht bei Benjamin und Alex, unsere Blicke treffen sich. Ein Schauer läuft durch meinen Körper. Zum einen, weil es mich freut, dass er ebenfalls zu mir schaut. Und zusätzlich, weil ich mich ertappt fühle.

Dom schaut sogleich wieder weg und redet weiter mit den Jungs. Sein Blick wirkte beiläufig, aber ich meine, ein kleines Lächeln entdeckt zu haben.

»Nee, nee. Ich meine schon dich, meine liebe Lu«, sagt Kiki, dabei tätschelt sie liebevoll meinen Unterarm.

»Ich verstehe nicht.«

Mein Kopf hat Schwierigkeiten, das alles zu verarbeiten. Dom und ich, wir sind nicht zusammen.

Ja, ich weiß, dass ich bei ihm wohne. Aber das ist doch nur vorübergehend! Ich schaue immer wieder nach einer eigenen Wohnung, aber leider finde ich keine. Und ja, wir haben Sex. Aber muss man dafür in einer Beziehung sein? Ich weiß, ich weiß. Das ist normalerweise nicht meine Art. Aber, wie ich dir schon erzählt habe, werfe ich für Dom meine Prinzipien über Bord. Mit ihm ist alles so anders. Er ist anders. Ich fühle mich anders. Ich befinde mich in einem Strudel, der mich auf eine reizende Weise von meinem Weg abbringt. Ich kann die Dinge eh nicht ändern. Alles passiert, wie es passiert. Wir haben oft wenig Einfluss auf die Geschehnisse, das hat mir meine Vergangenheit gezeigt. Ich meine, schau dir Dom doch mal an. Ja! Er müsste nur mit dem Finger schnipsen und die Mädels würden bei ihm in Scharen anstehen.

»Ich kenne Dom jetzt schon etwas länger.« Kiki holt mich aus meinen Gedanken zurück in die Realität. »Er ist kein Kind von Traurigkeit, wie du dir bestimmt vorstellen kannst.« Dabei lächelt sie mich verschmitzt an. »Er hat einen tollen Charakter und genau die richtige Portion Charme.« Sie legt eine kleine künstlerische Pause ein. »Und dennoch sucht er sich die Mädels mit Bedacht aus, die für ihn interessant sind. Nicht jede, die was von ihm will, hat eine Chance, bei ihm zu landen.«

Kann es tatsächlich wahr sein? Ich schaue von Kiki weg und beobachte Dom, wie er gestikulierend etwas erklärt. Alle, die um ihn herumstehen, hören zu. Er hat ihre komplette Aufmerksamkeit.

»Aber er kann doch jede haben, die er haben möchte.«

Werfe ich den Ball in die falsche Richtung zurück? Das ist ein blödes Argument. Das weiß ich selbst. Manchmal ist mein Selbstbewusstsein nicht so groß. Ich bin mir unsicher, ob ich mir mit diesem Einwand eingestehen möchte, dass ich nur eine von vielen bin. Mit diesem Gedanken stoße ich mir selbst ein Messer ins Herz. Wir haben nie Klartext darüber geredet, was das zwischen uns ist. Alles kommt, wie es passiert. Wie habe ich da Anrecht auf einen Anspruch, den es nicht gibt?

»Könnte er. Das stimmt.« Kikis Worte verfehlen ihre Wirkung nicht. Sie konfrontiert mich mit der Tatsache, dass ich mir etwas vormache. »Macht er aber nicht.« Sie beobachtet mich bei einem Schluck über den Glasrand hinweg. Bestimmt merkt sie mir meine Verwirrung an. »Er hat Stil. Und das merkt man daran …« Sie macht eine etwas längere Pause, um sich zu vergewissern, dass sie wieder meine komplette Aufmerksamkeit besitzt. Ich schaue sie wieder an und warte darauf, dass sie weiterspricht. »… dass er sich seit fünf Wochen für keine andere Frau mehr interessiert.«

Was soll das heißen? Für keine andere Frau? Seit fünf Wochen? Warte mal – da war doch … Das war der … Aber woher weiß Kiki das alles?

Unfähig, alle Informationen sofort zu verarbeiten, lasse ich meinen Blick unkontrolliert über die Kücheninsel wandern. Zwischendurch schwenke ich zwischen Dom und Kiki hin und her und verweile zum Schluss auf dem Glas in meiner Hand.

»Die Jungs sind manchmal ganz schöne Plappermäuler!«, setzt Kiki neu an. »Wenn André abends nach Hause kommt und von seinem Tag in der Werkstatt erzählt, sind zwischendurch auch private Themen dabei.« Interessiert schaue ich von meinem Glas hoch. »Dazu solltest du wissen, dass wir alle hier«, damit lässt sie ihren Blick über alle Anwesenden gleiten, »nicht nur eine einfache Clique sind. Warst du schon mal ein Teil einer Clique?«

Ich schüttele mit dem Kopf. In Neuss hatte ich nur einen sehr kleinen Freundeskreis, den ich nicht unbedingt als Clique bezeichnen würde. Wir haben uns zwischendurch mal getroffen, aber es war nie so besonders wie das heutige Treffen.

»Wir sind alle miteinander befreundet. Jeder kennt jeden. Wir fühlen uns wie in einer zweiten Familie. Keiner wird für irgendetwas verurteilt oder belächelt. Wenn jemand Hilfe braucht, wird sofort geholfen.«

Kiki hat meine komplette Aufmerksamkeit. Bei dem Wort »Familie« schließe ich meine Augen. Stiche machen sich kurz in meinem Herzen bemerkbar.

Weil Kiki weiter erzählt, und ich neugierig auf Informationen über Dom bin, überwinde ich die ansteigende Achterbahn der Gefühle und öffne meine Augen wieder.

»Hast du verstanden, was ich dir damit sagen möchte, Lu?«

Ich schaue wieder zu Dom. Er erklärt Benjamin etwas an dem Rahmen, Motorräder sind komplett seins. Da ist er komplett in seinem Element.

Ein Blick zurück zu Kiki verrät mir, dass ich weiterhin perplex aussehen muss. Sie drückt meinen Unterarm, gibt mir einen Kuss auf die Wange.

Dann flüstert sie mir ins Ohr: »Er gehört dir ganz allein!«

»Das kann ich nicht so ganz glauben«, kommt es verlegen über meine Lippen.

»Solltest du aber, meine Liebe.« Sie legt eine kleine Pause ein. »Und jetzt verrate ich dir, was ich damit meine, wenn ich sage, dass Dom Stil hat. Deswegen hast du ihn in der Hand.« Kiki vergewissert sich, dass ich ihr weiterhin zuhöre. »In der Vergangenheit habe ich mit Dom über das ein oder andere geredet. Dadurch kenne ich ihn ganz gut, und darum weiß ich, dass er nichts machen wird, was du nicht auch willst. Er wird nur die Schritte mit dir gehen, die du bereit bist, zu gehen. Er würde niemals ohne dein Einverständnis etwas Waghalsiges machen. Das verschafft dir alle Zeit der Welt. Gebt euch diese Zeit. Ich weiß nicht, was genau zwischen euch läuft, und es geht mich auch nichts an. Ich kann dir aber aus Freundinnensicht sagen, dass er anders ist, seit er dich kennt. Es freut mich für ihn, dass er jemanden gefunden hat, der ihn glücklich macht.«

All das ist doch zu viel für mich. Auch wenn bei der Vorstellung, dass jemand von meiner Statur Dom dazu bewegen kann, sich zu verändern, mein Herz einen riesigen Freudensprung macht, breitet sich fast im gleichen Ausmaß Panik in mir aus. Was ist das zwischen Dom und mir? Ich weiß es nicht.

Mein Kopf arbeitet wieder auf Hochtouren. Kiki scheint meine Überforderung zu bemerken. Sie möchte mir etwas Gutes tun und fragt, ob ich auf die Dachterrasse zu den anderen Frauen gehen will. Ich schaue ein letztes Mal zu Dom, der weiterhin total vertieft in sein Gespräch ist, und atme einmal tief durch, bevor ich mit Kiki nach draußen gehe.

Die Uhr zeigt an, dass es fast halb acht ist. Ich stelle vereinzelt ein paar Sachen weg. Beim Aufräumen habe ich mir Kikis Worte durch den Kopf gehen lassen wollen, aber daraus ist nichts geworden. Ehe ich mich's versehen habe, habe alle anderen Mädels angefangen, mit mir aufzuräumen. Im Handumdrehen sind die Jungs mit eingestiegen.

Teller, Bestecke und Gläser werden gerade in die Spülmaschine geräumt. Von dem Essen ist viel übrig geblieben, weshalb wir für jeden ein Lunchpaket packen. Die Jungs kümmern sich um den Grill und die Möbelstücke. Ein Mädel schnappt sich einen Lappen und wischt sämtliche Oberflächen ab. Weil jeder mit anpackt, dauert es nur eine knappe halbe Stunde und alles sieht wieder wie vor dem Besuch aus.

Wow, so macht Aufräumen Spaß!

»Viele Hände, schnelles Ende«, sagt Alex triumphierend in die Runde und lässt dabei tänzerisch seine Hüften kreisen. Benjamin grinst etwas komisch.

Jeder scheint zu wissen, was jetzt kommt. Da ich nicht eingeweiht bin, stehe ich gespannt wie ein Flitzebogen einfach da und beobachte alles. Benjamin zückt sein Smartphone und geht zur Leseecke. Ich kann nicht genau sehen, was er macht, und zucke deshalb plötzlich vor Schreck zusammen. Der Raum füllt sich mit einer bekannten Melodie aus den Achtzigern und alle Mädels kreischen los. Die Fläche zwischen Doms Schrauberecke und dem Esstisch wird zur Tanzfläche umfunktioniert. Die Jungs bilden einen unförmigen Halbkreis, um die Mädels anzufeuern.

Cyndi Laupers Stimme füllt den Raum und singt die ersten Zeilen zu »*Girls Just Wanna Have Fun*«. Diese Euphorie ist ansteckend und ich stehe auf einmal selbst inmitten der Mädels und tanze und singe zu diesem tollen Song mit.

Dabei muss ich an einen Freitagabend von vor vielen Jahren denken. Ich weiß nicht mehr, wie alt ich damals war. Pat und ich gingen zu einer Jugenddisco und verpasste den letzten Bus. Natürlich hatte zu diesem Zeitpunkt noch nicht jeder ein Smartphone. Wir mussten den ganzen Weg nach Hause laufen, und zur Krönung fing es an, zu regnen. Bis wir zu Hause waren, waren wir komplett durchnässt. Papa wollte auf uns sauer sein, weil wir nicht aufgepasst hatten. Aber er konnte mir nie lange böse sein.

Bei diesem Gedanken sehe ich sein lächelndes Gesicht vor mir und frage mich, was er zu dem Ganzen hier sagen würde. Aber diese Antwort werde ich nie erhalten. Eine kleine Träne rollt über meine Wange, die ich schnell wegwische. Denn obwohl ich die Trauer in mir trage, fühle ich mich heute Abend so lebendig wie schon lange nicht mehr.

Ich merke, wie sich eine neue Achterbahn der Gefühle ausbreiten möchte. Allerdings ist diese etwas anders als bisher: Ein kleiner Hauch an Hoffnung steckt in ihr. Für einen Wimpernschlag schließe ich meine Augen und versuche, alle Gefühle zu sortieren. Schnell merke ich, dass ich das Ausmaß nicht abschätzen kann und versuche, durchzuatmen. Trotz des Chaos in mir verliere ich für keine Sekunde mein Lächeln. Das ist alles so neu für mich und ich frage mich, wo mich dieser Weg weiter hinbringen wird.

Schon endet der Song, aber an ein Tanzende ist nicht zu denken. Ein neues Lied erklingt und die Jungs schließen sich uns an. Alle wirbeln zu den Klängen umher. Diesen Song kenne ich zwar nicht, doch ich nutze die Energie aus dieser Tanzdynamik, um mich zu beruhigen.

Mein Plan geht auf. Keine Ahnung, wie lange der Song bereits den Raum durchflutet, aber ich bin wieder komplett im Hier und Jetzt. Es folgt ein weiteres Tanzlied, bevor eine Ballade folgt.

Dom zögert nicht lange und zieht mich zu sich. Im ersten Moment bin ich verdutzt, weil ich damit nicht gerechnet habe. Die eine Hand liegt behutsam auf meinem Rücken, mit der anderen hat er meine linke Hand ergriffen und legt unsere beiden Hände an seine Brust. Ich bin von dieser Geste etwas überrascht. Sofort spüre ich Doms Wärme um mich herum und fühle mich, nach der Gefühlsachterbahn, endgültig geerdet. Wieder versprüht er mit seiner Geste eine innere Ruhe und wiegt mich dadurch in Sicherheit. Ich lasse mich bereitwillig von Dom führen und gebe mich seinem Tanzstil hin.

Er beugt sich etwas vor, damit ich ihn trotz der lauten Musik verstehen kann. »Hattest du einen schönen Abend?«

Ich bekomme eine Gänsehaut, seine Stimme ist so nah bei mir. »Ja, danke. So einen schönen Abend hatte ich schon lange nicht mehr.«

»Dann hast du dich also wohlgefühlt?«

»O ja!« Ich neige meinen Kopf etwas weiter in den Nacken, damit er mich besser verstehen kann. »Alle sind so lieb und nett zu mir. Als würden wir uns schon wer weiß wie lange kennen.«

»Ich habe allen gedroht, dass sie nett zu dir sein sollen«, sagt Dom mit einer Mischung aus Schärfe und Belustigung.

»Na toll! Und ich dachte, sie mögen mich wirklich.« Ich versuche, so empört wie möglich zu klingen. Mein zusätzlicher Versuch, dabei einen Schmollmund aufzulegen, scheitert.

Dom schaut mich wegen meiner Aktion so perplex an, dass er mir ein aufheiterndes Lächeln schenkt. Ich glaube, dass ich für einen Moment etwas in seinen Augen gesehen habe, aber ich kann es nicht deuten. Es kann sein, dass ich es mir nur einbilde, weil er mich etwas länger angeschaut hat.

»Sie mögen dich, da brauchst du keine Angst zu haben.«

»Woher willst du das wissen?«

»Jeder Einzelne hier hätte es dir gezeigt, wenn etwas nicht in Ordnung gewesen wäre.« Ich bin etwas überfordert von dieser Aussage und weiß nicht, was ich antworten soll. Dom kommt mir zuvor. »Dann darf ich mich also bei der Gastgeberin für diesen tolle Atmosphäre bedanken?« Mit seiner Wortwahl versucht er bestimmt, mich ein wenig aufzulockern.

»Wohl eher bei dem tollen Gastgeber.«

»Nein, du hast mich schon richtig verstanden.«

Ich will stehen bleiben. Bei *»der Gastgeberin«* wird mir ganz anders. Das hier ist Doms Wohnung! Das ist sein Zuhause. Ich bin nur ein Gast, wenn man das so sagen kann. Was meint er mit *Gastgeberin*? Ich bin nicht seine Freundin. Warum sagt er so etwas? Das verwirrt mich. Meine Gedanken rasen schlagartig wieder auf Hochtouren. Aber Dom umarmt mich weiter.

»Ich weiß, dass das, was ich jetzt sagen werde, das Verrückteste ist, was ich je getan habe«, haucht mir Dom leise in mein Ohr. »Aber du würdest mir eine große Ehre erweisen, wenn du bei mir einziehen würdest.«

Jetzt drücke ich mich mit aller Kraft aus seiner Umarmung und schaue ihn direkt in die Augen. Weil meine Achterbahn nicht langsamer wird, kann ich nicht sagen, ob Dom leicht belustigt oder herausfordernd dreinschaut. *Soll das ein Scherz sein?*

»Aber ich bin doch schon hier eingezogen«, kommt es unkontrolliert über meine Lippen.

»Das meine ich nicht.«

Dom gibt mir die Möglichkeit, seine Worte wirken zu lassen. Aber ich komme nicht dahinter, was er meint. Wieder liegen Freud und Leid in meinem Herzen so dicht beieinander.

Kennst du das? Wenn du dir etwas wünschst, bist du nervös, weil du nicht weißt, ob du es bekommst. Aber wenn du es bekommst, glaubst du, dass es nicht real sein kann. Dass es zu schön ist, um wahr zu sein? So fühle ich mich gerade.

Dom merkt, dass ich ihn nicht verstehe. »Ich möchte dir gerne ein neues Zuhause geben.«

Er schaut mich so verlegen und hilflos an. Aber seine Worte hallen in meinem Kopf nach. Das Wort

Zuhause fühlt sich wie eine neue Wunde und ein Pflaster zugleich an.

Ein Zuhause … Weiß er wirklich, was er mir da anbietet? Das kann ich doch nicht annehmen, oder? Er müsste dann auf mich genauso Rücksicht nehmen, wie Pat es damals für mich tun musste.

Er streift mit seinen Fingern über meine Stirn, die sich in Falten gelegt hat. Dabei korrigiert er, so gut er kann, meine Frisur, weil meine Haare vom wilden Tanzen etwas zerzaust sind, und streicht dann ein paar lose Strähnen hinter mein Ohr. Seine Hand verweilt dort und er fixiert mich, damit ich in seine Augen schauen muss. Er schaut mich eindringlich an. Aber es ist nicht unangenehm.

»Ich bin nicht besonders gut in solchen Sachen.«

Er lächelt mich verlegen an, sein Blick verweilt etwas länger auf meinen Lippen und ich glaube, einen Funken der Lust in seinen Augen aufflackern zu sehen. Dann schüttelt er, wie bei einem inneren Tadeln, leicht seinen Kopf und schaut mir wieder direkt in die Augen.

»Könntest du dir vorstellen, etwas länger zu bleiben?«

Kapitel 9

D & L

»Du musst dich nicht sofort entscheiden.«

Ich versuche, Lu den Druck zu nehmen, denn ihr Kopf arbeitet auf Hochtouren. Das ist mir schon aufgefallen, als sie sich mit Kiki in der Küche unterhalten hat. Lus Blicke haben immer wieder Bände gesprochen – ich weiß nur nicht, ob das gut oder schlecht ist. Dafür müsste ich wissen, worüber sich die beiden unterhalten haben. Eins weiß ich: Es ging dabei um mich. Das konnte ich in Lus Augen sehen.

Außerdem möchte ich ihr nicht das Gefühl verleihen, dass sie *Ja* sagen *muss*. Na klar, sie wohnt schon bei mir. Aber erstens war das nur vorübergehend geplant, und zweitens – neben dem Aspekt, dass sie sich in mein Herz geschlichen hat – möchte ich sie in einer guten Umgebung wissen, wenn der aktuelle Auftrag erledigt ist und wir uns alle neu orientieren müssen.

Ja, zurecht schimpfst du mit mir. Und ich weiß, dass es mehr als egoistisch ist. Aber tief in meinem Inneren möchte ich jede einzelne Minute mit ihr auskosten, die uns bleibt. Ich brauche Lu momentan, genau, wie sie mich braucht. Was auch immer sie bedrückt – es ist besser geworden, seit sie bei mir ist. Ich möchte ihr gerne den kompletten Weg aus der Dunkelheit weisen.

Der flüchtige, aber intensive Beschützerinstinkt, den du von mir aus dem Grande Amore *kennst, hat sich in letzter Zeit verändert. Wenn ich könnte, würde ich dir gerne mehr erklären, aber ich kann es nicht einmal für mich selbst in Worte fassen.*

Was? Du glaubst, dass ich dabei bin, mich in Luana zu verlieben? Aber das mit uns hat doch keine gemeinsame Zukunft. Es wäre doch nicht fair … Lass uns später noch einmal darüber reden. Es ist schon spät.

»Ich glaube, wir machen nach diesem Lied Feierabend. Das war ein langer und anstrengender Tag für dich.« Damit ziehe ich sie wieder in meine Arme und lehne meinen Kopf an ihren. »Ich bin stolz auf dich, wie du das alles gemeistert hast.«

»Ja«, antwortet Lu nur knapp.

Ich möchte sie auf andere Gedanken bringen und sage: »Es war wirklich ein toller Abend.«

»Das war er wirklich. Alle waren supernett zu mir.« Ich kann sie kaum hören, weil sie so leise spricht. »So was habe ich schon lange nicht mehr gehabt.« Lu senkt ihre Lautstärke immer mehr. Sie macht eine kleine Pause und fügt noch etwas hinzu. »Ja«, sagt sie kaum hörbar.

Ich bin leicht irritiert. *Was möchte sie mir damit sagen? Das alles ergibt gerade keinen Sinn für mich.* Dann noch einmal nur die beiden Buchstaben.

Sie schaut mich an und zieht das kurze Wort etwas mehr in die Länge. Ich kann ihr nicht mehr folgen. Sie löst sich leicht von mir und schaut mich direkt an. Auf ihrem Gesicht liegt eine Entschlossenheit, die ich noch nicht von ihr kenne.

»Ich sagte *ja*!« Jetzt lächelt sie mich an und ich komme mir wie ein Idiot vor, da ich jetzt erst begreife, worüber sie redet. »Ich sage ja«, kommt es erneut und selbstsicher über ihre Lippen.

Wir haben mit dem Tanzen aufgehört und sie hat ihren Oberkörper mehr von mir gelöst. Röte steigt in ihrem Gesicht auf und ein scheues Lächeln legt sich über ihre Lippen.

Ungläubig frage ich nach. »Wirklich?« Tief in mir habe ich Angst, etwas falsch verstanden zu haben.

Ihre eisgrüne Iris wirken bei diesem Licht dunkler, aber das nimmt ihrer Intensität nichts. Sie schaut von meinen Augen zu meinen Lippen und sucht danach wieder Blickkontakt.

Ich kann dieses blöde Grinsen nicht abstellen. *Hat sie gerade dem dauerhaften Einzug zugestimmt?*

Das ist alles so verrückt und zugleich zu schön, um wahr zu sein. Ich glaube, das habe ich schon mal erwähnt. Keine Ahnung. Aber ich kann nicht anders. Das alles ist so neu für mich und die Zeit wird uns beiden zeigen, was auf uns wartet.

Trotzdem bleibe ich realistisch: Unsere gemeinsame Zeit läuft ab, wenn der Deal abgeschlossen ist. Ich muss ihr noch davon erzählen. Sie hat ein Anrecht, von dem Deal zu erfahren.

Aber auf der anderen Seite ist da etwas, was ich nicht erklären kann. Lu zieht mich in ihren Bann, weshalb ich herausfinden möchte, wo das mit uns hinführt. Es wird kein Happy End geben, das kann ich dir jetzt schon versprechen. Und trotzdem kann ich nicht abstreiten, dass ich mehr möchte. Mehr, als es für uns beide gesund ist.

Ist das falsch? Ich weiß, dass es falsch ist! Aber würdest du an meiner Stelle anders handeln, wenn du anfängst, tief in dir etwas zu spüren, was noch nie zuvor da gewesen ist? Alles passiert gerade so schnell. Alles kommt so, wie es passiert.

Bis jetzt haben wir noch nicht über uns gesprochen. Was wir möchten, wohin wir wollen. Möchte sie das mit mir überhaupt, oder wird ihr das alles zu viel?

Ich umfasse ihren Hals. Mit den Daumen hebe ich ihr Kinn an, damit sie mich komplett anschauen muss. Ich kann gerade nicht anders. Lu zieht mich magisch an, trotzdem möchte ich sie nicht in die Enge treiben.

»Du musst dich nicht sofort entscheiden. Lass dir Zeit«, sage ich zu ihr, damit sie sich nicht überrumpelt fühlt.

Aber wenn ich mir sie jetzt so anschaue, wie sie zu mir aufsieht … Diese Begierde in ihren Augen, die sie schüchtern zurückhält. Dieser Glanz in ihren Augen, der aufflackert, als ich mit meinem Daumen an ihrem Kinn entlangfahre. Diese leichte Röte und die Hitze an ihrem Hals, die ich unter meinen Händen wahrnehme. Ich spüre unter meinen Fingern ihren schnellen Herzschlag.

Sie will das hier. Aber vielleicht ist es ihr unangenehm, weil wir nicht alleine sind. Und weil wir noch nicht besprochen haben, was wir wollen.

Sie fixiert mich. Und so, wie sie mich mit der Mischung aus Verlegenheit und Neugier anschaut, kann ich nicht anders und fahre mit meinem Daumen über ihre Lippen. Es ist mir egal, ob die anderen es sehen oder nicht. Sie können ruhig wissen, dass Lu zu mir gehört.

Sie legt ihr Hände um mein Handgelenk und drückt dann vorsichtig ihre Finger zusammen. »Es gibt nur eine Bedingung.«

Sie verändert ihre Haltung. Ein Leuchten blitzt mir entgegen und die Sommersprossen auf ihrer Nase tanzen, weil sie die Nase verspielt kräuselt. Dabei weicht ihre Unsicherheit dem Selbstbewusstsein, das ich an ihr lieben gelernt habe. Sie legt eine künstlerische Pause ein. Der Ausdruck in ihren Augen wechselt bei dem Wandel von Leid zu Freud und von Schmerz zu Lust.

»Du muss mich morgen früh zur Arbeit bringen!«

Ich brauche keine Sekunde, um ihre Antwort zu verstehen. Mein Lächeln wird breiter.

Vor Freude weiß ich nicht, wie mir geschieht. Durch meinen Körper schießen im Bruchteil von Sekunden energiegeladene Pfeile, die keine einzige Zelle verschonen. Sie bringen alles zum Explodieren. Dieses Gefühl kann ich dir unmöglich beschreiben.

Mein Herz schlägt vor Freude schneller. Ich weiß nicht, ob ich lachen oder weinen soll.

Ja, natürlich wohnt sie schon hier. Aber ich habe gesehen, dass sie sich nach einer eigenen Wohnung umgeschaut hat. Deshalb hätte sie auch auf meine heutige Frage auch anders reagieren können.

Sie lächelt zurück, zieht verspielt ihre Augenbrauen hoch und drückt meine Handgelenke etwas fester. Meine Beherrschung verlässt mich und ich küsse sie. Ohne Vorwarnung teile ich mit meiner Zunge ihre Lippen und nehme Besitz von ihrem Mund. Lu erwidert meinen fordernden Kuss. Dabei ruhen ihre Hände weiter auf meinen Handgelenken.

Ich weiß nicht, wie lange ich sie küsse, und es ist mir ehrlich gesagt egal. Jetzt gehört sie offiziell mir. Weil wir nicht alleine sind, löse ich irgendwann unseren Kuss und lehne meine Stirn an ihre.

»Alles weitere können wir später besprechen.«

Ihre Antwort besteht aus einem Grinsen. So langsam kommen wir aus unserer Seifenblase zurück und nehmen das Grölen unserer Freunde wahr.

»Schon gut! Schon gut!« So versuche ich, die Meute zu beruhigen. Lu und ich können nicht anders und lassen uns von diesem Jubel einfangen. »So Kinder, jetzt heißt es aber leider Abschied nehmen. Morgen ist eine neue Woche«, witzele ich.

»Jaja! Ihr wollt jetzt bloß alleine sein. Treibt es nur nicht zu wild, ihr beiden.«

Alex' Witz verfehlt seine Wirkung nicht, denn Lu wird wieder rot. Das ist der Auftakt für das Endes dieses Abends. Benjamin packt sein Smartphone ein und lässt wieder die Musikanlage laufen.

Nun setzt die Gruppe zum Gehen an. Allerdings möchte jeder Einzelne uns noch gratulieren. Die Jungs zeigen mir ihre Freude, indem sie mir bei der Verabschiedung alle auf den Rücken oder auf die Schulter klopfen. Jeder Einzelne versichert mir, dass ich mit Lu eine gute Wahl getroffen habe und dass sie uns beiden alles Gute wünschen.

Bei den Mädels höre ich zwischendurch ein Quieken, was mich innerlich zum Lachen bringt. Aber so sind die weiblichen Geschöpfe nun mal. Ich kann zwischen den Glückwünschen der Jungs und dem Gibbeln der Mädels nicht alles verstehen, aber Kiki und die anderen reden aufgebracht auf Lu ein und vergewissern ihr, dass sie bei mir in guten Händen und ich kein schlechter Fang sei.

Ich freue mich sehr über diese Harmonie. Alle Gäste von heute sind für mich wie eine Familie, da gibt es keinen Hass oder Neid. Man freut sich für den anderen, wenn er glücklich ist, und steht parat, wenn Not am Mann ist.

Es dauert fast eine halbe Stunde, bis alle gegangen sind. Im Grunde haben wir vorhin unseren Beziehungsstatus betitelt, aber es ist nichts offiziell. Wer weiß, ob wir überhaupt zusammenkommen, aber der Weg dorthin ist geebnet.

»Was war denn das gerade, bitte schön?«, fragt mich Lu mit weit aufgerissenen Augen, nachdem wir die Wohnungstür hinter dem letzten Gast verschlossen haben.

»Ich weiß es auch nicht«, antworte ich und setze ein breites Grinsen auf. »Sie sind meine Familie. Sie sind glücklich, wenn ich glücklich bin.«

In dem Moment verändert sich Lus Gesicht. Ein Schleier legt sich darüber, ich erkenne es genau. Aber Lu schafft es, ihn schnell beiseitezuschieben, und versucht, mich anzulächeln. »Familie«, wiederholt sie.

Ich vernehme ein leichtes Zittern in ihrer Stimme und spüre den Schmerz in ihrem Unterton. Das ist für mich das Zeichen, dass ich nicht weiter darauf eingehen werde. Wenn Lu mit mir darüber reden möchte, wird sie es tun.

»Möchtest du schon mal duschen?« Sie wechselt überraschend das Thema. »Dann räume ich noch den Rest weg und –«

Weißt du, ich wollte Lu in den vergangenen Tagen schon darum bitten, bei mir einzuziehen, aber fand keinen passenden Moment. Und als ich sie heute fragen wollte, kamen schon die ersten Gäste.

Ich habe Lu den gesamten Abend lang beobachtet, sie hat mich nur zwei Mal dabei erwischt. Je später es wurde, umso mehr sah ich, wie von meiner Familie aufgenommen wurde.

Und dann war da das Gespräch mit Kiki.

Mir wurde klar, dass der Zeitpunkt nicht besser sein könnte und dass ich ein Nein nicht akzeptieren würde. Alle mochten Lu sofort. Sie wurde ohne Vorurteil integriert und miteinbezogen. Die Chemie stimmte bei allen auf Anhieb. Ein großes Plus, wofür ich meine Familie liebe. Die einzigen Zweifel kamen von Lu, weil sie nicht wusste, wie sie aufgenommen werden würde. Aber es erwies sich schnell als unberechtigte Angst.

Und dann kam Kiki im Laufe des Abends, nach dem Gespräch mit Lu, zu mir und sagte nur: »Sie liebt dich!« Das traf mich wie ein Blitz. Sich etwas zu wünschen, ist das eine. Etwas zu bekommen, ist das andere. Aber nicht zu wissen, was richtig ist, macht alles kompliziert.

Die Tanzeinlage schaltete meinen Kopf komplett aus und mein Herz gewann für einen Moment die Oberhand. Genau wie in diesem Moment.

Ich unterbreche Lu mit einem fordernden Kuss, umschlinge ihre Hüften und ziehe sie an meinen Körper.

Sie schmiegt sich an mich und fügt sich meiner Forderung. Ein Feuer ist entfacht. Automatisch legt sie einen Arm um meinem Hals, mit der anderen Hand hält sie mein Gesicht fest. Spielerisch fährt sie mit ihren Fingern an meinem Gesicht entlang und zieht mich näher zu sich. Ich halte sie weiterhin lässig in meinen Armen, als ich den Kuss beende.

»Danke schön.«

»Wofür?«, fragt Lu überrascht.

»Für einen der schönsten Abende, die ich erleben durfte.«

Ich umarme Lu weiterhin, sie schaut mich mit ihren grünen Augen ruhig an. Behutsam wandert ihr Blick über mein Gesicht und prägt sich gefühlt jeden Zentimeter ein. Kurz kann ich die Emotion darin nicht deuten. Ihre Hand liegt weiterhin an meinem Gesicht.

Ich hoffe, dass sie mir irgendwann von ihren Gedanken erzählen kann. Ihren Sorgen, Ihren Ängsten, ihrem Leid. Ich konnte es deutlich sehen, als sie mich aus ihrer Wohnung werfen wollte: In ihr herrscht ein riesiger Kampf der Gefühle. Sie muss sich davon befreien, sonst läuft sie Gefahr, daran zu zerbrechen. Ich weiß, wie sich das anfühlt. Auch, wenn es bei mir vielleicht anders war, kann ich mich in sie hineinversetzen.

»Das kann ich nur zurückgeben«, sagt sie scheu und küsst mich.

Sie zittert, weshalb ich mich von ihr löse. Tränen laufen in einem kleinen Rinnsal über ihre Wange. Mit dem Daumen wische ich sie weg und suche ihr Gesicht nach weiteren ab.

»Ich wollte dich nicht zum Weinen bringen«, sage ich halb scherzend, halb ernst. Dabei lasse ich sie nicht aus den Augen.

Sie lacht kurz, wodurch sich zwei weitere Tränen aus ihrem Augenwinkel lösen. Lu verlässt die Umarmung und wischt die Tränen selbst hastig weg. Dabei tritt sie verlegen von einem auf den anderen Fuß. »Ich glaube, du gehst besser zuerst duschen. Ich räume derweil die Spülmaschine aus.«

Sie versucht, sich abzulenken, indem sie die Wohnung, die wir alle zusammen schon aufgeräumt haben, noch mehr aufräumen will. Etwas an ihr wirkt auf einmal kühler.

Ohne ein weiteres Wort begibt sie sich in die Küche und öffnet die Blende der Spülmaschine. Während der erste Dampfschwall herausströmt, holt sie sich ein Trockentuch und nimmt dann ein Teil nach dem anderen heraus und trocknet es ab.

Das ist eine weitere Fassade, die sie aufzieht. Es hat den Anschein, als wollte sie sich von der Außenwelt abschotten. Als fühlte sie sich dazu gezwungen, alles alleine stemmen zu müssen. Das gefällt mir nicht, weshalb ich sie nicht mehr aus den Augen lasse und ihr in die Küche folge. Sie redet über Belangloses und fragt immer wieder, wo bestimmte Sachen hinkommen. Ich schaue mir das Spektakel nur kurz an und gehe dann zu ihr. Als sie die linke Schranktür öffnen will, um die Teller hineinzustellen, umfasse ich ihr Handgelenk.

Erschrocken wirbelt sie herum. »Kommen die in einen anderen Schrank?«

Ich habe mich so auf ihr Handeln konzentriert, dass ich ihre Frage erst gar nicht verstehe. »Bitte?«, frage ich leicht irritiert.

»Kommen die Teller in einen anderen Schrank?«, wiederholt Lu geduldig ihre Frage.

»Nein, nein. Das ist schon richtig.« Jetzt schaut sie mich irritiert an. »Aber wir gehen jetzt duschen.«

Sie schaut mir direkt in die Augen und kneift ihre leicht verachtend zusammen. Normalerweise habe ich keinen Befehlston drauf, aber ich weiß, dass ich Lu jetzt führen muss, damit sie sich nicht in sich selbst verkriecht. Sie darf ihre Gefühle nicht unterdrücken und hinunterschlucken, wie sie es gerade wieder vorhat. Sie war schon zu lange alleine mit dem Ganzen. Aber sie muss nicht mehr alleine kämpfen.

Und ich soll recht behalten, denn Verzweiflung und Dankbarkeit legen sich in ihren Blick. Sie schaut mich einfach nur an.

Ich lasse ihr Handgelenk nicht los und ziehe sie hinter mir her. Dabei versucht sie, Schritt zu halten, und weicht nicht von meiner Seite. Ich gehe mit ihr ins Schlafzimmer. Mitten im Raum bleibe ich stehen und drehe mich zu ihr um. Unsicher, was jetzt folgen wird, liegt doch ein Hauch von Vertrauen darin, wie sie mich anschaut, weshalb ich ihr vorsichtig das Oberteil über ihren Kopf ziehe. Ihre Haare hat sie zu einem Knoten zusammengebunden, der durch das wilde Tanzen etwas zerpflückt aussieht. Ich lasse die Haare, wie sie sind.

Lu beobachtet mich, bleibt aber an Ort und Stelle stehen, dann zieht sie sich ihre Hose und ihre Unterwäsche aus.

Ich entledige mich schnell meiner Kleidung und hole aus der Kommode Handtücher für uns, bevor ich meine Hand um ihre lege und ich mit ihr zusammen ins Bad gehe. Lu folgt mir ohne Protest.

Ich schließe die Badezimmertür hinter uns und lasse Lu an Ort und Stelle stehen, drehe die Heizung höher und das Wasser auf. »Heiß oder lieber kälter?«, frage ich.

Sie schaut mich leicht verwirrt an. Versteht dann aber, dass ich von der Wassertemperatur spreche. »Warm ist gut. Nicht zu heiß.«

Ich nicke. Das Wasser braucht einen kleinen Moment, bis die gewünschte Temperatur erreicht ist. Ich strecke meine Hand in ihre Richtung aus. »Komm her.«

Wie ein Roboter steuert sie auf mich zu. Sie kommt direkt mit unter den Wasserstrahl und stellt sich vor mich. Ich gehe um sie herum, damit ich ihren Nacken massieren kann. Lu lässt ihr Kinn auf ihren Brustkorb sinken, während ich sie berühre.

L & D

Dom massiert meinen Nacken und meine Schultern. In dem Moment, als er meine Haut berührt, fängt mein Körper Feuer. Seine Wärme ist wie Balsam für mich.

Ich lasse meinen Kopf nach vorn fallen und genieße Doms Berührungen. Er massiert nicht nur meinen Nacken und meine Schultern, sondern auch meine Wirbelsäule. Nach kürzester Zeit merke ich, wie die Spannung von mir ablässt.

Wie macht er das nur? Ich weiß es nicht. Aber im Grunde ist es egal, woher er immer genau weiß, was ich brauche. Ich lasse ihn machen und mein Geist fällt erneut in ein Meer aus Schwerelosigkeit. Dom steht mal wieder wie der Fels in der Brandung für mich parat.

Diese kleine Massageeinlage tat gut, weshalb ich mich revanchieren möchte. Ich kreise kurz mit meinen Schultern und bedanke mich. »Soll ich dich auch massieren?«

Bei der Frage drehe ich mich zu ihm um. Er zuckt leicht zusammen und holt schlagartig Luft. Meine Hand hat den direkten Weg zu seinem besten Stück gefunden.

»Ich … ich glaube, das ist keine gute Idee«, stammelt er.

So kenne ich Dom noch gar nicht: verlegen und leicht überfordert. Wo ist denn der einst so dominante Kerl hin, der mich vor ein paar Minuten noch hierhermanövriert hat? Es tut mir leid, wenn mich das gerade in meinem

Selbstbewusstsein ein wenig stärkt und ich mich bei deinem entsetzten Gesichtsausdruck darüber amüsiere, dass ich diesen gestandenen Mann so einfach in die Knie zwingen kann. Jetzt versteh das bitte nicht falsch!

»Soso. Meinst du *das*?« Provokant lege ich meinen Kopf leicht zur Seite und schaue Dom direkt in seine Augen.

»Das war nicht meine Absicht.«

»Oh, ich glaube aber, dass das *seine* Absicht war.«

»Er weiß manchmal nicht, was er tut.« Dom versucht, zu scherzen, scheitert aber kläglich.

»Dafür weiß ich ganz gut, was ich tue«, sage ich und finde einen Rhythmus, mit dem ich Dom zum Schweigen bringe. Für einen Wimpernschlag glaube ich, zu sehen, dass er weiche Knie bekommt, weshalb er sich mit seinem Arm an der Wand abstützen muss. Seine Augen geschlossen und vereinzelte Muskelpartien zucken abwechselnd.

Innerlich ist das für mich der Antrieb, ihm mehr geben zu wollen. Ich suche das Gleichgewicht auf meinen Zehenspitzen und fange an, an seinem Schlüsselbein kleine Küsse zu verteilen. Dom zieht die Luft etwas schärfer ein, weshalb ich meine Küsse langsam, aber sicher weiter auf seinem Oberkörper verteile. Seine Bauchmuskeln zucken, als ich die Linien seiner Muskeln mit meiner Zunge nachmale. Meine Lippen wandern weiter zu seinen Lenden. Und ich weiß nicht, woher dieser teuflische Gedanke auf einmal kommt, aber ich gebe dem kleinen Mann in meiner Hand einen Kuss auf den Kopf und richte mich wieder auf.

Eigentlich war mein Hintergedanke, Dom damit ein wenig zu necken, weshalb ich sein Kinn tätschele. Er reißt seine Augen auf und schaut mich verwirrt an.

»Du sagtest doch, dass du keine Absichten hattest.«

Achselzuckend greife ich an Dom vorbei und möchte mir die Seife nehmen. Da packt er mich, zieht mich an sich und raunt mir ins Ohr: »Okay, dann muss ich dir leider jetzt meine Absichten zeigen, die ich mir eigentlich für später aufheben wollte.«

Es ist nach einundzwanzig Uhr und ich bereite meine Sachen für die Arbeit morgen vor. »Wann musst du aufstehen?«, fragt Dom und zieht sich dabei für die Nacht an.

»Wie lange fährt man von hier bis zu deinem Büro?«, frage ich ihn.

»Hm, so dreißig Minuten, würde ich sagen.«

»Dann stehe ich so gegen zwanzig nach fünf auf. Lass es uns einfach mal ausprobieren. Passt das dann auch mit deiner Arbeitszeit?«

»Ich kenn zufällig meinen Boss sehr gut. Er wird Verständnis haben, falls ich zu spät komme«, scherzt Dom.

Ich spiele mit. »Oh, da hast du aber einen sehr gnädigen Boss.«

»Ja, der ist schon einzigartig.« Dom streift sich selbst lobend über seine linke Schulter.

»Den würde ich auch gerne mal kennenlernen, deinen Boss.« Ich ziehe eine Augenbraue hoch.

Dom reißt verspielt seine Augen auf. »Wirklich?« Ich nicke nur und grinse dabei verschmitzt. »Wir können ihn ja mal zum Essen einladen.«

»Oh, eine fantastische Idee!«

Er hat sich auf einen Hocker gesetzt, um mir Gesellschaft zu leisten, während ich mir etwas zu essen für meine morgige Pause zubereite. »Aber nicht, dass du eifersüchtig wirst,« necke ich ihn und realisiere erst danach, was ich gesagt habe. Ich erstarre sofort.

Was ist denn zwischen uns? Ist das schon eine Beziehung? Oder ist das Freundschaft Plus? Ich weiß es nicht. Es wäre schön, wenn es Ersteres wäre. Unsere Linien zwischen »ohne Hintergedanken«, »es ist gerade einfach passiert« *und* »du bist mein Partner« *vermischen sich immer mehr. Ich meine, die heutigen gesellschaftlichen Ansichten haben sich hinsichtlich Ehe, Zusammenleben und Sex zum Glück geändert. Man wächst und reift mit und durch seine Erfahrungen. Aber was habe ich schon an Erfahrungen vorzuweisen? Nicht viel. Bei Dom sieht das garantiert anders aus. Aber ist das wichtig? Was mein Rotwerden angeht, wäre es eigentlich von Vorteil, wenn ich mehr Erfahrungen hätte.*

»Worauf sollte ich denn eifersüchtig sein?« Er schaut mich mit einem Blick an, der mir weitere Röte in mein Gesicht jagt.

»Ähm … Nun ja …« Ich ziehe alles künstlich in die Länge. Dadurch wird sein Lächeln immer selbstsicherer und schelmischer. »Also, ich meine ja nur.«

»Alles gut, komm her.« Ich gebe es auf, meine Gedanken formulieren zu wollen. »Na, komm schon her.« Er winkt mich zu sich, aber ich stehe nur da wie angewurzelt und schaue zwischen seiner Hand und seinem Gesicht hin und her. »Jetzt sag mir nicht, dass du schüchtern bist. Das nehme ich dir nicht mehr ab. Jetzt komm her.«

Natürlich bin ich nicht schüchtern. Zumindest nicht so sehr, wie du glaubst. Dennoch habe ich ein wenig Angst, dass ich Dom mit dieser blöden Aussage wegen der Eifersucht in Verlegenheit gebracht habe. Ach Mann, warum ist das alles so kompliziert? Ich meine, wenn man eifersüchtig ist, ist das doch auch ein Zeichen dafür, dass man jemanden liebt, oder? Bin ich denn schon an dem Punkt angekommen, dass ich darüber reden kann – oder was noch wichtiger ist, dass ich ihn fragen kann, ob er mich liebt?

Ich schaue ihn mit leicht geöffnetem Mund an. Anscheinend bemerkt Dom mal wieder, dass mein Kopf auf Hochtouren läuft. Sein Grinsen ebbt leicht ab, verschwindet aber nicht vollständig.

Dadurch schaffe ich es, mich langsam, aber vorsichtig, wie ein scheues Reh, vorwärtszubewegen. Ich ergreife seine zu mir ausgestreckte Hand und lasse mich sanft zu ihm ziehen. Er dreht sich auf dem Hocker leicht zu mir, als ich kurz vor ihm zum Stehen komme. Kurz schaut er zu unseren Händen, er gleitet mit seinen Fingern leicht verspielt durch meine.

»Du brauchst dich bei mir für nichts zu schämen«, sagt er mit einer Mischung aus Bestimmtheit und Einfühlsamkeit. Er nimmt meine Hand zwischen seine beiden Hände und drückt sie leicht. Dabei schaut er mich wie ein kleines Kind an, was darum bettelt, nach den Essen etwas Süßes zu bekommen.

»Verstanden?«

Wieder schaue ich ihn nur an und bleibe stehen. Ich weiß nicht, warum, aber manchmal bin ich so. Ich schaue ihn wortlos an. Mir gehen so viele Sachen durch den Kopf, davon möchte ich ihm gerne so vieles sagen. Aber ich schaffe es nicht.

Geduldig verweilt Doms Blick auf mir. Nach einer Weile löst er eine Hand von meiner, umschließt mit der verweilenden meine etwas fester. Er steht auf und zieht mich in seinen Arm. Er umarmt mich fest und beugt sich herunter zu mir, um seinen Kopf an meinen zu lehnen.

»Du kannst mit mir immer über alles reden. Ich will dich nicht zwingen oder drängen. Dazu habe ich keine Befugnis. Aber ich möchte, dass du weißt, dass ich immer ein offenes Ohr haben werde.« Dom macht eine Pause. »Ich werde immer für dich da sein.«

Wieder zittere ich. Ich will mich aus unserer Umarmung lösen, weil ich merke, wie sich meine Tränen ihren Weg nach draußen bahnen wollen. *Ich will nicht, dass Dom mich zerbrechlich sieht. Was ist, wenn er mich nicht mehr an seiner Seite haben will, weil ich noch nicht einmal in der Lage bin eine einfache Konversation zu führen?*

Bei dem Versuch, mich loszureißen, umarmt er mich fester und zieht mich zu sich. »Du bist nicht alleine.« Es steckt viel Liebe in seinen Sätzen. Es wird schwieriger, meine Tränen zurückzuhalten. »Alles wird gut«, sagt er beruhigend und wiegt mich wie ein Kleinkind langsam hin und her. »Du darfst das alles nicht dauerhaft runterschlucken! Lass es raus.«

Er redet weiter und weiter. Ich wollte für Dom stark sein, aber schaffe es nicht länger. Meine Arme, die schlaff neben meinem Körper herunterhängen, bewege ich nun zu seinem Hals hinauf und schlinge sie um ihn, wie um einen Rettungsring.

Mit seiner Umarmung beweist mir Dom mal wieder, dass er besser weiß, was ich brauche und was mir guttut, als ich selbst. Ich wollte es mir mal wieder nicht eingestehen, aber ich brauche seine Hilfe und es tut mir gut, wenn er für mich da ist.

Plötzlich merke ich, wie Dom mich hochhebt. Er trägt mich zu einer der Couchen, auf der er sich zusammen mit mir niederlässt. Ich glaube, Dom startet Musik mit der Fernbedienung, die immer hier herumliegt.

Ich liege richtig: Die ersten Töne eines Liedes schallen durch den Raum. Dom lehnt sich mit mir in seinem Arm zurück. Sein Brustkorb hebt und senkt sich in einem gleichmäßigen Rhythmus. Mit seinen Armen um mich herum fühle ich mich behütet wie von einem Kokon. So zusammengekuschelt habe ich die nötige Kraft, um loszulassen.

Es ist eine gigantische Welle an Gefühlen, die jetzt über mich hereinbricht. Ich bekomme Muskelschmerzen vom Weinen und Zittern. Die Stiche, die ich normalerweise in meinem Herzen spüre, sind sehr unangenehm. Wie ich heute Abend leider feststelle, können sie noch schlimmer werden. Ich weiß nicht, was kräfteraubender ist: Die fehlende Luft in meinen Lungen oder der nicht enden wollende Schmerz in meinem Herzen. Der Druck auf meinen Lungen erhöht sich und meine Augen brennen von meinen Tränen. Es dauert, bis meine Welle der Trauer abebbt und ich mich ein wenig aus unserer Umarmung löse.

Sein Hals glänzt von meinen Tränen. Ich möchte sie wegwischen, da nimmt er meine Hand und drückt sie vorsichtig an seine Brust. »Nicht«, sagt er und zieht meinen Kopf mit der anderen Hand zu sich. Diesmal lege ich mich etwas näher an seine Brust. Dom deckt mich zu, weshalb ich schmunzeln muss.

Wo hat er die Decke jetzt hergezaubert? Lag sie schon hier? Wo war dieser Mann die ganze Zeit? Ist das alles nur ein Traum, aus dem ich bald aufwache?

Die Klänge der Musik liegen immer noch leicht in der Luft. Ich kenne die Lieder nicht und verstehe auch nicht wirklich, wovon die Texte handeln. Aber es ist für diesen Augenblick die richtige Musik. Weil ich den Melodien lausche, weiß ich nicht, wie lange wir hier schon so sitzen.

Die Decke hat Dom mir fast bis zum Kopf hochgezogen. Mir wird auf einmal warm. Zu warm. Weshalb ich die Decke etwas nach unten schiebe. Dom beobachtet mich nur und lässt mich machen.

Auf einmal klingelt sein Smartphone, er macht jedoch keine Anstalten, aufzustehen. Es verstummt und klingelt dann erneut.

»Geh ruhig dran«, sage ich mit brüchiger Stimme und erhebe mich von ihm.

Er verzieht sein Gesicht, leicht genervt und leicht entschuldigend. »Ich komme wieder.« Mit einem Kuss auf meinem Kopf lässt er mich zurück.

Ich schaue mich um und sehe, dass ich wirklich auf einer der Couchen sitze. *Hat er mich so weit getragen?*

Bin ich nicht zu schwer dafür? Was für Fragen stelle ich mir hier wieder? Ich bewundere seine Muskelkraft. Er konnte mich kleines Moppelchen so weit tragen?

Bei dem Gedanken an meinen Muskelmann suche ich den Raum nach ihm ab, sehe ihn aber nicht. Bestimmt ist er auf die Dachterrasse gegangen. Als mir noch wärmer wird, werde ich die Decke los, falte sie aus Gewohnheit ordentlich zusammen und lege sie beiseite. Mal wieder habe ich kein Zeitgefühl und weiß nicht, wie lange das Telefonat schon dauert. Hoffentlich ist es nicht Ernstes.

Da öffnet sich die Terrassentür und Dom kommt herein. Mir entgeht aber nicht, dass er in der ersten Sekunde wütend aussieht. Seine Stirn liegt in Falten und seine Augenbrauen sind zusammengezogen. Wenn ich es richtig deute, spricht er mit sich selbst: Seine Lippen bewegen sich, aber ich höre keine Silbe. Doch seine Mimik erhellt sich, als er mich erblickt. Wir gehen aufeinander zu.

»Ist etwas passiert?«, frage ich besorgt und lege eine Hand auf sein Gesicht.

Er umschließt sie mit seiner und küsst meine Handinnenfläche. »Nichts, was nicht bis morgen warten kann. Sollen wir ins Bett gehen?«

Ich nicke. Was war das bloß wieder für ein ereignisreicher Tag? Ein erneutes Auf und Ab meiner Gefühle. Ein paar schöne Stunden mit neuen Freunden, Doms Familie. Die anschließende Dusche und der darauffolgende Zusammenbruch. Ich glaube, turbulenter kann meine innere Achterbahn der Gefühle nicht sein.

Kapitel 10

D & L

Ich halte vor dem Bürogebäude von Lus Arbeitgeber.

»Wir schreiben später?«, fragt sie aufgeweckt und dreht sich zu mir. Ich lasse mich von ihrer Fröhlichkeit anstecken, sie erhellt den Innenraum meines Autos.

Dann flackern Bilder von gestern Abend auf. Zerbrechlich und hilflos, das totale Gegenteil zu heute Morgen. *Was muss das für eine Bürde sein, die sie auf ihren Schultern trägt?* Sie ist förmlich in meinen Armen zusammengebrochen. Das bereitet mir Sorge, weshalb ich hoffe, dass sie mir bald erzählt, was sie belastet. Anders kann ich ihr nicht helfen. Es gibt Dinge, Probleme, die kann man nicht alleine stemmen.

Bei Lu ist es ein gravierendes Thema. Meine unglaubliche Powerfrau. Meine Lu. Wenn ich könnte, würde ich ihr sofort alle Sorgen nehmen. Aber dafür muss ich wissen, was es ist. Ich kann mir nur annähernd vorstellen, was es für einen Kraftaufwand kosten muss, um diese Achterbahn an Gefühlen zu stemmen.

Eine Strähne hat sich aus ihrer Frisur gelöst. Ich streife sie ihr hinter das Ohr. »Wir können auch telefonieren.« Dann zwinkere ich ihr zu.

Sie drückt sich über die Mittelkonsole hinweg zu mir und gibt mir einen Kuss. Ich bin überrascht und glücklich gleichzeitig. *Wie kann jemand, in so kurzer Zeit, mein Leben so auf den Kopf stellen? Es ist schön, ja, auch ein wenig kompliziert, und doch möchte ich es nicht mehr missen.* Ich muss bei diesem Gedanken leicht lächeln.

»Da wird sich bestimmt etwas finden.« Jetzt zwinkert sie mir zu und steigt leichtfüßig aus meinem Auto. Ich beobachte sie dabei, wie sie ihre Kurven über den Vorhof des Bürogebäudes schwingt.

Wie du dich vielleicht erinnerst, habe ich dir schon einmal gesagt, dass Frauen für mich Kurven haben sollten. Das ist natürlich alles Geschmackssache, aber Lu ist ganz mein Geschmack. Meine Lu hat für mich die perfektesten Rundungen, die es geben kann.

Ich schaue ihr weiterhin nach und fahre mit meinem Daumen über meine Lippen. Ich spüre immer noch ihren Kuss von gerade eben. Lu erreicht die Eingangstür, dreht sich zu mir um und winkt mir zum Abschied zu. Sie haut mich um. Selbst in dieser Distanz spüre ich ihre hellen Augen auf mir. Dann verschwindet sie in dem Gebäude.

Ich starte das Auto und mache mich auf den Weg zu meiner Werkstatt. Dort angekommen, schalte ich erst einmal die Kaffeemaschine und den PC ein. Das wird ein anstrengender Vormittag. Ich streiche mit der Hand über mein Gesicht und durch mein Haar.

Der Anruf gestern Abend hätte nicht sein müssen. Das war mal wieder so typisch Sasha. Sie fängt an, nervig zu werden. Ich sollte mit André unbedingt darüber reden. Ich weiß, dass wir mit diesem Auftrag einen großen Fisch an Land ziehen können. Aber ich weiß nicht, ob ich das um jeden Preis tun will.

Sashas Anspielungen und Anmaßungen haben mir von Anfang an nicht gepasst. Ich habe immer und immer wieder darüber hinweggesehen, aber seit Lu in mein Leben getreten ist, sehe ich vieles anders.

Wie du dir vorstellen kannst, habe ich nicht abstinent gelebt. Dafür ist das Leben zu kurz und zu schön. Man sollte einen besonderen Moment genießen, wenn er einem geboten wird. Aber ich hatte trotzdem schon immer meine Prinzipien, und denen bin ich immer treu geblieben. Viele Mädels haben mir den Hof gemacht. Trotzdem wollte ich immer einem gewissen Niveau treu bleiben. Und warum sollte man, wenn man solo ist, nicht ohne Reue und in Massen genießen? Wenn man niemandem Rechenschaft schuldig ist, ist man nur für sich selbst verantwortlich. Aber wenn es jemanden gibt, der einem mehr bedeutet, dann sollte man überlegen, was einem wichtiger ist.

Bei Lu brauchte ich nicht lange zu überlegen. Vom ersten Moment an wusste ich, dass sie die Eine ist. Ich konnte sofort fühlen, dass es echt war. Dass da mehr war.

Und von dem Moment an wirkte alles, was Sasha machte, noch billiger als sowieso schon. Sie sieht toll aus? Ja. Sie hat eine Hammerfigur und weiß ihren Körper ein zusetzen? Ja. Aber ansonsten ist da nichts. Sie hat keine Tiefe, keine Persönlichkeit, keine Individualität. Da ist nichts, was Sasha von der Masse abheben würde. Sie ist, was das angeht, nur eine von vielen.

Wie hält es ihr Ehemann nur mit ihr aus? Worüber mache ich mir hier einen Kopf? O Mann. Aber um das Thema Sasha jetzt abzuschließen: Sie muss trotzdem etwas Gutes an sich haben. Sonst hätte er sie kaum geheiratet. Oder?

Jetzt schaue ich, ob Sashas Wünsche im Budget liegen. Ich kann es nur hoffen. Der Umbau an sich ist nicht das Problem, aber sie möchte ein anderes Tankmodell haben. Dann hat sie einen anderen Sattel gesehen, wobei ich schauen muss, ob er mit der Befestigung passt. Dann hat sie sich einen anderen Auspuff gewünscht und danach eine abgeänderte Lackierung. Es könnte an zwei Stellen etwas fummelig werden, aber es ist umsetzbar. In ein paar Stunden werde ich mehr wissen.

Ich fahre den Computer hoch. Wir haben die ersten Entwürfe am PC erstellt, bevor wir sie als Skizze aufs Papier gebracht haben. Diese Skizzen nutzen wir später in der Montage am Bike als Bauanleitung. Alle Kostenkalkulationen sind ebenfalls auf dem Rechner. Die besagten Skizzen hole ich aus unserem Archiv.

Als der Kaffee endlich fertig ist und ich mir die erste Tasse eingeschenkt habe, mache ich mich daran, die Änderungen umzusetzen. Die dritte Tasse Kaffee ist fast leer, da werde ich durch eine mir bekannte Stimme aus meiner Konzentration gerissen. Erschrocken schaue ich hoch.

»Einen wunderschönen guten Morgen, Romeo!« André kommt gut gelaunt durch die Bürotür zu mir in den Raum.

Diese Fröhlichkeit steckt für einen kurzen Moment an und ich kann nicht anders, als zu grinsen. »Morgen, mein Großer!« Ich lache ihn an und erhebe mich zur Begrüßung von meinem Stuhl.

Ich weiß gar nicht mehr, wann das mit diesem Begrüßungsritual angefangen hat, es ist aber schon eine gefühlte Ewigkeit her. Zu unserer Begrüßung prallen unsere Fäuste der jeweiligen rechten Hand aufeinander, verwandeln sich beim Aufprall zu einer Handpistole, dann drücken wir den Abzug, was ein Augenzwinkern und gleichzeitiges Zungenschnalzen auslöst. Rituale sind doch manchmal echt was Feines, oder nicht?

»Was machst du denn da? Ich dachte, die Pläne sind schon längst fertig?« André zeigt verwirrt auf meinen Schreibtisch mit den Bauskizzen.

Weil dieser Auftrag für uns und unser Team von großer Bedeutung ist, erkennt er sofort, um welche Pläne es sich handelt. Wenn wir diesen Auftrag mit Bravour fertigstellen, wird sich für uns eine Tür öffnen, die all unsere Träume wahr macht.

»Waren sie auch«, antworte ich genervt. »Bis Sasha gestern Abend meinte, sich noch bei mir melden zu müssen.«

Ungläubig schaut André mich an. Ich kann ihm sein Stutzen nicht übelnehmen, denn die Gespräche zu Beginn des Projekts verliefen vorbildlich.

Ich erzähle dir mal, wie es ablief: Herr Telling kam zusammen mit seiner Frau zu den vereinbarten Terminen. Bei unserem ersten Treffen sprachen wir über die Vorstellungen und Wünsche, die wir via E-Mail erhalten hatten. Schnell wurde uns klar, dass für die Eheleute Telling Geld keine Rolle spielte. Trotzdem behandelten wir sie wie alle anderen Klienten. Es wurde, wie immer, über Material, Qualität, Bauweisen und Preise gesprochen. Danach wurde ein Kostenvoranschlag erstellt und in einem weiteren Termin alles erneut besprochen und die ersten Zeichnungen präsentiert.

Wir geben unseren Kunden immer eine Bedenkzeit von ein paar Tagen, damit sie sich alles in Ruhe zu Hause anschauen können. Wenn es dann kleine Änderungswünsche gibt, können wir diese, meistens, prima umsetzen. Denn es gibt nichts Schlimmeres, als wenn du alles besprochen hast und dann dein Bauvorhaben komplett abbrechen musst. Und das nur, weil dein Kunde auf einmal etwas anderes haben möchte.

Abbrechen und Umbauen ist grenzwertig. Nervig, aber akzeptabel. Ein No-Go hingegen ist es, wenn alles Müll ist und du von vorn anfangen musst. Das ist mir nur einmal passiert und danach, dank klarer Richtlinie, nie wieder. Der Kunde kann bis zum offiziellen Go Abänderungen einreichen. Alles, was danach kommt, ist unfair gegenüber der investierten Arbeit.

Ich habe die Vermutung, dass Sasha das falsch verstanden hat. Denn das ist jetzt schon die vierte Abänderung. »Wir liegen gut in der Zeit, da können wir das noch machen.« *So hatte André den ersten Abänderungen zuvorkommend zugestimmt. Die nächsten zwei Anrufe erhielt dann nicht mehr er, sondern ich persönlich. Immer spät abends kombiniert mit komischem Gefasel. Wüsste ich nicht, dass sie verheiratet wäre, würde ich ihr unterstellen, mit mir zu flirten und mich anzubaggern. Jetzt hast du hoffentlich den Durchblick, was diese Situation angeht.*

»Nicht dein Ernst?« André ist ein wenig entsetzt über ihre Dreistigkeit. Das habe er nicht gewusst, beteuerte er.

»Es gibt Sachen, da mache ich keine Scherze drüber.« Dabei schaue ich ihn direkt an.

»Zeig mal her.« André kommt näher zu meinem Schreibtisch und dreht den Notizzettel zu sich um. »Das möchte Sasha abändern?« Er liest sich alles durch und schaut dann auf die Zeichnung. »Passt das denn noch ins Budget?«

Weißt du, Geld spielt für die Tellings keine Rolle. Trotzdem haben sie uns ein Limit gegeben. Telling kennt seine Frau wohl besser, als ich zu Beginn vermutet habe.

»Die neue Kostenkalkulation kommt später. Ich wollte vorweg schauen, ob es realisierbar ist. Dann erfolgt eine neue Kostenaufstellung.« Mir fällt zu Sashas Wünschen nichts mehr ein und schaffe es nur, mit meinen Schultern zu zucken. André verdreht seine Augen.

»Du sagst es, Mann.« Ich lasse mich nach hinten in meinen Stuhl fallen und strecke beide Arme über meinen Kopf in die Luft.

»Dann halte mich bitte auf dem Laufenden.« Damit signalisiert mir André, dass er da ist, wenn es Probleme geben sollte.

»Na klar.«

»Ach, was ich noch fragen wollte.« André dreht die Zeichnungen wieder zu mir und tippt auf die Tischplatte. »Ähm … du und Lu also?«

Bei diesem Themenwechsel muss ich über das gesamte Gesicht grinsen. »Noch nichts Ernstes.«

»Ja, nee, ist klar!« Jetzt grinst André mich sarkastisch an.

»Sie ist erst mal nur offiziell bei mir eingezogen.« Werde ich rot? »Bis sie was Eigenes gefunden hat.«

Andrés Grinsen wird breiter. »Ich habe gestern auf dem Heimweg mit Kiki gesprochen. Die Kleine ist über beide Ohren in dich verknallt.« André legt eine kleine Pause ein. »Und wenn ich mir dich jetzt so anschaue, beruht das wohl auf Gegenseitigkeit.«

»Mach dich endlich nützlich«, sage ich scherzhaft und scheuche ihn mit einer Handbewegung weg. Dass André mitten ins Schwarze getroffen hat, brauche ich ihm nicht zu sagen. Dafür kennt er mich zu lange.

»Kommst du heute nach der Arbeit mit ins Gym? Samstag geht es endlich los. Köln ruft.«

»Ich glaub, schon. Wahrscheinlich komme ich nach.« Er sieht mich fragend an. »Ich habe Lu heute Morgen zur Arbeit gebracht. Also hole ich sie ab, mache einen Schlenker nach Hause und dann kommen wir nach.«

»O Mann, das geht ja schon früh los!« Jetzt schaue ich André fragend an. »Lu hat dich schon sehr gut an der Leine, was?« André bricht in Gelächter aus.

Das ist so ansteckend, dass ich mit einsteigen muss. »Nein, so ist das nicht!«

»Ist schon gut, Kleiner. Sie tut dir gut und ich gönne es dir.« André gratuliert mir. So ein komisches Gefühl. »Ich glaub, sie ist der passende Deckel zu deinem unförmigen Topf. Es macht Spaß, euch zusammen zu sehen.«

»Ey, so unförmig bin ich gar nicht!« Ich zeige ihm meinen Bizeps.

André winkelt ebenfalls seinen Arm an und blickt kritisch zu mir. »Nun ja, könnte bei dir ruhig etwas mehr sein.«

»Ich bin damit vollkommen zufrieden, Großer.«

Jetzt lachen wir über den kindischen Vergleich unserer Muskeln. Aber zwischendurch sollte Spaß erlaubt sein, oder? Das Thema Lu hat mich ein wenig in Verlegenheit gebracht, aber ich mag diese Gespräche mit André. In der Vergangenheit hat es mir nie etwas ausgemacht, mit ihm über Mädels zu sprechen. Aber mit Lu ist es anders. Es läuft anders. Viele andere waren auf eine feste Beziehung aus, die ich nicht wollte. Jetzt wünsche ich mir eine, mit Lu. Ich bin erstaunt, wie schnell ich mich an sie gewöhnt habe.

»Weiß sie eigentlich schon von dem Deal?«

Kann André Gedanken lesen? Der Deal! Wie könnte ich den Deal vergessen? Gar nicht! Wie ich es Lu sagen kann? Das weiß ich noch nicht. Sie muss auf jeden Fall davon erfahren. So viel steht fest.

»Nein«, sage ich und senke meinen Blick auf die Baupläne. Meine Augen wandern über die Zeichnung dieses gigantischen Projekts, als könnte ich in den Skizzen eine Lösung finden.

Der Deal, der mit dem Projekt verbunden ist, hat uns alle die Sprache verschlagen. Das Angebot kam von Telling. Wir hielten es zu Beginn für einen Scherz. Umso größer war der Schock, als wir die Tragweite dieses Auftrags erkannten. Uns wurde klar: Unsere Träume können wahr werden. Wir stimmten diesem Auftrag schnell zu, aus Angst, Telling könnte es sich anders überlegen.

»Ich wünschte, ich könnte dir sagen, wie sie reagieren wird und was sie davon halten wird. Aber das kann ich nicht.« André gibt sein Bestes, um mir die Augen zu öffnen.

Und er hat recht. Ich kann nicht von ihr erwarten, dass sie dem Ganzen zustimmt. Obwohl ich es feiern würde. Wenn ich mich jetzt entscheiden müsste für den Deal oder Lu, könnte ich es nicht tun. Ich möchte das eine. Und das andere möchte ich auch.

»Du solltest mit ihr reden.«

»Ich weiß.«

»Noch hast du etwas Zeit. Aber die vergeht schneller, als man glaubt.«

Ich löse meinen Blick von der Zeichnung und schaue zu André. Meine Brust zieht sich bei dem Gedanken an diese Konfrontation zusammen.

Ich stimmte dem Deal damals zu, weil ich nicht glaubte, eines Tages jemandem zu begegnen, der mir mein Leben vollkommen auf den Kopf stellen würde. Ich war ja nicht auf der Suche. Und dann war da auf einmal Luana. Sie tauchte aus dem Nichts auf. Sie saß alleine an der Theke. Ich sah sie und sie brannte sich sofort in mir ein. Sie hatte eine beeindruckende Wirkung auf mich.

Alles um mich herum passiert momentan so schnell, dass ich nicht alles realisiere. Aber André hat recht: Ich muss mit ihr reden. Das will ich die ganze Zeit schon. Aber ich habe Angst.

Ich will den Deal. Davon habe ich schon immer geträumt. Aber jetzt will ich auch Lu. Seit meiner ersten Begegnung ist sie eine Art Lebenselixier für mich.

Kennst du das? Du bist nicht auf der Suche und dann ist da diese eine Person, die dich deine Prinzipien über Bord werfen lässt? Bei mir ist es Lu.

In dem Moment, als André mein Büro verlässt, vibriert mein Handy. Der Name auf dem Display lässt ein Kribbeln durch meine Venen laufen.

> Hey Dom.
> Hoffentlich frisst dich die Arbeit nicht auf :-P
> Darf mich Pat am Mittwoch nach der Arbeit besuchen kommen?
>
> Bis später <3

Ich muss schmunzeln. Sie ist unglaublich. Sie wohnt bei mir. Es ist seit gestern auch ihre Wohnung, ihr Zuhause. Aber trotzdem fragt sie mich, ob sie Besuch empfangen kann?

> Hallo, meine Hübsche!
> Ich lebe noch B-)
> Klar darfst du Besucher mitbringen.
> Macht euch einen schönen Nachmittag.
> Fahre dann mit den Jungs ins Gym.
> Samstag ist ja die FIBO.
> André fragte, ob ich heute nach der Arbeit mitkomme. Bist du heute mit dabei?
>
> Bis später <3

Das ist total lustig, mit Emojis zu arbeiten. Habe ich bis jetzt nie benutzt. Immer mal was Neues. Da kommt direkt Lus Antwort.

Danke, dann werde ich mir mal
als Dankeschön etwas Nettes
für dich einfallen lassen :-D
Klar, warum nicht?
Brauche dann nur meine
Sportsachen von zuhause.
Kannst du mich um kurz
nach fünf abholen?

Freu mich, bis dann <3

Ich antworte ihr direkt.

17 Uhr bekomme ich hin.
Freu mich auch, bis später <3

Ihre Antwort lässt nicht lange auf sich warten.

:-*

:-*

L & D

Ich stecke den Schlüssel in die Wohnungstür und schließe auf. Pat folgt mir, bis sie einen Blick hineinwirft und abrupt stehen bleibt. Ihre Augen sind weit aufgerissen, ihre linke Hand legt sich auf ihren Mund und ihr Blick wandert durch die Großraumwohnung.

»Ach du Scheiße!« Bei ihrer Reaktion kann ich mir ein breites Grinsen nicht verkneifen.

»Dann mal hereinspaziert.« Langsam geht Pat weiter. Ihr Kopf bewegt sich in sämtliche Richtungen. Sie weiß nicht, wo sie zuerst hinschauen soll. »Wenn du jetzt schon so begeistert bist, dann darfst du nie abends hier sein, wenn die Wandbeleuchtung an ist.« Ich grinse Pat an, die sich kaum merklich fortbewegt. »Möchtest du etwas trinken?«

»Kaffee.« Mehr kann sie nicht sagen.

Ich gehe zur Küche und gebe Pat die Zeit, die sie braucht, um sich alles anzuschauen. Ich habe ein Déjàvu. Nur mit dem Unterschied, dass ich selbst sehe, wie diese Wohnung auf andere wirkt.

Es dauert einen kleinen Augenblick, aber dann findet Pat den Weg zu mir in die Küche. Sie setzt sich auf einen Barhocker, dreht sich wieder in Richtung Wohnbereich und bekommt den Mund nicht zu. Ihr Blick fällt, nachdem sie sich mir zugewandt hat, auf die Tür hinter mir. Die Lamellen sind oben und sie erhält einen eingeschränkten Einblick auf die Dachterrasse.

»Darf ich?« Sie deutet nach draußen.

»Natürlich.« Ich öffne die Terrassentür und sie geht direkt raus. »Sollen wir draußen bleiben? Es ist heute so schönes Wetter.«

»Ja, gerne.« Und somit lässt Pat sich auf eine der Sitzflächen plumpsen.

»Warte kurz.« Von drinnen hole ich zwei Sitzauflagen und wir machen es uns nebeneinander gemütlich.

»Die Wohnung ist ja atemberaubend schön.« Pat kommt aus dem Staunen nicht mehr heraus.

»So habe ich am Anfang auch reagiert und es ebbt nicht ab. Ich liebe diese Wohnung.«

»Wo sind denn deine Möbel?«

»Dom hat einen Lagerraum für mich freigehalten. Dort stehen alle Möbel und die Sachen, die ich momentan nicht brauche.« Bei dem Gedanken zieht sich meine Brust zusammen. Ich muss zwar nicht weinen, aber es schmerzt trotzdem.

»Ach, Süße, es tut mir so unendlich leid, dass ich nicht da sein konnte. Hätte ich das gewusst …«

»Nein, nein!« Ich unterbreche sie sofort. »Das war eine sehr wichtige Fortbildung. Es ist okay. Du konntest es ja nicht ahnen!«

Pat nimmt mich in den Arm und ich muss einen Kloß hinunterschlucken. Es ist so einiges passiert und ich erzähle ihr alles.

Wir zwei sind so in unser Gespräch vertieft, dass wir nicht mitbekommen, wie die Zeit vergeht. Ich zucke deshalb zusammen, als ich eine Bewegung aus dem Augenwinkel wahrnehme. Dom kommt durch die

Terrassentür. Sein leicht nasses Haar hat er nach hinten gekämmt. Wieder fallen vereinzelte Strähnen wild in seine Stirn. Seine Hose hängt lässig auf seiner Hüfte und sein Shirt liegt fast wie eine zweite Haut an seinem Oberkörper an, betont seine Schultern und den Brustbereich. Weiter unten sitzt es etwas lockerer.

»Hi, Pat, wie geht es dir?« Dom kommt zu uns.

Pat erhebt sich und schüttelt seine Hand, die er ihr entgegengehalten hat. »Sehr gut, danke.«

»Wie war die Fortbildung?«

Pat ist erstaunt, dass Dom fragt, und berichtet in ein paar Sätzen über ihre Seminarwoche. »Eine sehr schöne Wohnung ist das hier«, sagt sie dann und hat wieder dieses ansteckende Grinsen im Gesicht. Dom und ich grinsen mit Pat um die Wette.

»Danke schön!«

Er kommt zu mir und automatisch erhebe ich mich. Ich muss mich immer noch an seinen Anblick gewöhnen, denn ich habe auf einmal wieder weiche Knie. Hoffentlich werde ich mich niemals an ihm sattsehen. Das alles hier kommt mir manchmal wie ein Traum vor, der jeden Moment wie eine Seifenblase zerplatzen könnte.

»Hallo, meine Hübsche«, flüstert Dom fast, wie bei einer Pirsch zu einem scheuen Reh.

Und da ist wieder der errötende Teenager. Dom umfasst mein Gesicht vorsichtig mit seinen Händen und gibt mir einen Kuss. Und wieder steigt sein Duft von frischem Regen in meine Nase, weshalb ich nur ein »Hey« zustandebekomme.

»Die Jungs wollen gleich ins *Grande Amore.* Lust, mitzukommen?«

Pat und ich schauen uns kurz an und antworten synchron: »Na klaro.«

Pat setzt noch nach. »Ich verhungere!« Dabei reißt sie ihre Augen auf und hält sich eine Hand auf ihren Bauch.

Ich muss grinsen. »Etwas zu Essen könnte ich auch vertragen.«

»Alles klar, ich lade die Damen zum Essen ein.«

Pat und ich schauen uns erstaunt an und sagen wieder zusammen: »Da sagen wir nicht nein!« Dann klatschen wir in die Hände.

Dom amüsiert sich und motiviert uns zum Aufbrechen. »Na, dann kommt, Ladys?«

Was für ein toller Abend unter Freunden. Pat wird von den anderen genau so herzlich aufgenommen wie ich. Wir unterhalten uns quer über den Tisch hinweg, lachen und essen dabei genüsslich die Spezialitäten von Marietta und Aidan.

Wie sich im Gespräch herausstellt, können Benjamin und Alex am Samstag nicht zur FIBO mitkommen. Somit sind zwei Karten übrig.

»Möchtet ihr beiden mit?«, fragt uns André. Ich kann das Leuchten in Pats Augen sehen. Patricia und eine Sportmesse – was für eine Kombi! Deshalb sagen wir beide zu, ohne zu zögern.

Ich war bis jetzt noch nie auf einer Sportmesse, und das animiert die Jungs dazu, uns beiden alles darüber zu erzählen. Sämtliche Firmen werden dort vertreten sein. Es wird Liveshows geben. Instagram-Blogger werden dort sein, um sich mit ihrer Community auszutauschen. Sporteinlagen wird es geben. Fitnessprogramme werden vorgestellt. Man kann Sportbekleidung kaufen. Ach, alles, was das Sportlerherz glücklich macht!

Dann besprechen wir ein paar Abläufe und legen einen Versorgungsplan fest. Ich staune, woran die Jungs alles gedacht haben. Sehr gut vorbereitet, muss ich zugeben. Jeder macht eine Kleinigkeit fertig und hinterher wird alles mit allen geteilt. Das ist eine tolle Lösung. Für Getränke sorgt jeder selbst.

Zum Abschluss des Abends bestelle ich mir einen Shake. Ich habe schon lange keinen Shake mehr getrunken. Nach dem Hauptgang hat fast jeder Nachtisch bestellt, aber Pancakes oder Kuchen waren mir zu mächtig. Also wählte ich den Shake. Das bereue ich allerdings, nachdem ich ihn leer geschlürft habe: Ich hatte ihn nicht mehr so sättigend in Erinnerung und fühle mich wie ein gestrandetes Walross. Wenn ich mir die Gesichter der anderen am Tisch anschaue, bin ich nicht alleine mit dem Sättigungsproblem.

Die Runde löst sich langsam auf und Dom bietet Pat an, dass wir sie nach Hause bringen können. »Das wäre super. Bergauf rollt es sich so schlecht«, sagt sie und wir alle lachen.

Zurück in Doms – jetzt unserer – Wohnung fühle ich mich nicht mehr so aufgebläht. Mein Verdauungs-Workout ist das Wegräumen der Sachen von Pats Besuch.

»Möchtest du noch etwas trinken?«, frage ich Dom. Er verneint, woraufhin ich mir ein Wasser aus dem Kühlschrank nehme. Ich schütte etwas in ein Glas und gehe damit zu Dom. Das Wasser wird definitiv das Letzte sein, das ich heute zu mir nehme. Mein praller Bauch fühlt sich zwar nicht mehr so gigantisch an wie im Restaurant, aber ich möchte nicht ausprobieren, ob noch mehr hineinpasst.

Es ist noch nicht einmal neun Uhr, somit bleibt ein wenig Zeit für uns. Befremdlich, aber schön hört sich das an: *Zeit für uns.*

Dom ist nicht mein erster Freund. Da meine Konfektionsgröße aber nicht mit den Idealmaßen aus den Medien übereinstimmt, halten sich meine Erfahrungen in Grenzen. Mir selbst war es immer egal, welche Kleidergröße ich brauchte. Für mich steht das Wohlfühlen an erster Stelle. Dadurch kommt für mich die wahre Schönheit von innen. Das ist meine persönliche Meinung. Ich finde es schade, dass sich die Gesellschaft von den Medien hinsichtlich dessen lenken lässt, was gut ist und was nicht.

Das ist einer der Gründe, weshalb Dom mich aus dem Konzept bringt. Es ist schön, zu wissen, dass auch andere nichts von den Medienvorgaben halten. Dennoch ist es komisch, wie ein Traum. Eine Seifenblase, die bei der kleinsten falschen Bewegung platzt.

Ich kneife unauffällig in meinen Oberarm. Ein kleiner Schmerz pocht an der Stelle auf. Ich bin weiterhin in dieser gigantischen Großraumwohnung. Da vorn sitzt ein umwerfender Typ, der mir den Atem raubt. Dom hat es sich in unserer Couchecke gemütlich gemacht.

Unserer. Wieder so ein Wort, das so simpel und doch so schön ist. Uns. Ein weiteres Wort mit großer Aussagekraft. Bitte halte mich nicht für labil, dieses Gefühlschaos kommt und geht. Mal ist es wochenlang weg, dann kommt es für eine Woche zurück. Dann verschwindet es wieder oder bleibt länger. Ich kann es nicht kontrollieren. Der Schmerz in meinem Herzen ist mal größer und mal kleiner. Und momentan bricht eine immer wiederkehrende Welle über mich hinein. Ich kann nie bestimmen, wie stark eine dieser Wellen ist.

Da bemerke ich, wie sich wieder eine ihren Weg an die Oberfläche bahnt. Aufsteigende Tränen nehmen mir die Sicht. Ich stoße gegen etwas bei dem Versuch, zu Dom zu gelangen, weshalb mir mein Wasserglas aus der Hand fällt. Als das Glas auf den Fußboden trifft, zerspringt es in tausend kleine Teilchen, wie eine Seifenblase.

Ich gebe mich dieser Welle hin und breche in Tränen aus. Bei dem Gedanken einer zerplatzenden Seifenblase bricht wieder eine innere Kluft in mir auf. Mein Herz fühlt sich auf einmal wie ein riesiges Loch an, als würde man es mir aus der Brust reißen. Dadurch bekomme ich kaum Luft und bekomme Angst, zu ersticken. Ich verliere die Orientierung komplett und spüre, wie Dom seine Arme um mich legt. Es hat nicht lange gedauert, bis er bei mir war, aber lange genug, dass ich die Kontrolle verliere.

Dom hebt mich hoch und geht wieder mit mir durch den Raum. Er befördert uns zusammen zu der Sitzecke und platziert uns auf der Sitzfläche. Mein Gesicht liegt an seinem Hals an und ich lasse allen Emotionen freien Lauf.

Mit der einen Hand hält Dom mich fest und mit der anderen streicht er mir langsam über den Rücken. Ich kralle mich an seinem T-Shirt fest, in der Hoffnung, es könnte mir den Schmerz und die Trauer nehmen. Das passiert zwar nicht, aber Dom bei mir zu wissen, macht den Moment für mich erträglicher.

Langsam ebbt die Welle ab. Wie beim letzten Mal habe ich seinen Hals komplett mit meinen Tränen benetzt. Aber heute wische ich sie nicht weg, denn ich weiß, dass es ihm egal ist. Genauso weiß ich, dass ihm diese Situation *nicht* egal ist. Er fängt mich immer auf, wenn ich ihn brauche. Er gibt mir immer den Halt, der mir fehlt.

Ich löse mich langsam aus seiner Umarmung und setze mich bequemer hin, nachdem ich von seinem Schoß gerutscht bin. Liebevoll streift er mit seinen Fingern eine verirrte Haarsträhne hinter mein Ohr. Dabei wischt er eine Träne von meiner Wange.

Dom beobachtet mich schweigsam. Dadurch gibt er mir Freiraum.

»Kannst du dich noch an unsere erste Begegnung im *Grande Amore* erinnern?«

Ein kleiner Kloß bildet sich in meinem Hals. Ich zuppele an seinem Oberteil, damit ich nicht in seine Augen schauen muss. Ich möchte mit ihm darüber reden. Es fühlt sich richtig an, diesen Schritt zu gehen. Bei so viel Verständnis hat Dom es verdient, von meiner Geschichte zu erfahren. Und solange ich den Mut aufbringe, darüber reden zu wollen, sollte ich es tun. Bei dem Versuch, den richtigen Ansatz zu finden, schaue ich kurz in Doms Augen und dann wieder auf meine Hände.

»Ja, das tue ich«, sagt er sanft und streicht meine Haare aus der Stirn.

Ich muss Luft holen, bevor ich weiterreden kann. »An dem Tag hätte mein Bruder Leo Geburtstag gehabt.« Ich schließe meine Augen, weil ich merke, wie sich eine neue Welle der Trauer ankündigt. Mir wird schlagartig warm und ich habe das Gefühl, als würde mein Kreislauf gleich aus dem Ruder laufen.

Dom hebt mein Kinn an, wodurch ihn anschaue. »Du musst das nicht tun.« Er sucht meinen Blick und fixiert mich so liebevoll, wie nur er es kann.

»Ich möchte aber.« Mit einer Hand umfasse ich sein Handgelenk. Ich schaffe es nicht lange, seinem Blick standzuhalten. Neue Tränen laufen über mein Gesicht. Erneut wischt er mir sie liebevoll weg. »Wir sind immer an unseren Geburtstagen zusammen ausgegangen.«

Ein Stromschlag aus Schmerz und Verlust lässt meinen Körper erzittern. Ich kneife meine Augen zusammen. Der Wunsch, dass Dom mir dabei helfen könnte, alles besser zu ertragen, wird diesmal nicht erhört. Bevor ich weiterrede, hole ich ein paar Mal tief Luft.

»Es gab damals einen Autounfall.«

Bis heute habe ich mit niemanden darüber geredet. Alle rieten mit damals nach dem Unfall zu einer Therapie. Aber ich zog es vor, die Stadt zu wechseln. Wenn du dir lang genug etwas einredest, glaubst du es irgendwann selbst. Deshalb war der Umzug damals für mich die beste Lösung.

Es dauerte jedoch nicht lange, bis der Bumerang mich einholte. Als ich bei Pat wohnte, holte sie mich nachts oft aus dem Schlaf, weil meine Schreie sie weckten. Diese Nächte rauben mir, damals wie heute, eine Menge Kraft.

Dom hat mich schon so gesehen. Aber er hat es geschafft, dass ich nachts wieder schlafen kann. Seit ich hier bei ihm bin, ist es besser geworden. Ich bin bei weitem nicht geheilt, aber es wird von Tag zu Tag besser. Außer heute!

»Es… es sollte ein Familienurlaub werden«, stammele ich weiter. »Leider wurde mein Urlaub im letzten Moment gestrichen.« Ich brauche eine kleine Pause, um Luft zu bekommen. »Ich hätte auch in dem Auto sein sollen. Ich *wollte* in dem Auto sein. Jetzt sind sie alle weg und ich habe es nicht verdient …«

Ich breche zusammen. Aber es reicht für Dom, um zu verstehen, was ich sagen möchte.

»O nein! Nicht!« Er zieht mich zu sich. »So darfst du das nicht sehen. Jeder hat es verdient, zu leben.«

»Aber ich hätte dabei sein sollen! Ich lebe und meine Familie nicht. Das habe ich nicht verdient!«

Es ist raus. Alles, was mich in den vergangenen Monaten von innen heraus aufgefressen hat, ist gesagt. Mein kurzfristig gestrichener Urlaub … Dadurch konnte ich nicht mit in den Familienurlaub. Es wäre der letzte gemeinsame Trip gewesen. Leo hatte ein neues Jobangebot in einer anderen Stadt angenommen. Drei Monate später hätte der Umzug angestanden.

Wie du dir vorstellen kannst, machte mich mein gestrichener Urlaub wütend. »Schatz, reg dich nicht auf«, versuchte mich meine Mama am Telefon zu be-

ruhigen. »Wir drei fahren über Weihnachten weg. Und mit Leo suchen wir für einen neuen Familienurlaub etwas Hübsches aus. Was hältst du davon?« Damit hatte sie mich schnell beruhigt und ich freute mich auf den kommenden Urlaub. Mit meinen Eltern. Und auf den Folgenden, wenn wir alle vier zusammen sein würden.

Leider sollte es nicht mehr dazu kommen. Ein Lkw-Fahrer hatte das Stauende nicht rechtzeitig realisiert und ungebremst das Auto meiner Eltern unter einen anderen Lkw geschoben.

»Schschschsch.«

Dom hält mich fest in seinem Arm. Er schafft es, dass ich mich beruhige. Nachdem ich endlich darüber gesprochen habe, merke ich, dass ein Teil meiner Bürde weg ist. Dom schafft es letzten Endes, dass ich mich komplett beruhige. Als meine Tränen getrocknet sind, meine Atmung sich wieder normalisiert hat, gibt Dom mir einen Kuss auf meinen Kopf.

»Besteht bei dir die Möglichkeit, Homeoffice zu machen?«, fragt er auf einmal.

Ich nicke. »Sollte machbar sein.«

»Dann melde dich für morgen und Freitag von der Arbeit ab. Du bleibst zu Hause.« Der Hauch eines Befehls ist nicht zu überhören.

Jetzt denkst du vielleicht, dass das ganz schön barsch ist, wie er mit mir redet. Vielleicht hast du auch recht. Aber es hat einen Grund, weshalb er es macht, und ich bin ihm dankbar dafür. Dankbar, dass Dom mir dadurch den Weg zeigt, den ich gehen muss, aber selbst nicht gehen würde. Darum sehe ich jedes Mal drüber hinweg, wenn Dom bestimmend ist: Er versteht mich einfach genau und weiß, was ich brauche. Und das ist manchmal ein liebevoller Arschtritt.

Bestimmt hört sich das für dich etwas albern oder gar komisch an. Aber ich brauche gerade diese führende Hand, um alles bewältigen zu können. Ich stecke zu tief in diesem selbst gebauten Gefängnis, bestehend aus Trauer, Verlust, Vorwürfen und Verzweiflung, und schaffe es ohne fremde Hilfe nicht hier raus.

»Ich bleibe auch hier.«

Jetzt schaue ich ihn verwirrt an. »Aber das Projekt?«

»Das kann warten. Außerdem ist André auch noch da.«

»Aber es ist doch so wichtig für dich. Für euch.«

Um Doms Lippen legt sich ein scheues Lächeln. »Das mag sein.« Er gibt mir einen Kuss auf die Stirn und holt danach sein Smartphone. »Aber du bist wichtiger«, sagt er, als er sich wieder neben mich setzt. Dabei schaut Dom mir direkt in die Augen. »Ich muss morgen früh nur kurz ins Büro, um ein paar Sachen zu holen. Danach bin ich wieder hier. Bei dir.«

Seinen Unterton kann ich nicht einschätzen, dafür bin ich zu aufgewühlt. Aber ich kann nicht leugnen, dass mein Herz einen riesigen Aussetzer macht, als Dom sagt, dass ich wichtiger sei. Er streichelt meine Stirn. Bestimmt sieht er mir erneut an, dass mir vieles durch den Kopf geht. Sein Blick folgt seinen Fingern, mit denen er von der Stirn aus zu meiner Wange streicht. Dom dreht sich zu mir und umfasst mit seiner Hand mein Kinn. Er betrachtet meine Lippen, dann schaut er mir wieder in die Augen.

»Ich möchte für dich da sein.« Er sucht nach den passenden Worten. »So macht man das, glaube ich, wenn man jemanden liebt.«

Seine Worte jagen einen Schauer durch meinen Körper. Ich halte inne, denn ich verstehe sie, brauche aber einen Moment, bis ihre Bedeutung in meinem Kopf ankommt. Mir wird kalt und warm gleichzeitig. Jetzt kommt mein Herz erst recht aus seinem gewohnten Rhythmus.

»Wenn man jemanden liebt!« *In meiner Magengegend zieht sich alles zusammen. Ich habe das Gefühl, als würde mein Herz drei Mal so schnell schlagen wie normalerweise.*

Ungläubig, obwohl ich gehört habe, was Dom gesagt hat, starre ich ihn an. »Wenn man jemanden liebt!«, geht es mir wieder durch den Kopf.

Und auf einmal wird in mir etwas freigesetzt, das so eine Kraft hat, dass ich es nicht begreifen kann. Ich merke, wie ein kleiner Hoffnungsschimmer in mir erglimmt. Die Hoffnung, dass es vielleicht einen dauerhaften Weg aus diesem Gefühlschaos gibt.

Unklar darüber, ob ich ihn weiter blöd anstarren oder vor Freude weinen soll, ist auf einmal ein breites Grinsen in meinem Gesicht. Es wäre zu schön, um wahr zu sein.

»Kneif mich mal.« Das ist das Einzige, was mir einfällt.

Jetzt breitet sich in Doms Gesicht ein breites Grinsen aus. »Ich liebe dich.« Eine kleine Freudenträne bahnt sich ihren Weg über meine Wange. »Habe ich etwas Falsches gesagt?«

Dom wirkt etwas panisch. Ich schüttele etwas heftiger als gewollt meinen Kopf, weshalb mir ein wenig schwindelig wird.

»Nein, du hast nichts Falsches gesagt.« Ich weiß nicht, wohin mit meiner Freude. Jetzt ergreife ich sein Gesicht und beiße mir auf meine Unterlippe. Und aus Angst, dass diese Seifenblase zerplatzen könnte, küsse ich Dom.

Was für ein Abend. Trauer und Freude liegen heute mal wieder so dicht beieinander. Mein Vorsatz, dass es nur bei einem kleinen Dankeschön-Kuss bleiben soll, hält nicht lange an. In meinem Kopf hallen seine Worte nach, wodurch ich mehr will. Denn ich liebe diesen Mann ebenso wie den Gedanken, dass er mich liebt.

Es dauert nicht lange und Dom hievt mich rittlings auf seinen Schoß. Seine Hände bewegt er meinen Rücken hinauf und wieder hinunter bis zu meinem Po, den er näher an seine Hüfte zieht. Durch den dünnen Stoff kann ich sein Verlangen nach mir zwischen meinen Beinen direkt spüren. Sofern das möglich ist, drücke ich ihn mit meinem Oberkörper noch mehr gegen die Rückenlehne der Couch und schiebe meine Hüfte nach vorn.

Ein Knurren bahnt sich einen Weg durch seine Kehle in meinen Mund. Ich löse unseren Kuss. Dom öffnet langsam seine Augen und ich sehe einen Schleier aus Begierde über ihnen liegen, den ich schon allzu gut kenne. Mit meinem Daumen fahre ich über seine vom Küssen angeschwollene Lippe. Ein Funke leuchtet in seinem Auge auf. Und bevor ich ihn erneut küsse, hauche ich *»Ich liebe dich«* in seinen Mund.

Du hältst mich bestimmt für verrückt, und ich kann es mir auch selbst nicht erklären. Ich weiß, dass ich dir schon mal gesagt habe, dass Dom ein fehlendes Puzzleteil von mir ist und dass er weiß, was ich wann benötige. Ich selbst habe es nicht gewusst, bis ich Dom begegnet bin. Und weil Dom mein beruhigender Balsam ist, sehnt sich mein Körper nach mehr.

Ich drücke mich enger an Dom. Ohne unseren Kuss zu unterbrechen, hebt er mich hoch und bugsiert uns auf die Sitzfläche. Ein Bein stellt er auf dem Fußboden ab, das andere kniet zwischen meinen Beinen. Dadurch lastet nicht sein gesamtes Körpergewicht auf mir. Dom nimmt meine Hände und legt sie oberhalb meines Kopfes auf dem Sitzpolster ab. Danach fixiert er sie mit seiner linken Hand und er lässt seine andere Hand zu meiner Hüfte wandern. Er umgreift den Saum meines Shirts und zieht es daran hoch. Um es mir komplett auszuziehen, wird der Kuss für einen kurzen Moment unterbrochen. Aber Dom schiebt den Stoff nur so weit hoch, bis meine Augen damit bedeckt sind.

»So liegen lassen«, raunt er heiser in mein Ohr. Eine Gänsehaut breitet sich auf meinem Körper aus. Weil ich nicht sehen kann, was passiert, sind all meine Muskeln angespannt. Es fühlt sich schon komisch an, weil ich mich Dom gerade komplett ausliefere. Aber ich vertraue ihm. Meine Neugier und meine Vorfreude auf das Unbekannte sind geweckt.

Ich verschränke meine Finger, damit ich sie an Ort und Stelle liegen lasse. Dom verlagert sein Gewicht und zieht mit seiner Zunge kleine Kreise auf meiner Haut. Angefangen am Hals wandert er über mein Schlüsselbein hinweg bis hin zu meiner Brust. An meiner Knospe saugend muss ich mich unter ihm winden. Ich versuche, meinen Rücken durchzudrücken. Um mich weiter zu necken, drückt Dom sein Becken gegen mich und spielt weiter an meinen weiblichen Rundungen. Ich kann ein Stöhnen nicht länger unterdrücken.

»Dom, bitte.«

Wieder zeichnet er feine Linien in Richtung meines Halses. »Bitte was?«

Ich will antworten, aber da nimmt er Besitz von meinem Mund und drückt erneut seine Hüfte gegen mich. Mit einer Hand fixiert er weiterhin meine Hände und die andere wandert zu meinem Oberschenkel.

»Willst du mehr?«, fragt er mich neckisch zwischen zwei Küssen.

Ich versuche, mich ihm entgegenzuwölben, aber durch sein Gewicht gelingt es mir nur halb. Daraufhin legt Dom meine zusammengelegten Hände um seinen Hals und steht mit mir von der Couch auf, um ins Schlafzimmer zu gehen.

Kapitel 11

D & L

Der Schleier der Gier löst sich langsam von meinen Augen und ich sehe in Lus verschwitztes Gesicht. Unser Puls muss sich erst wieder normalisieren. Was für ein emotionaler Abend.

Lu schließt ihre Augen. Meine kleine und doch so starke Lu. Sie trägt den Verlust ihrer Familie auf ihren Schultern und bestraft sich selbst dafür.

Jetzt ergibt vieles Sinn. Die Alpträume, der Zusammenbruch in ihrer Wohnung. Die emotionalen Schwankungen. Sie hat in dieser Stadt einen Neuanfang gewagt und ihr wurde wieder viel genommen. Da gibt es viel Schmerz, den sie verarbeiten muss. Es hat sich einiges aufgestaut und wenn wir jetzt nichts tun, könnte Lu eines Tages daran zerbrechen.

»Wie geht es dir?«, frage ich sie und streiche mit zwei Fingern über ihr Gesicht.

»Ich glaube, ein wenig besser. Ist gerade etwas schwer zu sagen.« Sie ist erschöpft, und dazu hat nicht nur die Offenbarung ihres Schmerzes beigetragen.

»Lass uns fix duschen gehen und dann ins Bett. Einverstanden?«

Sie nickt kaum merklich und stemmt sich mühsam hoch, damit sie sich auf die Bettkante setzen kann. Vorsichtig rutscht sie mit ihren Füßen auf den Boden und geht zur Badezimmertür. »Kommst du nicht?«

Sie schaut mich traurig über ihre Schultern hinweg an, weil ich ihr nicht sofort folge. Ich habe mich von ihrer Anmut verzaubern lassen, weshalb ich im Bett liegen geblieben bin.

»Doch. Natürlich komme ich.« Schnell schwinge ich mich aus dem Bett, ergreife ein paar Handtücher und folge ihr ins Bad.

Das warme Wasser tut uns gut. Ich weiß, dass sie es nicht heiß mag, aber an diesem Abend darf eine leichte Temperaturerhöhung sein. Wir stehen eng umschlungen unter dem Wasserstrahl.

Nach einer Weile löse ich mich vorsichtig von ihr und flüstere ihr ins Ohr: »Komm, ich wasch dich.«

Lu sieht mir dabei zu, wie ich Shampoo in meine Hand gebe und es zwischen meinen Händen aufschäume. Sie dreht sich von mir weg und legt ihren Kopf in den Nacken. Ihre Augen sind geschlossen und ich fange an, ihr Haar zu waschen. Unwissend, wie viel Shampoo ich brauche und ob ich alles korrekt mache, lasse ich mich von meinen Instinkten leiten. Beim Frisör wird einem beim Haarewaschen immer der Kopf massiert. Ich versuche, mich daran zu erinnern, wie es bei mir gemacht wurde, und setze meine Erinnerungen, so gut es geht, bei Lu um.

Ein leises Stöhnen vernehme ich. Das lässt mich vermuten, dass es schon ganz gut ist, was ich hier mache.

Als ihre Haare fertig sind, schnappe ich mir den Schwamm und benetze ihn mit Duschcreme, schäume sie ein wenig auf und wasche Lu damit.

Ihr tut die Dusche gut. Sie hat ihre Augen geschlossen und lässt mich weiterhin gewähren. Sie zu verwöhnen, macht mir Spaß, und es beruhigt mich, dass sie mir vertraut.

Als Lu fertig ist, will ich mich schnell selbst duschen. »Darf ich?«, fragt sie und hält mir ihre Hand hin. Damit habe ich nicht gerechnet, aber wie kann ich ihr einen Wunsch abschlagen? Wegen des Größenunterschiedes muss ich ihr mehrmals entgegenkommen, aber letzten Endes sind wir beide frisch geduscht und in Handtücher eingewickelt.

»Ich schreibe eben Pat, dass ich morgen nicht zur Arbeit komme. Ich möchte nicht, dass sie sich Sorgen macht. Dann komme ich ins Bett.«

Sie sieht erschöpft und mitgenommen aus. Nach so einem Abend ist das verständlich. Trotzdem glänzen ihre Augen mit einer Helligkeit, die mir die Hoffnung gibt, dass ich mich mit ihr auf dem richtigen Weg befinde. Sie wird noch ein wenig Zeit brauchen, um ihre vorgesehene Ausfahrt nehmen zu können. Und auch, wenn sich dann unsere Wege trennen, werde ich ihr bis dahin alle Zeit der Welt geben.

Lu schreibt die Nachricht. Es dauert nicht lange, da ertönt ihr Klingelton. Ein Anruf. Das muss Pat sein, denn Lu berichtet von dem heutigen Abend und sagt, dass ich Bescheid wisse und Pat sich keine Sorgen machen bräuchte. Das Gespräch dauert nicht lange.

In der Zwischenzeit ziehe ich mich für die Nacht an, begebe mich dann ins Bett und setze mich, mit dem Kopfkissen im Rücken, aufrecht ans Kopfende. Da ich immer eine Zeitschrift hier liegen habe, blättere ich durch die Seiten, bekomme aber kein Wort mit.

Meine Gedanken kreisen um Lus Geständnis. *Nennt man das überhaupt Geständnis? Oder ist es eine Offenbarung? Ehrlich gesagt, ist es mir egal, wie man es nennt. Ich bin dankbar. Dankbar für ihr Vertrauen.*

Sie kommt zurück ins Schlafzimmer und lächelt mich schüchtern an. Stumm lächele ich zurück. Sie nimmt sich Schlafsachen aus der Schublade und zieht sie an und föhnt sie sich ihre Haare. Sie bindet sich die fast komplett trockenen Haare zu einem Zopf, dann kommt sie zu mir ins Bett und setzt sich seitlich von mir hin. Ihre Beine lässt sie neben sich angewinkelt liegen. Wenn sie aufblicken würde, würde sie direkt in mein Gesicht sehen. Aber sie lässt ihren Blick gesenkt und fixiert ihre im Schoß verschlungenen Hände.

Lu sieht so schön aus. Ihre Haut ist durch die Sonne leicht gebräunt, wodurch der Kontrast zu ihren glänzenden Sommersprossen mich fasziniert. Auf ihren Wangen bildet sich wieder ein leichter roter Schleier. Ich muss schmunzeln.

Anscheinend gibt es für sie immer noch kleine Barrieren. Aber das stört mich nicht. Das hat Zeit und ich habe Geduld.

Ihre Schönheit fesselt mich, kann aber nicht ihre Trauer verschleiern. Es zerbricht mir das Herz. Professionelle Hilfe muss her. Ich kenne mich damit nicht gut aus. Habe mal gehört, dass es sieben Phasen der Trauer geben soll. Frag mich nicht, wie die aufgeteilt sind. Ich weiß auch nicht, wie lange die einzelnen Phasen dauern. Ich glaube, dass es von Person zu Person anders abläuft. Was ich weiß: Es ist ein ernstes Thema und ich werde alles in meiner Macht Stehende tun, um ihr zu helfen.

Sie schaut zu mir auf. Unsere Blicke treffen sich. Sie hat nicht damit gerechnet, dass ich sie anschaue, und senkt sofort ihren Blick. Sie sah verlegen und hilflos aus, aber es hat sich, wie immer, mehr Röte in ihrem Gesicht ausgebreitet. Das ist ein gutes Zeichen.

Vor Freude über diese neue Erkenntnis umfasse ich mit einer Hand ihr Gesicht. Ich lächle sie leicht an, falls sie hochschauen sollte. »Lass dir Zeit. Ich werde für dich da sein.«

»Mach, dass es aufhört.« Ihre Stimme bricht.

Ich kann nicht so schnell reagieren, wie sie sich mir entgegenwirft. Ihr Gesicht vergräbt sie direkt an meinen Hals. Mit der einen Hand fasst sie mir in den Nacken und zieht sich an mich heran. Ihre andere Hand ruht seitlich neben mir. Ich schließe meine Arme um sie und gebe ihr den benötigten Halt. Sie weint nicht, atmet aber schwerer. So gut es geht, streiche ich ihr beruhigend über den Rücken.

Es dauert eine Weile, bis sich ihr Griff um meinen Nacken lockert. Sie ist eingeschlafen. Ich kann ein Schmunzeln nicht unterdrücken.

Sie versucht, äußerlich stark und beherrscht zu sein. Ich wünschte, du könntest es sehen: Ihre Ausstrahlung ist umwerfend und ihr Selbstbewusstsein stellt viele in den

Schatten. Und doch ist sie innerlich zerbrechlich und unbeholfen.

»Mach, dass es aufhört.«

Bei ihrer Bitte konnte ich nicht so schnell reagieren, wie ich wollte. Damit hatte ich nicht gerechnet.

Innerlich mache ich mir eine Notiz, dass ich Haeuser morgen früh anrufen werde und nicht erst nachmittags. Meine Gedanken kreisen weiter um Lu, bis sich mein aktuelles Arbeitsprojekt mit den Jungs und der damit verbundene Deal in den Vordergrund drängen. Der Traum eines jeden Bikermechanikers.

Telling war, genau wie wir, auf der großen Bikermesse am Bodensee. Es war die erste große Messe, wo wir einen Stand hatten und unsere Arbeit präsentieren konnten. Wir alle waren supernervös. Um Enttäuschungen vorzubeugen, fuhren wir mit null Erwartung dorthin. Auf der Messe kamen wir mit dem ein oder anderen ins Gespräch – auch mit Telling. Wir tauschten Visitenkarten aus und verblieben so, dass er sich bei Interesse melden würde.

Und dann passierte das, womit keiner gerechnet hatte: Die Messe war Ende Januar gewesen, wie jedes Jahr. Ende Februar erhielt ich eine E-Mail mit Terminvorschlägen für das erste Zusammentreffen sowie die ersten Vorstellungen der beiden Bikes für die Tellings. Bei dem Treffen wurden die Wünsche und Vorstellungen für zwei Chopper ausgetauscht. Eine für Herrn Telling und eine für seine Frau. Schnell kristallisierte sich heraus, dass dieser Auftrag besonders sein würde – denn Telling bot uns einen Deal an und damit eine Chance, die man nur ein Mal im Leben bekommt.

Schnell sagten wir zu und setzten den Vertrag auf. Genau genommen waren es zwei Verträge: einmal die Konditionen für den Bau der beiden Chopper und dann ein Vertrag, der den Deal beinhaltete.

Telling wollte ein Budget festlegen, was für uns komisch war. Nach dem ersten Telefonat mit Sasha wussten wir dann, warum es ein Budget gab. Sasha war mir von Anfang an ein Dorn im Auge. Ihre Art, wie sie mich anschaute, kombiniert mit ihren Sprüchen. Alles billige Anmachen. Und seit sie Lu begegnet ist, ist es schlimmer geworden. Sie hat ein Problem damit, dass ich nicht auf ihre Konversationen eingehe. Aber sie ist verheiratet, was für mich von Anfang an ein Grund war, Abstand zu halten. Solange man vergeben ist, hat man sich zu benehmen. Und der zweite, und für mich auch kein unwichtiger Punkt, ist: Sie ist nicht mein Typ. Ich verachte solche falschen Schlangen.

Lu bewegt sich in meinem Arm und ich erschrecke mich. Bei den vielen Gedanken bin ich selbst eingeschlafen. Ich versuche, sie von mir zu lösen, damit wir uns vernünftig ins Bett legen können. Aber wenn ich ihre Hand von meinem Hals nehmen will, zieht sie sich wieder an mich heran. Dann soll es so sein. Es gelingt mir, die Sitzposition ein wenig zu verändern, und ich schlafe mit Lu im Arm ein.

Ich werde aus dem Schlaf gerissen. Ein direkter Blick zur Uhr verrät mir, dass ich noch eine Stunde im Bett bleiben kann. Ich decke mich wieder zu und möchte diese Stunde nutzen, aber dann erweckt ein undefinierbares Geräusch meine Aufmerksamkeit.

Ein Blick zur anderen Betthälfte bestätigt meine Vermutung. Mit einer Hand wische ich über mein Gesicht und strecke mich. Gemütlich schwinge ich mich aus dem Bett und folge dem Geräusch. Ich passiere die Schlafzimmertür in Richtung Küche und dann sehe ich sie. Lu trägt weiterhin ihre kurzen Schlafsachen. Ihr Haar ist noch geflochten, aber einzelne Strähnen hängen ihr wirr ins Gesicht. Schnurlose Kopfhörer stecken in ihren Ohren und sie wirbelt in der Küche umher.

Ich bleibe stehen und lehne mich lässig an die Wand. Mit verschränken Armen und angewinkeltem Beim begutachte ich Lus Treiben. Es ist entzückend, sie das Frühstück mit so viel Elan zubereiten zu sehen. Zwischendurch hat es den Anschein, als würde sie mitsingen, denn ihre Lippen bewegen sich. Aber es kommt kein Ton heraus. Sie ist dermaßen in ihren Kocheinsatz vertieft, dass sie mich nicht registriert.

Ich nutze die Gunst der Stunde und bewundere sie. Ihr Gesicht strahlt. Erneut kaum zu glauben, dass sie erst gestern so zerbrechlich in meinen Armen gelegen hat. Über Nacht hat sie sich erholt und wirbelt nun mit ihrer neu erlangten Energie durch unsere Küche, als hätte es ihren Zusammenbruch nie gegeben.

Unsere. Es hört sich so schön und doch so schmerzhaft an. Ich möchte für sie gerne viel mehr sein. Die Gefühle, die Lu in mir freisetzt, sind so gigantisch, dass sie mir zum Teil Angst machen. Aber trotzdem fühlt es sich so verdammt gut an. Ihr scheint es genauso zu gehen.

Und da ist dann schon die nächste Angst. Denn ich weiß nicht, was passiert, wenn sie von dem Deal erfährt. Das, wofür ich die ganze Zeit arbeite. Das, was meinen Horizont erweitern wird. Das, was so verrückt ist, dass es schon wieder normal ist.

Ich werde mich aber entscheiden müssen. Der Deal oder Lu. Beides wird nicht gehen.

Meine Brust zieht sich zusammen. Diese Entscheidung fällt mir von Tag zu Tag schwerer. Aber bevor ich mich entscheide, haben Lus Probleme Prioritäten. Ich möchte sie in Sicherheit wissen. Dass es ihr gut geht. Dass sie glücklich ist. Dass sie ohne Sorgen durch den Tag gehen kann. Deshalb werden wir erst einmal Lus Dämonen bekämpfen und besiegen.

Ich werde sie gleich nach dem Frühstück darauf ansprechen. Dass ich Haeuser kontaktieren kann, ist mir gestern Abend eingefallen. Ich wüsste keinen Besseren, der helfen könnte.

Mir steigt der Duft von frisch angebratenem Speck und Eiern in die Nase. Mein Lieblingsfrühstück. Es reißt mich aus meinen Gedanken und holt mich ins Hier und Jetzt zurück. Mein Blick fällt auf Lu, die gerade Teller aus dem Schrank nimmt. Die Schränke hängen etwas höher, dadurch muss sie sich ein wenig strecken. Ihr Shirt rutscht hoch und ich kann ihre Haut rings um das Hosenbündchen herum sehen. Da ich weiß, wie weich ihre Haut dort ist, reagiert mein Lendenbereich bei dem bloßen Gedanken daran. Ich kann mich nicht länger zurückhalten und bewege mich langsam auf sie zu.

Lu steht mit dem Rücken zu mir gewandt und kann mich nicht sehen. Die Musik in ihrem Ohr verleitet sie dazu, ihre Hüften im Takt zu wiegen. Dadurch reagiere ich noch mehr auf sie. Leise höre ich die Klänge aus ihren Kopfhörern schallen. Ich trete hinter Lu und vergewissere ich mich, dass sie nichts in ihren Händen hält und keine Pfanne mehr auf dem Herd steht. Das ist mein Freifahrtschein.

Mit einem weiteren Schritt nach vorn stehe ich direkt hinter ihr. Meinen Oberkörper lehne ich leicht an ihren Rücken, mit meinen Händen umschließe ich ihre Unterarme. Unerwartet zuckt sie nicht zusammen. Ich umschließe ihre Hände mit meinen und ziehe sie über Kreuz um ihren Bauch in eine Umarmung. So überwinde ich die letzten Zentimeter zwischen Lu und mir und gebe ihr einen Kuss, seitlich an ihrem Hals. Das scheint ihr zu gefallen, denn sie neigt ihren Kopf leicht zur Seite.

Vorsichtig ziehe ich meine rechte Hand hervor, mopse ihren rechten Kopfhörer und stecke ihn in mein rechtes Ohr. Wie passend. The Weeknd mit »Take My Breath«!

Meine Hand bewege ich wieder zurück an ihre erste Position und wiege uns zu den Klängen des Songs. Zu wissen, dass wir im selben Moment dieselbe Musik hören, löst neue Begierde in mir aus. Ihr Hals ist zu einladend, weshalb ich meine Lippen erneut auf ihre weiche Haut lege. Um mich ein wenig anzuheizen, zieht Lu ihre Hand aus meiner und greift in meine Haare am Hinterkopf. Sie zieht mich näher heran, wodurch ich mich mehr an ihrem Hals auslasse. Lu wird zu Butter in meinen Armen. Sie genießt mein Verwöhnprogramm.

Das Lied endet und neue Töne erklingen. Nickelbacks »Gonna Be Somebody« erklingt in unseren Ohren. Ich drücke meinen Kopf leicht an ihren und wiege uns erneut zum Takt der Musik. Lu reißt mich aus meiner Trance, indem sie flüstert: »Wenn du nicht willst, dass ich dich sofort auffresse, sollten wir jetzt lieber frühstücken.«

»Hm, das könnte mir aber auch gefallen«, hauche ich ihr mit etwas heiserer Stimme ins Ohr.

»Ich rede von Auffressen. Nicht von Vernaschen. Ich habe Hunger wie ein Bär.« Sie tätschelt meinen Hinterkopf und löst sich aus meiner Umarmung. »Es sei denn, du willst hier gleich ein Untier herumlaufen haben?« Sie lächelt mich zwar an, aber ich erkenne die kleine, liebenswürdige Drohung in ihrer Stimme.

»Nein, kein Untier, bitte! Ich habe auch Hunger. Lass uns dein liebevoll zubereitetes Festmahl genießen.« Dabei grinse ich Lu genauso an wie sie mich.

Lu röstet das Toastbrot und füllt derweil unsere Teller mit Speck und Rührei. Dazu gibt es frischen Kaffee. Sie stellt die Tassen auf die Theke. Ich muss dabei etwas trottelig ausgesehen haben, denn sie ist verdutzt.

»Was? Trinkst du deinen Kaffee doch nicht schwarz?«, fragt sie mich.

»O nein. Alles richtig.« Trotzdem schaue ich sie leicht verwirrt an. »Sonst werde ich bloß immer nach Milch oder Zucker gefragt.« Ich lache etwas verlegen. Jetzt kommt es mir albern vor. Wir haben schon öfter Kaffee zusammen getrunken.

»Ich habe beim letzten Mal gesehen, dass du deinen Kaffee pur trinkst. Deshalb habe ich heute nicht nachgefragt.«

»Du bist immer wieder für eine Überraschung gut.« Sie ist so aufmerksam. Ich zwinkere ihr zu und wir genießen zusammen das Frühstück.

»Guten Morgen, Herr Dörnekamp«, begrüßt sie später ihren Chef am Telefon. »Mir geht es heute nicht so gut und ich fühle mich leider nicht imstande, ins Büro zu kommen. Ich würde gerne heute und morgen von zu Hause aus arbeiten, wenn das für Sie okay ist?«

Herr Dörnekamp sagt etwas, dann spricht Lu wieder.

»Oh, danke schön. Sind Sie sich sicher?« Wieder höre ich seine Stimme am anderen Ende der Leitung. »So machen wir es.« Wieder seine Stimme. »Vielen Dank. Ja, dann bis Montag, Herr Dörnekamp.«

Grinsend schaut Lu zu mir und beendet das Telefonat. »Ich habe heute und morgen überstundenfrei und muss erst Montag wieder zur Arbeit kommen.«

»Ui, das ist aber sehr nett von deinem Chef.«

»Finde ich auch.« Sie grinst mich an, pikst mit der Gabel übriggebliebenes Rührei aus der Pfanne auf und schiebt es sich genüsslich in den Mund.

»Wie hast du geschlafen?«, frage ich sie dann. Ich glaube, gut, aber ich möchte es von ihr selbst hören.

Jetzt fängt Lu an, den Frühstückstisch unkontrolliert abzuräumen. »Ich kann es nicht sagen.« Sie klingt etwas traurig. »Aber ich glaub, besser als normalerweise.«

Sie schaut mir direkt in die Augen, wird kein bisschen rot und schaut zurück zu dem Stapel Teller in ihrer Hand. Dann legt sich doch noch ein Hauch von Röte über ihre Haut.

»Es tut mir leid«, sagt sie leise.

»Dir muss nichts leidtun.«

Um Ihre Lippen bildet sich ein kleines Lächeln. »Was für eine Freakshow, he?«

»So würde ich es nicht nennen, denn ich sehe hier keinen Freak.«

Wieder schaut sie mich an. »Ich bin nicht einfach.« Ihr Tonfall wirkt nun ernster.

»Wer ist das schon?«

Sie schaut in mein Gesicht. Leider weiß ich nicht, was sie hofft, dort zu finden. Aber ich glaube, etwas wie Anerkennung in ihren Augen zu sehen.

»Wenn du möchtest, kann ich gehen.«

Was soll das denn jetzt schon wieder werden? Will sie mich auf den Arm nehmen? Was bezweckt sie mit solchen Äußerungen?

»Ich kann dich nicht zwingen, hierzubleiben.« Es breitet sich ein bisschen Entsetzen auf ihrem Gesicht aus. »Aber wenn ich nicht wollte, dass du bei mir bist, würdest du jetzt nicht hier sitzen.«

Jetzt schaut sie wieder auf die Teller und bringt sie weg. Bevor sie die Teller in die Spülmaschine räumt, kratzt sie die Reste in den Mülleimer.

»Was überlegst du?«, frage ich.

Erschrocken schaut Lu mich an. Nervosität breitet sich in ihr aus. Sie räumt die Teller schnell weg und ergreift einige Kochgegenstände. Mitten im Wegräumen hält sie inne und richtet sich auf.

Warum müssen Frauen immer so verkorkst denken?

Weil ich ihre Reaktionen nicht verstehe, sie aber auch nicht in die Enge treiben möchte, erhebe ich mich und gehe um die Kochinsel herum. Ich möchte ihr beim Aufräumen helfen und will das Ceranfeld säubern. Also gehe ich an Lu vorbei, um einen Lappen zu holen, aber bleibe stehen, nachdem ich an ihr vorbeigegangen bin, und schließe kurz meine Augen. Ich gehe kurz in mich.

Mit gestrafften Schultern drehe ich mich wieder zu ihr um und merke, dass sie mich beobachtet hat. Ich gehe langsam auf sie zu und bleibe vor ihr stehen. Lu senkt ihren Blick. Auch wenn es unangebracht ist, muss ich schmunzeln. Mal wieder.

Es ist nur – in dem einen Moment ist sie taff und im nächsten unsicher und schüchtern. Ich sehe ihre Fortschritte. Sie wird nicht mehr so schnell und auch weniger rot. Sie öffnet sich mir öfter. Deshalb könnte ich ihr nie für irgendetwas böse sein. Ich bin nur verwundert.

Mit meinen Fingern umfasse ich ihr Kinn und hebe es an. Ihre Augen sind geschlossen und eine kleine Träne läuft über ihre Wange. Ich beuge mich vor und küsse sie weg. Lu zuckt bei meiner Berührung nicht zusammen. Dann küsse ich ihre Lippen.

»Willst du das hier immer noch?«, frage ich sie nach dem Kuss und lege meine Stirn an ihre. »Oder willst du gehen?«

Lu öffnet bei meiner zweiten Frage sofort ihre Augen und schaut mich stumm an. Kein einziges Wort kommt über ihre Lippen. Mir gebührt nur ihr sturer Blick. Ich gebe ihr die Möglichkeit, zu antworten, aber bekomme wieder nur ein Schweigen.

Als ich meine Stirn von ihrer gelöst habe, verweilt mein Gesicht vor ihrem. Mit meinem Daumen fahre ich über ihre Lippen. Lu schließt ihre Augen und atmet scharf ein.

»Willst du das hier?« Ihre Augen bleiben geschlossen, aber sie beißt sich auf die Lippe. »Willst du *mich* immer noch?«

Und mit der Frage habe ich sie. Sie schaut mich wieder an. Sie betrachtet meinen Mund, bevor sie wieder in meine Augen schaut. Mit einer Hand ergreift Lu mein Shirt und krallt sich im Stoff fest. Sie sieht mich flehend an.

Was sage ich da nur?

Bin ich bescheuert?

Jetzt schaut Dom mich total entgeistert an.

Hast du toll gemacht, Luana. Sag ihm doch, was dich bedrückt. Bin ich die Einzige, die sich manchmal so komisch verhält? Ich komme mir dann immer wie ein Unikat vor. Aber das machen doch bestimmt auch andere so, oder?

»Ich kann dich nicht dazu zwingen, hierzubleiben.«

O nein, hoffentlich wirft er mich jetzt nicht raus! Wie konnte es nur so weit kommen?

»Aber wenn ich nicht wollte, dass du bei mir bist, würdest du jetzt nicht hier sitzen.«

Ich bin so dumm, oder? Warum sage ich überhaupt so etwas? Was ist bloß verkehrt in meinem Kopf? Ich sollte wirklich nachdenken, bevor ich etwas sage. Ich glaube, ich habe so reagiert, weil Dom mein schützender Engel ist und ich nicht fassen kann, dass er in diesen schweren Stunden bei mir sein will. Ich bin es nicht gewohnt, mich so sicher zu fühlen. Dom löst in mir so viele Gefühle aus und ein Verlangen, das mir Angst macht. Aber es ist eine angenehme Angst, weil sie so neu und doch so vertraut ist. Das, was ich momentan erlebe, was mir geboten wird, ist so schön und es tut mir gut.

Das gestrige Gespräch mit Dom hat mich Überwindung gekostet. Selbst Pat konnte ich damals nach meinem Um-

zug nach Münster nichts davon erzählen. Und sie ist meine beste Freundin. Erzählen beste Freundinnen sich nicht eigentlich alles? Aber mir kam damals kein einziges Wort über die Lippen. Mit Dom ist alles so anders.

Jetzt habe ich Angst, dass ich alles vermasselt habe. Wenn ich Dom anschaue, bin ich unsicher. Gesagtes kann man nicht zurücknehmen. Wie soll das gehen? Das geht gar nicht. Herrgott, Luana, wie dumm von dir! Mal wieder.

O nein, was hast du nur getan, Luana? Er wird gleich meine paar Sachen packen und mich vor die Tür setzen. Hab ich toll gemacht.

Dom sieht mich warmherzig an. Trotzdem habe ich das Gefühl, den Bogen überspannt zu haben. Er geht an mir vorbei, bleibt aber ein paar Schritte später stehen. Ich kann nicht anders und muss mich zu ihm umdrehen. Zu tief sitzt die Angst, komplett versagt zu haben. Auch er dreht sich um und schaut mich mit mehr Güte an, die ich nicht verdient habe. Er kommt zu mir zurück und bleibt vor mir stehen. Beschämt wende ich meinen Blick ab.

Dom wäre aber nicht Dom, wenn er es akzeptieren würde. Er legt seine Finger unter mein Kinn und hebt es an. In dem Augenblick, als er meine Haut berührt, fährt ein kleiner Blitz durch meinen Körper und ich kann meine Tränen nicht länger aufhalten. Er dreht meinen Kopf zu sich, ich kann ihn aber nicht anschauen, weil ich mir so dumm vorkomme. *»Bitte verlass mich nicht«* ist mein einziger Gedanke.

Er beugt sich vor und küsst zuerst meine Tränen weg. Dann küsst er meine Lippen.

Jetzt mach nicht wieder was Dummes, Luana. Du befindest dich auf dünnem Eis.

Dom legt seine Stirn an meine. »Willst du das hier?«, fragt er mich.

Was für eine Frage. Ja, ich will das haben! Ich brauche ihn doch. In meinem Kopf läuft alles wieder auf Hochtouren. Ich bin erneut gefangen zwischen dem Hier und Jetzt und meinen Gedanken.

Alles passiert so schnell, dass ich nicht ganz folgen kann. Bis Dom mir eine Frage stellt, mit der er mich hat. »Willst du *mich* immer noch?«

Ich schaue ihn sofort an. Würde er mich wirklich vor die Tür setzen? Ich ergreife sein Shirt und kralle mich daran fest. Es ist mein letzter Versuch, um noch die Kurve zu bekommen. Ich umfasse mit der anderen Hand flehend sein Gesicht. Dom schließt seine Augen. Von einem Impuls geleitet fahre ich mit meinem Daumen über seine Lippen, weshalb er mich wieder anschaut.

Ist das ein gutes Zeichen?

»Es tut mir so leid«, sage ich kaum hörbar. »Aber bitte verlass mich nicht.« Ich halte weiter sein Gesicht und drücke meinen Kopf an seine Brust.

Sofort nimmt er mich in den Arm und beruhigt mich. »Hier verlässt niemand irgendwen.« Dann zieht er mich näher zu sich. Er drückt seine Lippen an meinen Halsansatz und lehnt dann seinen Kopf an meinen. Dieses Mal ist es nur eine kleine Weller der Trauer, die über mich hereinbricht. Und wieder schafft er es, mich zu beruhigen. Mich zu besänftigen. Aus Angst, er könnte verschwinden, bewege ich mich keinen Millimeter.

Das muss unbedingt aufhören, Luana Renk! Aber ich kann es nie steuern. Das bin leider ich. Unberechenbar und sprunghaft.

»Sieh mich an.« Ich höre seine Stimme weich hinter meinem Ohr flüstern. Immer noch sitzt die Angst in meinen Knochen, weshalb ich mich weiterhin nicht bewege. »Lu! Schatz! Schau mich bitte an.«

Dieser liebevolle Beiklang in seiner Stimme bleibt. Langsam löse ich mich von ihm, aber aus Scham schaue ich ihn nicht an. Dom küsst meine Stirn, meine linke Schläfe, meine linke Wange und macht das Gleiche auf der anderen Seite. Dann hebt er mein Kinn mit seinem Finger an und gibt mir einen leichten Kuss auf meine Mundwinkel. Seine Stirn lehnt er ruhend an meine und fixiert weiterhin mein Gesicht mit seinen Händen.

»Ich möchte dir gerne helfen.« Dom macht eine Pause und wartet meine Reaktion ab. Ich umfasse seine Handgelenke, um ihm zu zeigen, dass ich ihm zuhören will. »Ich kenne einen Spezialisten, der Personen hilft, die Familienangehörige verloren haben.«

Ich presse meinen Kopf fester gegen seinen und gleichzeitig drücken meine Hände seine Handgelenke so fest, dass die Haut an meinen Knöcheln weiß wird. Das ist ein krampfhafter Versuch, den aufkommenden Schmerz zu kontrollieren. Dom hält stand und verweilt weiterhin mit seinen Händen an meinem Gesicht.

»Wenn du möchtest, kümmere ich mich gleich um einen Termin.«

Überwältigt von seiner Geste und der Tatsache, dass er an meiner Seite bleibt, laufen mir Freudentränen über die Wangen. Ein leises Ja bekomme ich zustande und nicke kaum merklich mit dem Kopf.

Dom löst seine Stirn von meiner, küsst meine Tränen weg und legt meinen Kopf liebevoll an seine Brust. Er hält mich in seinem Arm und wiegt mich langsam. »Zusammen bekommen wir das hin. Okay? Ich verspreche es dir.«

Eine Stunde später machen wir uns auf dem Weg zur Werkstatt. Dom hat sich den Laptop und ein paar Unterlagen aus dem Büro geholt, die er benötigt, damit er von zu Hause aus arbeiten kann, wie er es mir versprochen hat.

Jetzt ist es Nachmittag und wir fahren zu meinem ersten Termin. Wir haben Glück gehabt: Gestern hat ein Klient bei Doktor Haeuser abgesagt, wodurch er kurzfristig uns, oder besser gesagt mich, empfangen kann.

Ich war noch nie bei einem Seelenklempner. Verzeih mir die Wortwahl! Ich vertraue Dom. Aber die Begriffe »Therapeut« und »psychologische Hilfe« sind komisch für mich. Oftmals verbinde ich sie mit Personen, die schwerwiegende Probleme haben und mehr Hilfe benötigen als ich. Tief in mir weiß ich, dass ich Hilfe brauche. Aber ich habe Angst. Bilder von Kliniken kommen mir in den Sinn, wo Ärzte weiße Kittel tragen und wo man mit Medikamenten ruhiggestellt wird. Ich habe Angst, dass man mich auslacht, weil ich weine. Dass man mich für schwach hält, weil ich Hilfe brauche. Dass man mich unfähig dafür hält, mit meinen Problemen selbst fertig zu werden.

Darum wollte ich damals umziehen: Ich wollte allen zeigen, dass ich es ohne fremde Hilfe hinbekomme. Dass ich damit fertig werde. An erster Stelle wollte ich mir selbst beweisen, dass ich es allein schaffen kann. Ich war von Anfang an auf mich allein gestellt und wollte niemandem zur Last fallen. Pat musste all ihre Überredungskünste einsetzen, bis ich zustimmte fürs Erste, bei ihr einzuziehen.

Bei all den Überlegungen merke ich, wie mein Herz anfängt, schneller zu schlagen. Nervosität macht sich in mir breit und ich atme unkontrolliert ein und aus. Dom bemerkt meine Unruhe und ergreift meine Hand. Er drückt sie ein Mal leicht und streicht liebevoll mit seinem Daumen über meinen Handrücken. Dankbar für diesen Rückhalt schaue ich zu ihm und schenke ihm ein Lächeln.

»Wir bekommen das zusammen hin«, sagt Dom und zieht meine Hand zu seinem Mund, um sie zu küssen. Eine kleine, aber doch so kraftvolle Geste. Für einen Moment hält er meinen Handrücken vor seinen Mund, bis er unsere Hände auf seinem Oberschenkel ablegt. Ein Hoch auf Automatikautos.

Wir fahren nicht lange, bis sich das Gesicht der Stadt verändert. Wo zuvor alle Häuser dicht an dicht gestanden haben, kommen wir nun in den Vorstadtbereich, wo Einfamilienhäuser mit hübschen Vorgärten die Seitenränder verzieren. So weit außerhalb bin ich noch nie gewesen. Wenn Dom mich hier aussetzen würde, wüsste ich nicht, ob ich allein nach Hause finden würde.

Dom biegt an der nächsten Straßenkreuzung ab, und die Häuser hier sind noch prachtvoller. Eine schöne

Villa nach der anderen glänzt hier um die Wette. Die Grundstücke werden größer und die Häuser weniger.

Dom biegt ein weiteres Mal ab und fährt dann in die Einfahrt des zweiten Grundstücks auf der linken Seite. Von der Straße aus kann ich nur Bäume und eine grüne Landschaft erkennen. Wir passieren einen Torbogen aus Büschen und auf meiner Seite kommt ein Schild zum Vorschein.

Herzlich willkommen in der Praxis von
Dr. Teo Haeuser
Verhaltenstherapeutisch orientierter
Psychologischer Psychotherapeut

Die Worte auf dem Schild machen mir Angst. *Verhaltenstherapeutisch. Psychotherapeut.* Deshalb versteift sich mein Körper.

Dom bemerkt es sofort. »Wenn du nicht willst, können wir wieder fahren.« Er möchte mir Luft zum Atmen geben.

»Nein.« Dom hat sich die Mühe gemacht, und jetzt sind wir hier. Für eine Entscheidung möchte ich wenigstens den heutigen Termin abwarten. »Ist schon okay.«

Dom scheint das nicht zu überzeugen. Er schaut mich schief von der Seite an.

»Nein, wirklich.« Nun klinge ich fester und überzeugter. »Ich möchte das machen.« Mein Versuch, zu lächeln, scheitert wegen meiner Nervosität. Es reicht nur für ein scheues Lächeln, das meine Lippen nicht trennt.

Dom setzt das Auto wieder in Bewegung. Ich habe nicht mitbekommen, dass er angehalten hatte. Vor dem Gebäude ist ein etwas größerer Platz, wo er das Auto parkt. Das Flair dieses gigantischen Hauses zieht mich ab der ersten Sekunde in seinen Bann. Schon beim Aussteigen bewundere ich seine Schönheit. Die Aura versprüht Ruhe. Es fühlt sich fast wie Nachhausekommen an.

Optisch wirkt das Haus riesig. Es erstreckt sich über zwei Etagen und einen ausgebauten Dachboden. Das vermute ich, weil in jeder Etage an den Fenstern hübsche Gardinen hängen. Die Einfahrt ist komplett mit hellen Kieselsteinen ausgelegt. Das Haus wird gesäumt von einem Blumenbeet, worin Blumen aller Größen und Farben wachsen und ihre Schönheit zum Besten geben. Durch diese Blütenpracht duftet es herrlich nach Sommer. Kleine Sträucher und Bäume sind ebenfalls in dem Beet zu finden.

Dunkle Klinkersteine bilden zwei große Halbkreise vor dem Haus und somit zwei Stufen, die zur Haustür führen. Ein Vordach schützt vor Regen und wird von vier weißen Säulen gestützt. Sie sind wunderschön im korinthischen Stil gehalten und enden auf der untersten Stufe. Ich liebe diese geschwungenen Säulen und blicke bis zum Ende hoch. Das Vordach ist zugleich für das obere Geschoss eine Dachterrasse. Wie praktisch, von dort oben hat man garantiert eine tolle Aussicht. Die komplette Fassade ist hell gehalten. Ich glaube, es ist ein Cremeton.

Die Fensterrahmen und Fensterläden sind in einem dunklen Blau gestrichen. Das könnte *Steel Blue* sein, ich bin mir aber nicht sicher. In den Fenstern sind Fensterkreuze eingearbeitet, sie wurden in dem gleichen hellen Cremeton gestrichen wie die Fassade.

Alles wirkt warmherzig. Es kostet mich Kraft, hier nicht mit offenem Mund zu stehen und mit dem Staunen aufzuhören.

»Komm, bevor du hier noch anwächst«, neckt Dom mich. Er geht um das Auto herum und bleibt mit ausgestreckter Hand neben mir stehen.

Ein letztes Mal schaue ich mir das Haus an, dann gehe ich auf Dom zu und nehme seine Hand. Mit meinem anderen Arm hake mich bei ihm ein. Ein wenig deplatziert komme ich mir schon vor.

»Keine Angst, ich bin bei dir.«

Dom ist umwerfend, weshalb ich meinen Kopf an seinen Arm drücke und mit ihm zur Eingangstür gehe. In der Mitte des Vordaches hängt eine riesige Lampe mit bernsteinfarbenen Glasmosaiken. Links und rechts neben der Eingangstür stehen zwei Blumenkübel mit weißen Hortensien. An der Klingel lese ich keinen Namen, trotzdem drückt Dom den Knopf. Ein Glockenspiel ertönt von innen.

Ein Herr mittleren Alters öffnet uns die Tür. »Herr Berghoff«, sagt er zu Dom und reicht ihm dabei seine Hand. »Und Sie sind bestimmt Frau Renk?« Er lächelt mich an und reicht mir ebenfalls seine Hand. »Schön, dass Sie beide den Weg hierher gefunden haben. Bitte, treten Sie ein.«

Der nette Herr macht die Tür weiter auf und gewährt uns Einlass. Ich schaue zu Dom. Er zwinkert mir zu und drückt meine Hand.

Ich folge ihm und betrete eine größere Eingangshalle. An der rechten Wand steht ein kleines Mahagonitischchen im viktorianischen Stil. Eine kleine Blumenschale befindet sich darauf, worin lilafarbene Hortensien blühen. An den Wänden erstrecken sich Gemälde von Landschaften.

Das Tischchen und die Gemälde sind ein gelungener Farbtupfer in dem hellen Eingangsbereich. Weißer Marmor verziert den gesamten Boden. Gegenüber der Eingangstür befindet sich eine große Treppe aus den gleichen hellen Fliesen, die ins Obergeschoss führt. An der rechten Wand, neben der Eingangstür, befindet sich eine Schiebetür, die mit bunten Glasstücken bestückt ist. Links neben der Treppe führt ein Weg in den hinteren Teil des Hauses.

Der Herr geht zur Schiebetür und schiebt eine der Flügelhälften zur Seite. Dahinter kommt ein gemütlich eingerichtetes Wohnzimmer zum Vorschein. Eine bequem aussehende Sitzecke steht mitten im Raum. Sie besteht aus einer Zweier- und Dreiercouch. An den Wänden entlang reiht sich ein gefülltes Bücherregal neben dem anderen. Viele Buchrücken sehen edel gebunden aus. Zur Dekoration stehen vereinzelt blumenlose Vasen in den Regalen. Hinter der Sitzinsel steht weiter links hinten im Raum ein Klavierflügel.

»Möchten Sie beide Kaffee trinken?«, werden wir höflich gefragt.

»Ja, sehr gern«, antworten Dom und ich fast synchron.

Der Herr schmunzelt. »Heute haben wir so schönes Wetter. Möchten Sie den Kaffee draußen zu sich nehmen?«

»O ja, das wäre schön«, antworte ich dieses Mal zuerst.

Sein Gesicht erhellt sich. »Eine sehr gute Entscheidung. Dann lassen Sie uns rausgehen.«

Bevor wir uns auf den Weg nach draußen machen, läutet der Herr eine kleine Glocke. Es dauert nicht lange und eine Dame mit einer kleinen Schürze vor dem Bauch erscheint. Sie hat ein aufrechtes Lächeln auf ihren Lippen und eine kontrollierte Körperhaltung.

»Margarete, servieren Sie uns bitte draußen Kaffee?«

»Sehr gern, Herr Doktor Haeuser.«

Herr Doktor Haeuser? Ich bin verwirrt. Der freundliche Mann, der uns empfangen hat, soll mein Therapeut sein? Er sieht gar nicht wie ein Therapeut aus.

Er schmunzelt und ich realisiere, dass ich ihn angestarrt habe. Ich werde rot.

»Es tut mir leid, Frau Renk. Ich hätte mich vorstellen sollen.« Er entschuldigt sich mit einem herzlichen Lachen. »Lassen Sie uns rausgehen. Das Wetter ist viel zu schön, als dass man in der Stube verweilen sollte.«

Er hält Dom und mir die Tür auf und wir schreiten nach draußen auf die ebenerdige Terrasse. Das gesamte Grundstück ist mit einer circa fünf Meter hohen Thuja-Smaragd-Hecke eingezäunt. Um die Terrasse reihen sich klein gewachsene Lebensbäume. Auf dem Großteil der Wiese, die das Grundstück umgibt, stehen Obstbäume. Kirschen, Äpfel, Pflaumen und Pfirsiche. Die Sonne versucht, sich einen Weg durch das Grün zu bahnen. Der seichte Wind ist zwischendurch gnädig mit ihr und erlaubt vereinzelten Lichtbrechungen den Durchgang. Die Vögel zwitschern um die Wette und die Luft ist herrlich.

Zwischen den Bäumen sehe ich etwas weiter hinten eine Sitzbank. Sie ist zu einem Gartenteich hin ausgerichtet. Jetzt, da ich den Teich sehe, vernehme ich ein leises angenehmes Plätschern. Über der Wasseroberfläche fliegen viele kleine Insekten. Eine Seerose entfaltet weiße, ins Rosa verlaufende Blütenblätter und um den Teich herum wachsen verschiedene Pflanzen. Hier ist ein tolles Buffet für Hummeln, Bienen, Schmetterlingen und Libellen eröffnet worden.

Was für eine entspannte Atmosphäre! Herr Haeuser verweist auf die Sitzecke auf der Terrasse und wir nehmen Platz.

Margarete lässt nicht lange mit dem Kaffee auf sich warten. Sie stellt die Tassen vor uns auf dem Tisch ab. In der Mitte platziert sie einen Teller mit Gebäck und stellt Milch und Zucker dazu. Doktor Haeuser bedankt sich und sagt Margarete, dass wir alles haben, was wir brauchen. Sie lächelt wieder so herzlich wie zuvor im Haus und verlässt unsere Runde. Wir nehmen uns unsere Kaffeetassen.

»Verzeihen Sie mir bitte noch mal, dass ich für Verwirrung gesorgt habe, Frau Renk.«

Wieder werde ich rot und senke meinen Blick. Seine Stimme ist angenehm und freundlich. Ein scheues Lächeln huscht über meine Lippen. »Mir tut es auch leid«, sage ich verlegen. »Ich war, glaube ich, ein wenig zu sehr von dem Ambiente abgelenkt.«

Jetzt lacht Herr Haeuser aus tiefstem Herzen. »Oh, meine Liebe, da kann ich Sie beruhigen. Das passiert nicht nur Ihnen. Jeder, der zum ersten Mal zu mir kommt, reagiert so.« Dabei schaut er kurz zu Dom. »Mir ist es bei der ersten Besichtigung ebenso ergangen. Deshalb habe ich es gekauft. Und immer wieder bin ich Zeuge einer hervorragenden Wahl.«

Ich trinke einen Schluck von dem Edelgesöff und halte die Kaffeetasse fest. »Wer rechnet schon damit, dass bei diesem Anwesen der Hausherr persönlich die Tür öffnet?«

»Ja, da gebe ich Ihnen recht.« Der Doktor nippt an seinem Kaffee.

Immer wieder wandert mein Blick über den Garten. Es ist so schön und friedlich hier. Alles fühlt sich entspannt an und ich fühle mich wohl. Ich weiß nicht, was ich erwartet habe, aber es war absolut nicht das hier.

»Nun, dann möchte ich sie gerne in meine Vorgehensweise einweihen«, sagt der liebenswerte Mann. »Die ersten Treffen mache ich sehr gerne bei mir zu Hause.« Dom und ich hören ihm gespannt zu. »Denn, wie ich es immer wieder erlebe, und Sie Frau Renk, sind gerade ein sehr schönes Beispiel …«

Er schaut mich an und ich werde wieder rot. Es ist für mich ungewohnt, im Mittelpunkt zu stehen, wie in diesem Moment.

» … ist es von Vorteil, wenn man sich in einer entspannten Umgebung kennenlernt. Später, irgendwann mal, können wir immer noch mein Büro aufsuchen.«

Seine Nachricht kommt sofort an: Er nimmt seinen Klienten die Angst. Hier ist es so friedlich und herrlich, und in dieser Umgebung kann man sich wesentlich besser entfalten. Ich erlebe es gerade am eigenen Leib.

Wenn ich mir überlege, wie verkrampft mein Bauch zum Teil auf dem Hinweg war … Davon ist nichts mehr zu spüren. Mich würde interessieren, was du von diesem Anwesen halten würdest, könntest du es sehen!

»Wenn es Ihnen recht ist«, er weist auf Dom, »können Sie jederzeit mitkommen, wenn Frau Renk es möchte. Wenn Klienten mich aufsuchen, stecken sie in unterschiedlichen Phasen der Trauer. Und mir ist es wichtig, dass Sie sich sicher fühlen. Allerdings wird es auch die ein oder andere Sitzung geben, bei der es mir lieber ist, wenn Sie, Herr Berghoff, draußen warten. Aber das hat noch Zeit.«

Ich höre dem Mann, der mir gegenübersitzt und immer wieder an seinem Kaffee nippt, gespannt zu. Er zieht mich so in seinen Bann, dass mir die Vorstellung einer Therapie gar nicht mehr befremdlich vorkommt wie zu Beginn. Und das, obwohl wir erst ein paar Minuten hier sind.

Meine erste Stunde vergeht wie im Fluge. Ich habe während der Sitzung ein gutes Gefühl und vereinbare einen neuen Termin.

Seit dem ersten Treffen bei Doktor Haeuser sind inzwischen drei Wochen vergangen. Ich hatte das Glück, dass er mir bereits drei weitere Sitzungen anbieten konnte. Der Klient, dessen Termin ich zu Beginn erhalten hatte, hatte sich eine schwere Grippe zugezogen, weshalb ich seine Termine erhalten konnte und durfte.

Es war die richtige Entscheidung, sich professionelle Hilfe zu holen. Es tut mir gut. Bis zum ersten Treffen habe ich mir nie eingestanden, wie sehr der Verlust mir zu schaffen gemacht hat. Doktor Haeuser ist ein klasse Therapeut. Ich habe zwar keinen Vergleich, aber ich weiß, dass es mir seit dem ersten Treffen besser geht. Wie ich mich fühle und wie ich vieles aktuell sehe. Deshalb bin ich Dom dankbar, dass er mich dorthin mitgenommen hat.

Du willst wissen, wie es weitergeht mit der Therapie? Okay, ich erzähl es dir!

Auf dem Rückweg nach meinem ersten Termin fragte ich Dom, woher er den Doktor kenne. Dom schmunzelte und erklärte mir, dass er für den Sohn des Doktors mal einen Chopper gebaut habe. Und so gut wie an diese außergewöhnliche Geschichte erinnere ich mich auch an meinen zweiten Termin, direkt am Tag darauf.

Ich kann mich gut daran erinnern, wie komisch es sich anfühlte, alleine bei diesem Termin zu sein. Dom hatte eine Besprechung wegen der aktuellen Bikes. Ich hatte an dem Freitag einen Urlaubstag und versicherte Dom, dass ich es alleine schaffen würde. Als ich anklingelte, war ich mir jedoch nicht mehr sicher, ob es eine gute Idee war. Diese Unsicherheit ging mir durch Mark und Bein, weshalb ich am liebsten wieder gegangen wäre. Keine vierundzwanzig Stunden lagen zwischen diesen beiden Terminen, und doch fühlte es sich anders an. Aber ich hatte schon geklingelt und noch während ich innerlich mit mir rang, ob ich wieder gehen sollte, öffnete mir der Doktor mit so einer herzerwärmenden Freundlichkeit die Tür, dass ich alle Sorgen über Bord warf.

Obwohl er mir auf so eine fantastische Art entgegenkam, fehlte mir Doms innerer Beistand. Seine Anwesenheit am Tag zuvor hatte mich mutiger an das Ganze herantreten lassen.

»Treten Sie doch erst mal ein, Frau Renk.« Dabei machte Doktor Haeuser einen Schritt zur Seite.

Ich betrachtete erneut diese wunderbare Empfangshalle und ließ mich verzaubern. Meine Aufmerksamkeit galt den Malereien an der Wand zur linken Seite. Doktor Haeuser schloss hinter mir die Eingangstür.

»Alle Gemälde, die Sie hier sehen, hat meine Großmutter gemalt.« Ich zuckte zusammen, da ich nicht mitbekommen hatte, dass er an mich herangetreten war. »Sie haben gestern schon so fasziniert auf die Malereien geschaut.«

Er entschuldigte sich sanft dafür, dass er mich bei meiner Faszination ertappt hatte. Seine Güte entlockte mir ein verlegenes Grinsen.

»Die sind alle so schön. Das da mag ich am liebsten.« Ich zeigte auf das Gemälde mit einer Waldlandschaft am See. Im Hintergrund streckten sich mehrere Berge einem blauen Himmel mit ein paar Quellwolken entgegen. Die Sonne erkämpfte sich den Weg durch eine Wolke und ließ ihren gesplitteten Sonnenstrahl auf die Landschaft fallen.

Der dicht bewachsene Wald säumte das gesamte Ufer und spiegelte sich zum Teil im Gewässer wider. Ein Steg führte zum See und schien in ihm zu schwimmen. Am Ufer, wo der Holzsteg begann, zierten verschieden Blumen den linken und rechten Bereich.

»Dieser Ort strahlt so viel Frieden aus«, flüsterte ich aus Angst, ich könnte die Vögel verjagen, die am Himmelszelt ihre Kreise zogen.

Herr Häuser lächelte mich liebenswert an und ließ mich diesen Moment genießen. Erst, als ich Anstalten machte, mich zu bewegen, deutete er mit einer Hand auf die Schiebetür. »Kaffee im Freien?«

»O ja, sehr gerne.«

Der Tag war genauso herrlich, um draußen zu sitzen, wie der davor. Die Vögel präsentierten ihre schönsten Gesangseinlagen und die Sonnenstrahlen bahnten sich immer wieder vereinzelt einen Weg durch das dichte Grün. Wir ließen die Natur auf uns wirken, bis Margarete den Kaffee gebracht hatte und wieder gegangen war.

»Darf ich ehrlich sein?«, fragte ich beim Umrühren. Ich hatte mir meinen Kaffee mit etwas Milch verfeinert und hielt ihn in meiner Hand, während ich es mir im Stuhl bequem machte. Mein Blick folgte dem kreisenden Löffel in meiner Tasse und ich war mir auf einmal doch wieder unsicher, ob es richtig war, herzukommen.

»Ich würde es sehr begrüßen.«

Ich rührte meinen Kaffee länger als nötig um und stellte mein Getränk auf meinen Oberschenkeln ab. Weil ich nicht wusste, wohin mit meinen Händen, hielt ich die Untertasse weiterhin fest. Ich betete, dass ich nicht so aufgewühlt aussah, wie ich mich fühlte.

»Ich weiß nicht, was ich jetzt tun soll.«

»In welchem Zusammenhang?«

»Hier. Heute. Wir sitzen hier jetzt zusammen. Und jetzt? Ich meine, wie wird es weitergehen?«

Mein Gegenüber nahm einen Schluck von seinem Kaffee und schaute mich so liebenswert an, dass ich mich dumm fühlte. »Nun, hier passiert nichts, was Sie nicht wollen.« Ich schaute ihn aufmerksam an und ließ seine Worte wirken. »Egal, was es ist, Sie können über alles reden, worüber Sie reden möchten.« Als ich diesen Satz höre, bilden sich kleine Falten auf meiner Stirn. »Ich verfolge keinen festen Leitfaden. Mir ist es immer sehr wichtig, dass meine Klienten wissen, dass es keinen Zwang gibt. Alles, worüber wir hier sprechen, ist zu einhundert Prozent vertraulich. Dazu verpflichtet mich meine ärztliche Schweigepflicht. Lediglich, wenn Sie, Frau Renk, der Meinung sind, dass es Ihnen guttut, wenn Herr Berghoff dabei ist, wird er erfahren, was wir besprechen.«

Ich war verwirrt, was er mir wohl ansah. »Aber ich bin hier …«, setzte ich an, konnte aber nicht weitersprechen.

Herr Haeuser kam mir zur Hilfe. »Sie sind hier, weil Sie das für sich so entschieden haben.«

Wieder dieser sanfte Gesichtsausdruck und dieses freundliche Lächeln. Dennoch war da ein beklemmendes Gefühl in mir. Röte stieg meine Wangen empor. Ich spürte die aufsteigende Wärme und mit ihr meine Tränen, die sich einen Weg an die Oberfläche bahnten. Ich versuchte, sie hinunterzuschlucken.

»Nicht unterdrücken«, tadelte er mich sanft. Erschrocken schaute ich hoch. Meine Gedanken hatten mich dermaßen gefangen genommen, dass ich aus Macht der Gewohnheit versucht hatte, den Kloß zu verdrängen. »Lassen Sie ihren Tränen freien Lauf. Erlauben Sie es sich selbst, die Trauer zuzulassen.«

»Aber es tut so weh,« konterte ich, ohne zu zögern.

»Ja, ich weiß.« Er schaute mich mitfühlend an. »Bedenken Sie aber bitte, dass ihre Trauer jedes Mal, wenn Sie sie unterdrücken, bei der kommenden Trauerwelle doppelt so intensiv zurückkommen wird.«

Ich war verwirrt. Ja, ich wusste, dass er Therapeut war, aber er war quasi ein Fremder für mich. Und dennoch musste ich ihm nicht alles erklären. Er verstand mich auch mit wenigen Worten.

Wenn ich es nicht besser gewusst hätte, hätte ich gesagt, dass er mir aus der Seele sprach. Direkt aus meinem Innersten. Dabei hatte ich ihm nicht viel erzählt. Es war beruhigend und erschreckend zugleich.

Diese Stunde verflog genauso schnell wie am Vortag. Nach der Sitzung vereinbarten wir weitere Termine über die Ersatztermine hinaus. Auf dem Weg nach Hause ließ ich mir das Gespräch erneut durch den Kopf gehen.

»Stellen Sie sich dem Schmerz«, hatte Doktor Haeuser geraten. »Dadurch können Sie ihn besser kontrollieren und er kontrolliert nicht Sie. Und wie gesagt, Sie müssen sich dem Ganzen stellen. Sie sind nicht schuld an diesem Unfall. Und, was Sie sich zu Herzen nehmen sollten: Sehen Sie es als Geschenk, dass Sie am Leben sind. Ich weiß, dass momentan viele Gefühle in Ihnen herrschen: Schmerz, Wut, Trauer, Verlust, Schuldgefühle. Sie kommen immer wieder an die Oberfläche.«

Obwohl ich alleine im Auto war, machten mich diese Gedanken verlegen. Das, was ich vor anderen geheim halten wollte und weshalb ich vor anderen stark sein wollte, hatte der Doktor innerhalb weniger Minuten durchschaut und liebevoll widerlegt.

»Egal, wie stark diese Emotionen Sie in Beschlag nehmen, sie sind wichtig für ihre aktuelle Phase der Trauer. Sie sind noch nicht am Ziel. Aber Sie bewegen sich in die richtige Richtung.«

Ich war doch kein Freak, wie ich immer gedacht hatte. Das ließ mich munterer werden und ich freute mich, nach Hause zu kommen, um Dom davon zu berichten.

Kapitel 12

D & L

»Wann kommt sie denn zurück?« Kiki ist etwas enttäuscht, weil sie André so bedrängt hat, sie zu meiner Wohnung mitzunehmen. Und jetzt ist Lu nicht zu Hause.

»Ihr Termin endet in circa zwanzig Minuten und dann muss sie noch durch die Stadt zurückfahren«, erkläre ich behutsam.

Kiki zieht einen Schmollmund. Dann erhellt sich aber ihre Miene. »Darf ich mir für die Wartezeit einen Kaffee machen?«

Ich lache. »Na klar. Fühl dich wie zuhause. Aber nur«, ich lege eine Künstlerpause ein und betrachte ihr fragendes Gesicht, »wenn du uns auch einen machst!« André und ich stehen Schulter an Schulter nebeneinander und halten unsere Hände bettelnd vor unserer Brust zusammengedrückt.

»Wie könnte ich euch zwei Burschen etwas abschlagen?« Mit einem breiten Grinsen im Gesicht macht sie einen kleinen Knicks. »Es wäre mir eine Ehre!« Und somit verschwindet Kiki in die offene Großraumküche.

»Hast du schon mit ihr gesprochen?« Da ist es wieder. Das Thema, das André bei jeder Möglichkeit anspricht.

Und weil es mich so langsam nervt, dass er mich damit nicht in Ruhe lässt, schaue ich ihn mit gespielter Begeisterung an. »Wie lange willst du es denn noch vor dir herschieben? Glaubst du nicht, dass Lu es verdient hat, die Wahrheit zu erfahren?«

»Natürlich hat sie das«, antworte ich bestimmt und mit erhobener Stimme.

Kiki schaut zu uns. »André! Lass es sein!«

»Nein! Wie stellt sich Dominik das alles eigentlich vor?« André ist sauer auf mich, denn er erwähnt meinen vollen Namen. Dabei fuchtelt er mit seiner Hand in der Luft umher und hört nicht damit auf. »Du weißt, dass wir auf der Zielgeraden sind. Wir brauchen nur noch ein paar Tage, dann ist das zweite Bike fertig. Danach braucht Telling circa vierzehn Tage, um alles mit seinem Partner zu besprechen. Und dann erhalten wir ein Ergebnis.« André atmet schwer, weil er sich in Rage geredet hat.

»Sie hat momentan mit anderen Dingen zu kämpfen. Da kann ich ihr nicht noch mehr auferlegen!«

»Du hast es drauf angelegt und nun steckt dein Arsch so tief in der Scheiße, dass du dich nicht mehr bewegen kannst.«

»Meinst Du etwa, dass ich nicht selbst weiß, in welcher blöden Situation ich da gerade bin?« Ich will André beruhigen.

»Du musstest sie ja unbedingt flachlegen!«

»Hey!« André und ich verstummen und schauen zur Küche. Kiki steht mit den Fäusten in ihre Hüfte gestemmt leicht breitbeinig da und wirft uns einen üblen Blick zu. »Geht's noch?« Wir sagen kein Wort, denn wenn Kiki wütend ist, hat sie immer, ohne Ausnahme, die Oberhand. »Hinsetzen! Alle beide!« Sie verweist uns auf die Barhocker und drückt uns die Kaffeetassen in die jeweilige Hand. »Was soll der Blödsinn? Kann mir das bitte einer von euch erklären?«

André und ich fangen synchron an, zu reden. Kikis Gesicht verrät, dass sie kein einziges Wort versteht.

»Stopp!« Sie unterbricht uns und hält uns ihre linke Hand, wie ein Stoppschild, entgegen. Dadurch verstummen wir wieder. Sie schweigt und rührt ihren Kaffee um, dann schaut sie André und mich abwechselnd an.

»Ich meine –«, setze ich an, aber sie unterbricht mich erneut.

»Ich sagte, stopp!«

Ihr böser Blick gilt mir und André gleichermaßen. Sie bestraft André genauso wie mich, allein mit diesem Blick.

»Jetzt rede ich. Und ihr antwortet nur, wenn ich es sage. Verstanden?«

Wir nicken beide synchron. Kiki zieht ihre Pause absichtlich in die Länge. Das ist die größte Qual, die sie mir auferlegen kann: nichts sagen zu dürfen. Damit beweist sie nicht nur André, sondern auch mir ihre Genialität und Stärke. Mich müsste sie zwar nicht überzeugen, aber beeindruckt bin ich trotzdem.

Sie nimmt ein, zwei Schlucke von ihrem Kaffee, stellt die Tasse auf dem Tresen vor sich ab und lehnt sich leicht nach vorn. Sie schaut mir kurz direkt in die Augen.

»Liebt du sie?«

So eine simple Frage. Trotzdem überrumpelt sie mich damit. Denn so, wie Kiki mich fragt, klingt es vorwurfsvoll. Aber bei dem Gedanken an Lu wird mein Herz warm. Ich denke an unsere gemeinsame Zeit, die wir bis jetzt hatten. Es ist alles so schnell passiert, aber trotzdem fühlt es sich korrekt und gut an.

»Mehr als irgendwen jemals zuvor.« Durch das Verhör fühle ich mich schuldig, weil ich Lu noch nichts von dem Deal erzählt habe. Und sie hätte es allein der Fairness halber verdient.

»Wie geht es ihr momentan?«

Lu hat die beiden bei unserem letzten Doppeldate-Grillabend in ihre Vorgeschichte eingeweiht. Lu hat die neue Herausforderung angenommen und ist bereit dazu, sich heilen zu lassen.

»Sie hatte heute erst ihre vierte Sitzung. Es scheint ihr gutzutun. Wir müssen abwarten, was die Zukunft mit sich bringt. Die Entscheidung, zu Doktor Haeuser zu gehen, war auf jeden Fall richtig.«

»Willst du den Deal?«

Unvorbereitet bombardiert Kiki mich mit einer komplett anderen Frage. Schlagartig zieht sich meine Brust zusammen. Ich kann kaum atmen. Der Deal ist mein Herzenswunsch, der zum Greifen nah ist. Was haben wir dafür geschuftet und uns ins Zeug gelegt! Es wäre nicht auszumalen, was passieren würde, sollte es doch keinen Deal geben.

Ich wende meinen Blick ab, schäme mich fast bei meiner Antwort und bekomme kleinlaut ein Ja zustande.

Kiki nickt mir zu und signalisiert mir, dass sie mich verstanden hat. »Hast du eine Ahnung, wie sie reagieren könnte, wenn du ihr davon erzählen würdest?« Ich muss leider mit dem Kopf schütteln. »Dachte ich es mir doch.« Enttäuscht, als hätte sie mit einer anderen Antwort gerechnet, nimmt Kiki ihre Kaffeetasse und gönnt sich wieder ein, zwei Schlucke. »Du hast ein ernst zu nehmendes Problem, Dom! Ich hoffe, dass dir das bewusst ist?«

Sie schaut mich an, mit leicht nach unten geneigtem Kopf. Wenn sie eine Brille tragen würde, würde sie jetzt über den Brillenrand hinwegschauen.

»Und wenn du jetzt nicht so langsam, aber dennoch sehr zügig, die Kurve bekommst und Farbe bekennst, wird es sehr böse enden. Und Lu wird es am meisten und stärksten treffen. Das ist dir doch klar, oder?«

Ein großes Schuldgefühl legt sich über mein Herz und ich merke, wie sich eine Welle der Angst in mir ausbreitet. Aber es nützt nichts. Kiki hat recht: Lu hat es verdient, von dem Deal zu erfahren. Ich muss mit ihr sprechen und sie einweihen.

Wo bin ich da nur hineingeraten? Ich befinde mich inmitten eines gigantischen Strudels, der mich langsam, aber sicher erstickt. Durch meine Liebe zu Lu habe ich sie mit in diese Sache hineingezogen, aus der wir beide nicht unversehrt herauskommen werden.

Als ich etwas sagen möchte, hören wir einen Schlüssel im Schloss. »Ihr sagt kein Wort. Versprecht es mir! Ich kümmere mich darum!« Ich rede schnell und sehe die beiden flehend an, damit Lu nichts mitbekommt. In dem Moment, als sie durch die Wohnungstür kommt, legen wir drei schlagartig ein freudiges Lächeln auf.

»Hallo, Schatz,« begrüße ich sie. »Schau mal, wer da ist.«

Lu erblickt Kiki und strahlt über das gesamte Gesicht. »Kiki!«

»Meine liebe Lu.«

Die Mädels umarmen sich zu Begrüßung. »André«, sagt Lu dann etwas lauter und drückt ihm einen Kuss auf die Wange. Es ist alles immer so schön familiär bei uns. Deshalb weiß ich, wie recht die beiden haben. Es tut mir jetzt schon weh, es Lu bald sagen zu müssen.

»Wie geht es euch? Schön, dass ihr da seid. Soll ich etwas zu essen machen?«

Mein Herz blüht immer und immer wieder auf, wenn ich sehe, wie Lu sich bei den Cliquen-Treffen um alles kümmert. So, als wäre sie schon immer dabei gewesen. Dabei sind erst ein paar Wochen vergangen, seit sich unsere Wege auf wunderbare Weise gekreuzt hatten.

»Ach nein, Liebes. Wir fahren gleich wieder. Wir waren zufällig in der Gegend und sind auf einen Kaffee reingekommen.«

Kiki versucht, sich liebenswürdig um die Einladung zu drücken. Den Wink, dass die beiden gehen, damit ich mit Lu reden soll, habe ich verstanden. Kikis Blick zu mir bestätigt meine Vermutung. Sie drängt mich, ohne eine Silbe zu sagen, dazu, meinen Worten Taten folgen zu lassen.

»Die beiden wussten nicht, dass du einen Termin hattest, Schatz. Wir können uns am Wochenende treffen. Was haltet ihr davon?«

Lu ist sofort begeistert. André muss viel Mühe aufbringen, um sich dieser Begeisterung anzuschließen, was Lu nicht entgeht.

»Ist etwas nicht in Ordnung?«, fragt sie.

André fühlt sich ertappt und fasst sich verlegen an den Hinterkopf, dabei lacht er schräg. Es ist nicht gespielt. »O nein, alles prima. Ich habe letzte Nacht schlecht geschlafen. Es tut mir leid, dass es falsch rüberkam.«

Jetzt schaut ihn Lu mitleidig an und wünscht den beiden eine angenehme Nachtruhe, als sie sich zum Gehen bereitmachen. Danach räumt sie die Tassen weg und packt sie in die Spülmaschine.

Ich trete hinter sie, wiege sie leicht zu imaginärer Musik. Meine Arme habe ich um sie gelegt und ich drücke Lu leicht an mich. Sie umfasst meine Arme und fügt sich meinem Takt, dann lässt sie sich gegen mich fallen und legt ihren Kopf an meine Brust. Das ist der perfekte Moment, um mit ihr zu reden. Aber sie kommt mir zuvor.

»Möchtest du mich nach Neuss begleiten?«

Mit dieser Frage überrascht sie mich und ich verharre in unserer Bewegung. Sofort ist mir ihr Ziel bewusst: Sie will an den Ort zurück, an dem das passiert ist, weshalb sie nach Münster gekommen ist.

»Bist du dir sicher?«, frage ich sie.

Sie dreht sich zu mir um. Ich schaue ihr tief in die Augen und sehe eine Reinheit darin, die mir bisher verborgen geblieben ist.

»Wenn du nicht möchtest, kann ich es verstehen. Es ist meine Vergangenheit. Ich kann auch alleine fahren.«

Ich verstehe: Sie will mich nicht unnötig belasten. Ich finde es rührend, dass sie Rücksicht auf mich nehmen möchte. Bestimmt möchte sie nicht, dass ich durch ihre Anwesenheit Nachteile habe. Sie denkt auch, dass sie damals eine Belastung für Pat war. Aber ich habe ihr versprochen an ihrer Seite zu sein – und das waren keine leeren Worte.

Ich wollte ihr zwar von dem Deal erzählen, aber die Fahrt nach Neuss ist wichtiger. Ich hoffe, Kiki vergibt mir. Ich werde es Lu sagen, versprochen! Wir sind in den letzten Zügen der Fertigstellung. Im Grunde läuft mir die Zeit davon. Es fühlt sich an wie bei einer Sanduhr, bei der die engste Stelle vergrößert wurde: Der Sand läuft immer schneller durch den Engpass.

»Ähm, ja, na klar will ich mit. Wenn du möchtest, begleite ich dich selbstverständlich«, stammele ich, weil ich die richtigen Worte finden möchte. »Aber bist du denn schon so weit?«

»Ich glaube, ja.« Sie schaut kurz auf unsere Hände, die ineinander verknotet sind. Pure Entschlossenheit sehe ich in ihren Augen, als sie mich wieder anschaut. »Ich muss das tun.«

Doch da ist wieder viel, das sie mir nicht sagt. Ich sehe es ihr an, als wäre es auf ihrer Stirn geschrieben. Ich verstehe nicht, was sie mir verschweigt, aber es ist da. Ich werde für Lu da sein, wenn sie mich braucht.

Sie erwidert meinen Blick mit so viel Liebe, dass es mir mal wieder den Atem raubt. Ich lege eine Hand auf ihr Gesicht. Sie schließt bei der Berührung ihre Augen und genießt meine Wärme. Ich drücke ihr einen Kuss auf ihre sorgenvolle Stirn und flüstere in ihr Haar: »Ich werde dich überall hinbegleiten, wo auch immer du mich haben möchtest.«

Damit ziehe ich sie in meinen Arm und lege mein Kinn auf ihren Kopf. Ich möchte nicht, dass sie mein schmerzverzerrtes Gesicht sieht. Meine komplette Brust zieht sich zusammen und wenn ich es nicht besser wüsste, würde ich behaupten, dass mir die Luft zum Atmen geraubt wird. Mein Herz schmerzt. Ich ziehe Lu näher an mich heran und versuche, einen Urschrei zu unterdrücken.

Warum läuft jetzt, wenn endlich alles gut sein könnte, alles so aus dem Ruder? Es läuft nichts nach Plan. Ich habe oft versucht, Lu von dem Deal zu erzählen. Aber immer kam mir etwas dazwischen. Es ist wie verhext. Klar, ich könnte mich jetzt aus unserer Umarmung lösen und ihr sagen: »Ach, im Übrigen, da gibt es diesen Deal. Der wird dir nicht gefallen, aber er ist da. Ich wollte ihn dir nicht vorenthalten. Denn ich will ihn. Ach ja, dich will ich auch. Und bevor du dich entscheiden musst, gebe ich dir Zeit und fahre mit dir nach Neuss. Wann geht's los?« Das macht man nicht. Das gehört sich nicht.

Lu hat momentan eigene Probleme. Ja, ich weiß, ihr den Deal vorzuenthalten, ist nicht die feine englische Art. Bitte verstehe mich jetzt nicht falsch. Der Deal geht mittlerweile uns beide etwas an. Aber ich bringe es nicht übers Herz, ihr eine weitere große Bürde aufzulasten. Denn ich glaube nicht, dass sie es gut aufnehmen würde. Sie würde alles infrage stellen, was bis jetzt zwischen uns passiert ist. Deshalb kann ich ihr unmöglich davon erzählen, obwohl ich es so dringend tun müsste.

Sie hat zwar die Wahrheit verdient, aber sie ist auf einem guten Weg, mit ihrer Vergangenheit abzuschließen. Der Verlust ihrer Familie belastet sie mehr, als sie zu-

geben möchte. Der Unfall hat ihr viele Probleme beschert. Sie konnte schlecht schlafen, sie hatte ihre Emotionen nicht unter Kontrolle. Lu fühlt sich schuldig und einsam, was sie niemals zugeben würde. Und ich weiß, dass es ihr besser geht, seit sie bei mir ist. Sie ist nicht komplett geheilt, aber jetzt kann ich sie noch nicht wieder alleine in die große Welt schicken. Sie vertraut mir. Und dieses Vertrauen bin ich noch nicht bereit, wieder herzugeben.

L&D

Das Radio spielt 95,4 Antenne Münster und wir sind auf dem Weg nach Neuss.

Zuhause habe ich noch eine enorme Portion Euphorie in mir gespürt, die jetzt verschwunden ist. Bin ich schon bereit dafür? Sollen wir nicht lieber umdrehen und wieder nach Hause fahren? Aber irgendwann werde ich es machen müssen. Der Unfall ist jetzt fast ein Jahr her. Ich habe sämtliche Phasen der Trauer durchlebt, weil ich meine Familie verloren habe. Es ist nie leicht, jemanden zu verlieren. Wenn man Zeit bekommt, sich drauf vorzubereiten, wie bei einer Krankheit, dann ist der Schmerz groß, aber kommt in Maßen. Unverhofft und so plötzlich ist es schlimmer. Vor allem, wenn man seine Familie so liebt, wie ich es getan habe und tue.

Mein kleiner Bruder, die Nervensäge Leo, war immer für mich da, wenn ich ihn brauchte, und umgekehrt. Uns trennten vier Jahre, aber das war für uns nie von großer Bedeutung. Wir haben trotzdem so viel zusammen erlebt, dass ich jetzt, bei dem bloßen Gedanken daran, lächele. Ich muss daran denken, wie er Mama beim Backen und Kochen immer zur Weißglut getrieben hat. Er hat, wenn sie zugange war, die Küche verwüstet, nur um ein paar Leckereien für uns beide zu stibitzen.

Ein Mal hinterließ er so ein Chaos, dass es mich wunderte, dass sie keine Töpfe nach ihm warf, nur um ihn aus der

Küche zu befördern. Sie fluchte jedes Mal und drohte mit Strafen, die sie nie umsetzte. Das war der Grund, weshalb Leo sich nie für ihr Toben interessierte. Aber wie Mütter nun mal sind, kennen sie einen besser, als wir Kinder es glauben. Sie machte immer mehr zu essen, weil sie wusste, dass Leo für uns beide auf Beutezug gehen würde.

Dom drückt meine Hand und ich zucke erschrocken zusammen. »Alles gut?«, fragt er mit einem liebenswerten Lächeln. Ich habe mal wieder nicht mitbekommen, dass ich vollkommen in Gedanken versunken gewesen bin.

Ich schaue auf das Navigationsdisplay. Noch ungefähr dreißig Kilometer, wir sind fast am Ziel. Die nächste Ausfahrt ist unsere.

Es ist ein komisches Gefühl, wieder hier zu sein. Nach all der Zeit. Und doch sehe ich die Bilder klar und deutlich vor mir. Und das Szenario von dem schlimmsten Tag in meinem Leben.

Ich saß an meinem Schreibtisch, bei meinem alten Arbeitgeber, und bearbeitete eine Fallstudie. Ich war immer noch sauer auf meinen Chef. Diese Arbeit hätte Lisa aus dem Nebenbüro genauso gut machen können. Und dafür wurde mein Urlaub gestrichen? Ich fühlte mich schikaniert. Eine mir unbekannte Nummer erschien auf meinem Smartphone-Display. Zögernd nahm ich den Anruf entgegen.

»Hallo?« Ich melde mich nie mit meinem Namen am Telefon, wenn mir die Nummer fremd ist.

»Entschuldigen Sie bitte die Störung.« Ein netter männlicher Anrufer. »Mein Name ist Polizeioberkommissar Walter. Spreche ich mit Frau Luana Renk?«

Das Blut in meinen Adern gefror und ich konnte nur stammeln. »Ähm. Ja. Das bin ich. Was ist … Ist was passiert?«

»Frau Renk, könnten Sie bitte zur Polizeidienststelle kommen? Ich möchte nicht am Telefon mit Ihnen darüber sprechen.«

Er beantwortete meine Frage nicht direkt. Seine Stimme war sanft und freundlich. Dennoch vernahm ich einen Unterton, den ich zu diesem Zeitpunkt nicht deuten konnte.

Ich fuhr zur Dienststelle und wurde schon erwartet. Man führte mich in ein kleines, separates Büro und bot mir Kaffee und Kekse an. Oberkommissar Walter kam kurz nach mir in das Büro.

»Guten Tag, Frau Renk. Ich hoffe, dass Sie nicht lange warten mussten?«

Er kam mir mit ausgestreckter Hand entgegen. Ich ergriff sie etwas schlaff, weil sich in meinem Kopf sämtliche Szenarien ausbreiteten und mir bis jetzt niemand sagen wollte, weshalb ich hier war.

»Bitte, setzen Sie sich doch.« Sein Ton war genauso sanft wie *am Telefon.*

Wir setzten uns an den Tisch. Er schaute in die Akte, die er mit sich führte, aber er wusste, worüber er sprechen wollte. Mit dem Blick in die Akte wollte er nur Zeit schinden.

»Was ist passiert?«

Langsam wurde ich nervös, sein Schweigen machte es nicht besser. Seine Stimme war weiterhin weich und in seinen Augen lag etwas, das mich zum Weinen brachte.

»Frau Renk«, sagte er und schloss die Akte vor sich, legte seine Hand darauf ab und strich über das Papier.

»Ich weiß, dass es niemals die richtigen Worte für das *gibt, was ich Ihnen jetzt sagen muss.«*

Meine Tränen liefen. Kaum merklich schüttelte ich den Kopf und formte lautlos immer wieder das Wort »nein«.

»Ich möchte Ihnen mein tiefstes Mitgefühl aussprechen.«

Über mich brach eine Welle her *ein. Schlagartig zog sich meine Lunge zusammen und ich glaubte, zu ersticken. Ein tiefes Loch breitete sich dort aus, wo mein Herz war, als hätte man es mir herausgerissen. Ich verlor meine Orientierung und wusste nicht mehr, wo oben und unten war. Diese Welle nahm von mir Besitz und fühlte sich heiß und unerträglich wie die Hölle an. Sie sollte der Anfang dessen sein, was mir für einen längeren Zeitraum immer und immer wieder widerfahren sollte.*

Nichts davon, was der Oberkommissar danach zu mir sagte, drang zu mir durch. Ich sah ihn durch den Schleier meiner Tränen immer wieder an, aber ich konnte nichts erkennen. Entsetzen, Verzweiflung, Angst, Trauer und vieles mehr fühlte ich gleichzeitig. Meine Schutzfunktion war ein Vakuum, das ich um mich legte, damit keine weiteren schrecklichen Nachrichten zu mir durchdringen konnten. Zu groß war die Last dieser ersten Hiobsbotschaft. Mir blieb immer mehr die Luft weg. Schnappatmung war das Ergebnis.

»Wenn Sie Hilfe benötigen, egal welcher Natur, Frau Renk, dann sagen Sie mir bitte Bescheid. Ich kümmere mich dann darum.«

Der Raum und alles um mich herum wurde auf einmal zu eng für mich. Meine eigene Haut fühlte sich eng an. Mir wurde schwindelig.

»Frau Renk? Tief einatmen. Hier, trinken Sie einen Schluck Wasser. Bitte!«

Das Glas konnte ich kaum anheben, so stark zitterte meine Hand und so wenig Kraft hatte ich. Nachdem ich einen Schluck getrunken hatte, stütze ich meine Arme auf dem Tisch ab, um meinen Kopf in meinen Händen zu vergraben. Ich war plötzlich kraftlos und konnte keine weitere Träne weinen.

»Ein Kollege wird Sie jetzt nach Hause bringen. Hier ist eine Karte von einem sehr guten Psychologen, der sich mit der Betreuung von Trauernden auskennt. Er erwartet Ihren Anruf.«

Diesen Anruf tätigte ich nie. Ich verbarrikadierte mich drei Tage lang in meiner Wohnung. Am vierten Tag rief ich Pat an. Sie zögerte keine Sekunde und versprach sofort, mir zu helfen. Sie kam noch am selben Tag zu mir nach Neuss und erledigte alles Formelle für mich, was ich vernachlässigt hatte und was ich benötigen würde, um nach Münster zu ziehen. Sie hatte sich extra für mich frei genommen, um für mich da sein zu können. Und jedes Mal, wenn ich mich entschuldigte, nahm sie mich in den Arm.

»Du kannst für mich niemals eine Unannehmlichkeit sein«, flüsterte sie dann in mein Ohr. Ich bin niemand, der direkt um Hilfe bittet. Deshalb war es für immer sehr beruhigend, wenn Pat mich verstand und *die passenden Worte parat hatte. Sie wusste schon immer, wie sie mich zu besänftigen hat.*

Dom bringt das Fahrzeug auf dem Friedhofsparkplatz zum Stehen und ich werde aus meinen Erinnerungen gerissen. Ich sitze wie angewurzelt da und kann mich nicht mehr bewegen. Zweifel steigen in mir auf. *Ob ich wohl zu früh zurückgekommen bin?* In mir bahnt sich eine Panikattacke an.

Was, wenn ich am Grab zusammenbreche? Was, wenn ich das Grab nicht auf Anhieb finde? Ich habe keine Blumen dabei. Bringt man nicht immer Blumen mit zu einem Friedhofsbesuch?

Dom dreht die Zündung aus, lässt den Schlüssel stecken und wartet geduldig ab. Seine Augen ruhen auf meinem Gesicht. Er gibt mir mal wieder den Freiraum, den ich brauche.

Diesen Friedhof habe ich fast ein Jahr lang nicht mehr betreten. Ich wende mein Gesicht von Dom ab und schaue mir die Gegend an. Wie kann ein so trauriger Ort so friedlich sein? Um ehrlich zu sein, war ich nur ein Mal auf diesem Friedhof. Und das war an dem Tag der Beisetzung.

Ich war damals meinen Eltern dankbar, dass sie im Vorfeld alles bei einem Bestattungshaus hinterlegt hatten. Sie hatten sich recht früh darum gekümmert. Wie sie beerdigt werden wollten, ob es eine Anzeige in der Zeitung geben sollte, welche Urne ihnen gefiel, die Art der Bestattung und vieles mehr. Ich hätte nicht die Kraft gehabt, um mich darum zu kümmern. Geschweige denn, die Entscheidungen zu treffen. So verlief alles schnell und reibungslos. Eine Woche nach der Beisetzung ging ich mit Pat nach Münster und war seitdem nicht mehr hier.

Ich umschließe Doms Hand. Er ergreift die Meinige und hält sie fest. Dann führt er meinen Handrücken zu seinem Mund und legt behutsam die Lippen auf meine kalte Haut.

Langsam löse ich meinen Blick vom Friedhofsgelände, drehe langsam meinem Kopf in seine Richtung und blicke in seine blauen Augen. Es kommt immer seltener vor, dass ich zuerst in das Linke sehe, wo der braune Fleck ist. Obwohl die Farbkombination eine besondere Tiefe mit sich bringt, kommt sie nicht annähernd an das Blau heran.

Eine Weile verharrt mein Blick auf seinen Augen. Dabei hält Dom meinen Handrücken an seinen Mund. Diese kleine und doch so gewaltige Geste lässt mir einen Schauer über den Rücken laufen. Ich frage mich immer wieder, wie er es schafft, so eine Kontrolle über mich zu bekommen.

In den vergangenen Tagen habe ich jedoch eine Veränderung bei ihm bemerkt. Ich weiß nicht, ob ich es mir nur einbilde, oder ob da wirklich etwas ist. Eine Mischung aus Entschlossenheit und Trauer erkenne ich immer wieder. Aus Mitgefühl zu mir, oder beunruhigt ihn etwas anderes? Ich bin mir nicht sicher.

Mehrmals habe ich Dom und André bei einem hitzigen Gespräch unterbrochen. Die Jungs haben sich vielsagende Blicke zugeworfen, aber keiner hat etwas gesagt.

Ich mache mir Sorgen. Ich bin ehrlich zu dir. Was ist, wenn ich Dom zu lästig bin und er sich von mir trennen will? Ich merke, dass er mir bei dieser Sache helfen möchte. Er will mich in Sicherheit wissen. Er möchte, dass es mir gut geht. Das weiß ich und sehe ich ihm an. Aber vielleicht bin ich doch nicht der Typ Frau, den er mag? Oder fühlt er sich mir gegenüber schuldig?

Genau wie jetzt. Da ist wieder dieser Gesichtsausdruck. Aber er schiebt das, was ihn bedrückt, beiseite und hält seinen klaren Blick weiter auf mich gerichtet. Ich atme ein Mal tief ein und schließe meine Augen. Wieder küsst Dom meinen Handrücken.

»Möchtest du aussteigen?« Es scheint mir, als hätte er Angst, mich zu erschrecken, weshalb er in meine Hand flüstert.

Er wird mich nicht verlassen, oder? Nicht, wenn er sich so rührend um mich kümmert. Wieso sollte er sich erst um mich kümmern und mich dann verlassen? Das ergibt doch alles keinen Sinn.

Ich nicke vorsichtig und schaue zu ihm auf. »Okay, dann warte kurz«, sagt Dominik, steigt aus und schließt seine Fahrertür hinter sich. Gekonnt gleitet er um das Auto herum, öffnet meine Tür und hält mir seine Hand entgegen. »Dann lass uns gehen.«

Ich ergreife sie und lasse mir vom ihm aus dem Auto helfen. Nachdem die Tür hinter mir zugefallen ist, verriegelt Dom das Auto. Er hakt meine Hand an seinem Arm ein und legt seine schützend über die Meinige. Zusammen gehen wir zu dem großen Eisentor des Friedhofs. Es ist oben abgerundet und besteht aus geschwungenen Ranken, die mit Blütenblättern und Blütenköpfen bestückt sind. Ich habe einmal in einem Buch über Tempelritter solch ein Rankenmeer gesehen. *Ob die Ritter aus vergangenen Tagen über diesen Friedhof wachen? Wer weiß das schon?* Das Tor an sich besteht aus zwei Flügeltüren, wobei die eine Hälfte aufgeschwungen ist und zum Hindurchschreiten einlädt.

Wir betreten das Gelände und ich schaue beim Gehen immer wieder nach rechts und links. Der Friedhof gleicht vielen anderen. Im ersten Drittel steht seitlich, leicht abseits, eine kleine Kapelle, wo die Gottesdienste zu den Beisetzungen stattfinden können. Gegenüber der Kapellentür befindet sich ein Bereich, der mit Rankenpflanzen überdacht ist. Hier finden weitere Trauergäste Platz, sollte die Kapelle nicht ausreichend Sitzplätze aufweisen.

Ich richte meinen Blick flüchtig gen Himmel. Heute ist es leicht bewölkt. Die Wolken ziehen über unsere Köpfe hinweg, zwischendurch bricht die Wolkendecke auf und ein blauer Schatten blitzt dahinter hervor. Wie ein Zeichen, dass alles gut werden wird. Im Radio haben sie für heute Regen angesagt.

Drücke uns die Daumen, dass es erst regnet, wenn wir wieder im Auto sitzen!

Dom und ich kommen dem hinteren Bereich näher. Mein Blick wandert ziellos über die Friedhofsanlage. Im Vorbeigehen lese ich flüchtig ein paar Inschriften der Grabsteine und errechne das Sterbealter der einzelnen Personen. Wenn man die Gräber miteinander vergleicht, erkennt man, wie sich die Gestaltung über die Jahre hinweg geändert hat. Ich weiß nicht, wie ich es erklären soll, aber man erkennt definitiv den Wandel. Die Gruften sind mit der Zeit kleiner geworden.

Wir gelangen zu den Urnengräbern. Früher gab es nur die großen Gruften, in denen Särge beigesetzt wurden. Die Hinterbliebenen kamen regelmäßig zu den Gräbern, hegten und pflegten sie. Verwelktes wurde weggezupft, neue Blumen wurden gepflanzt, im Herbst wurde das Laub entfernt. Aber man bemerkt den Wandel an den Urnengräbern. Es wird sich nicht mehr so gekümmert, aus vielen Gründen. Die jüngere Generation geht nicht so oft zum Friedhof. Früher waren die Gräber und deren Gestaltung eine Möglichkeit, um zu trauern. Sich mit den Verstorbenen zu unterhalten. Sich Erinnerungen in die Gedanken zu rufen, die einen in schöne Zeiten zurückversetzten. Eine Möglichkeit, dem Verstorbenen nahe zu sein. Aber in dieser modernen Welt, in der sich der Tagesablauf und alles drumherum geändert hat, in der es mehr technische Möglichkeiten durch Fotos und Videos gibt, suchen immer mehr Leute die Verbindung zu den geliebten Menschen von zu Hause aus. Die Menschheit trauert anders als früher. So kommt es mir zumindest vor.

Wir passieren die Wiese für die teilanonyme Beisetzung. Schiefertafeln, die nur mit dem Namen des Verstorbenen sowie dem Geburts- und Sterbejahr versehen sind, reihen sich aneinander. Ich versuche, zu überschlagen, wie viele Schiefertafeln hier liegen, aber im Vorbeigehen ist das eine echte Herausforderung. Bei sechsunddreißig höre ich auf, zu zählen. Je weiter wir auf dem Gelände in den hinteren Teil vordringen, umso mehr Unruhe macht sich in mir breit.

Dom drückt behutsam meine Hand, weshalb ich zusammenzucke. »Alles in Ordnung?« Besorgt schaut er zu mir herunter.

Ich blicke verstohlen zu ihm. Ich weiß nicht, warum, aber auf einmal werden meine Schritte langsamer, bis wir letzten Endes stehen bleiben. Mein Augenmerk richtet sich auf den hinteren Bereich des Friedhofes. Dort endet das Gelände, wo die anonymen Beisetzungen auf einer größeren Wiese abgehalten werden.

»Ich weiß es nicht«, flüstere ich. Warum ich flüstere, kann ich nicht sagen. Hier ist niemand, der sich an unserem Gespräch stören könnte. Keiner hier kann etwas hören oder sich beschweren, denn alle liegen unterhalb der Erde. Mein Blick fängt wieder Doms Augen ein und ich bekomme einen Kloß im Hals.

»Wir können auch wieder gehen. Du musst niemandem etwas beweisen. Wenn du noch Zeit brauchst, dann ist das so.«

Ich nicke nur und Dom drückt erneut leicht meine Hand. Mein Blick wandert wieder in die Ferne. Dom vergewissert sich aber, dass ich ihn verstehe, indem er sich zur Seite beugt und meinen Blick sucht. Er möchte wie immer nicht, dass ich mich unter Druck gesetzt fühle.

»Es gibt Dinge im Leben, die brauchen Zeit. Zeit, die niemand im Vorfeld festlegen kann. Man fühlt es tief im Herzen, wenn diese Zeit gekommen ist », sagte mir Dom mal auf der Dachterrasse. Es war ein schöner sonniger Abend, als unsere BBQ-Gäste gegangen waren und wir die letzten Sonnenstrahlen einfangen wollten. Dom hatte mich vor dem Zubettgehen auf ein kühles Getränk eingeladen. Die Beleuchtung funkelte mit dem Sonnenuntergang um die Wette.

Mir war an dem Abend eh nicht nach Schlafen zumute. Ob ich jemals genug von Doms Talent, mich wie ein Buch lesen zu können, bekommen werde, weiß ich nicht. Er hat etwas an sich, das ich nicht erklären kann und nicht erklärt haben möchte. Egal, wie er es macht, er beeindruckt mich damit. Wie ein Magier, der sein Publikum verzaubert, verzaubert er mich jeden Tag aufs Neue. Überrascht mich immer wieder mit seiner Einfühlsamkeit und seinem großen Verständnis. Das sind die Momente, in denen ich mich zu Hause fühle. In denen ich mich verstanden fühle, ohne etwas gesagt zu haben. In denen ich mich nicht verstellen muss. In denen ich dafür geliebt werde, wie und was ich bin. In denen kein Urteil über mich gefällt wird oder man mich für unkontrollierte Handlungen tadelt. Ich bin Dom aus tiefstem Herzen dankbar.

Wir setzen uns wieder in Bewegung, aber ich bleibe abrupt stehen. Dom tut es mir gleich. Er sagt nichts. Seine Augen sind aufmerksam auf mich gerichtet. Ein letztes Mal lasse ich meinen Blick über den Friedhof wandern, bis ich ihn mit roten Wangen anschaue.

»Wäre es verrückt, wenn ich wieder gehen möchte?«

Kapitel 13

D & L

Lu blickt entschlossen zu mir hoch. Röte breitet sich auf ihren Wangen aus, trotzdem sehe ich Angst in ihren Augen.

»Wir können alles tun, was du willst.« Dabei lege ich meine Hand auf ihre Wange, gehe einen Schritt auf sie zu und küsse ihre Stirn. »Alles ist erlaubt.«

Eine Träne läuft ihre Wange hinunter, die ich mit meinem Daumen wegwische. Wie ein ertapptes Kind presst Lu ihre Lippen aufeinander.

»Ich glaube, ich möchte nicht weitergehen.«

Sie sieht mich bestimmt an. Ihr Augenmerk richtet sich einen Moment auf mehrere Punkte in der Ferne, bevor sie mir wieder direkt in die Augen schaut. Dabei presst sie ihre Lippen fest aufeinander.

»Als mich damals die Nachricht von dem Unfall erreichte, war ich nicht nur traurig, sondern auch richtig gefrustet und sauer.«

Für einen kurzen Moment schließt sie ihre Augen und kämpft gegen ihre Tränen an. Zwei weitere Tränen wische ich liebevoll weg und lasse Lu weiterreden.

»Irgendwann habe ich meinem Chef Vorwürfe gemacht, weil er mir meinen Urlaub wegen banaler Arbeit gestrichen hat. Deshalb war ich nicht in dem Auto und wurde von dem Unfall verschont. Ich war so lange sauer, weil ich nicht mehr bei meinen Liebsten sein kann. Weil sie mich nicht mitgenommen haben.«

Sie umfasst das Gelenk meiner Hand, die an ihrem Gesicht ruht. Ihr intensiver Blick in meine Augen verschlägt mir mal wieder die Sprache.

»Und dann kamst du, wie aus dem Nichts. Du warst da und hast dich wie ein Fels in der Brandung von mich gestellt. Und auf einmal war ich dankbar.« Neue Tränen laufen über ihr Gesicht, jede Einzelne wische ich weg. »Mir ist jetzt gerade klar geworden, dass ich niemandem böse sein kann, denn was passiert ist, ist leider passiert. Im Endeffekt hatte ich Glück, dass ich nicht dabei war. Dadurch durfte ich dich kennenlernen.« Sie schluckt. »Ich brauche keine weitere Verabschiedung. In meinem Herzen haben alle drei einen besonderen Platz eingenommen. In meinen Erinnerungen sehe ich sie immer wieder in den verschiedensten Lebenssituationen. Lachend, weinend, singend, tanzend, feiernd. Bei gemütlichen Abenden. Ich könnte unendlich so weitermachen.«

Um ihre Lippen zeichnet sich ein herrliches, kleines Lächeln ab. Ihr Blick wandert von meinem Gesicht zu meiner Jacke, wo sie mit den Fingern ihrer freien Hand anfängt, mit meinem Reißverschluss zu spielen. Sie schaut mich wieder direkt an und ich erkenne etwas in ihren Augen, was ich in letzter Zeit öfter geglaubt habe, zu sehen.

»Ich weiß, dass wir bis jetzt noch nicht wirklich darüber geredet haben und dass dieser Ort vielleicht nicht der passendste dafür ist, aber …« Sie schließt für einen Moment ihre Augen und presst erneut ihre Lippen zusammen. Eine leichte Röte macht sich auf ihren Wangen breit. »Ich würde gerne … Ich meine …«

Sie bricht unseren Blickkontakt ab und schaut auf ihre Hand an meinem Reißverschluss. Die Röte wird intensiver und ich muss erneut schmunzeln. Sie ringt nach Worten.

Ich kann mir vorstellen, was sie mir jetzt sagen möchte, aber ich werde sie nicht unterbrechen. Denn ich vernehme wieder einen Schmerz in meinem Herzen und ein Ziehen in meiner Brust.

O Mann, wie ich diese Frau liebe. Ich kann mir nichts Besseres vorstellen: Lu und ich, für den Rest unseres Lebens. Besonders jetzt, als ich sehe, wie sie versucht, mir ihre Liebe zu gestehen … Aber am Mittwoch ist das Abschlussgespräch und wir erfahren, ob der Deal stattfindet oder nicht. Ich fühle mich so mies dabei. Leider habe ich den Moment versäumt, um alles ohne großes Dilemma klären zu können. Und jetzt ist es zu spät. Viel zu spät. Es war nicht mein Ziel, dass sie sich in mich verliebt. Geschweige denn, dass ich mich in sie verliebe. Ich bin schon vielen Mädels und Frauen begegnet. Aber keine war ansatzweise wie sie. Sie ist etwas Besonderes. Und jetzt könnte ich mich selbst dafür ohrfeigen, dass sich alles so entwickelt hat, wie es gekommen ist. Es lag von Anfang an in meiner Hand und ich habe die falschen Entscheidungen getroffen. André hat so recht gehabt. Er hat mich rechtzeitig gewarnt, aber ich habe es vermasselt. Jetzt bleiben mir nur noch vier Tage, bis die Bombe platzt. Und bei meinem Glück wird es ein riesiger Knall werden.

»Ich … du … Vielleicht merkst du, dass ich gerade keine passenden Worte finde.«

Verlegen lächelt sie mich an und betrachtet schüchtern mein Gesicht, vor allem meine Lippen. Ihre Wangen werden rot. Ich weiß, dass es falsch ist, aber ich beuge mich vor und küsse sie.

Ich kann nicht anders. Es zerreißt mich innerlich und ich könnte schreien. Schreien vor Dummheit. Schreien vor Angst. Schreien vor Hilflosigkeit. Schreien vor Machtlosigkeit. Gerade eben wäre so ein guter Moment gewesen, um Klarheit zu schaffen. Ich hätte es ihr sagen können. Der Friedhof ist zwar nicht der perfekte Ort dafür. Aber ich brauchte ihre Nähe. Ihre Wärme. Ich brauchte Lu.

Ja, schimpf mit mir. Ich habe es verdient. Ich weiß selbst nicht mehr, wo mir der Kopf stehet. Warst du schon mal in so einer Situation?

Lu ist von meinem Kuss überrascht, weshalb sie ein kleines erstauntes Geräusch von sich gibt. Dann erweitert sie meinen Kuss. Sie drückt mein Handgelenk etwas fester und zieht mich mit ihrer anderen Hand an sich.

Mein Kuss ist besitzergreifend, weil meine Angst und meine Wut über mich selbst in ihm steckt. Ich werde sie gehen lassen müssen und ihr damit wieder Kummer bescheren. Für sie bedeutet dieser Kuss vielleicht etwas anderes. Vielleicht, dass ich ihre Liebeserklärung er-

widere. Sie wird glauben, dass ich ihre Vorstellungen von unserer gemeinsamen Zukunft mit ihr teile. Aber für mich ist es ein Abschiedskuss.

Ja, ich fühle genau wie sie. Und ich könnte mir nichts Schöneres vorstellen, als für den Rest meines Lebens mit ihr zusammen zu sein. Sie an meiner Seite zu haben. Aber der Countdown läuft. Wenn der Deal stattfindet, werde ich Lus Herz als Scherbenhaufen hinterlassen.

Ich weiß nicht, wie lange ich sie küsse oder ob jemand uns sieht. Es ist mir, ehrlich gesagt, egal. Ich habe momentan so viel im Kopf. Und außerdem weiß ich nicht, ob ich sie auf dieser Art je wieder küssen werde. Es kostet mich einiges an Kraft, nicht komplett die Beherrschung zu verlieren.

Ich will sie. Aber zu welchem Preis? Die Frage kommt mehr als zu spät.

Ich löse mich mit dem letzten Fetzen an Vernunft von ihren Lippen und lege meine Stirn zur Beruhigung an ihre.

Diese Geste hilft mir immer dabei, neue Energie zu sammeln. Klar zu denken. Und deshalb weiß ich, dass dieser Kuss falsch war. Sie wird ihn absolut anders deuten. Ich weiß es, denn ich kenne die Schönheit an meiner Seite nur zu gut. Und das schon nach so kurzer Zeit.

Ein Schauer läuft mir über den Rücken. Wir atmen beide schwer.

Ich halte mir vor Augen, dass ich in dieser Hinsicht ein Egoist bin. Denn wie sollte sie diesen Kuss sonst interpretieren, wenn ich dermaßen feige bin und mal wieder nichts gesagt habe?

Ich bin ein Vollpfosten. Ich hätte es beenden sollen, bevor es angefangen hat.

Damals, im Grande Amore *Anfang März, hatte ich mich mit André verabredet. Wir trafen uns dort, um über die Verhandlungen zu sprechen. In der Woche darauf schlossen wir den Deal ab. Ich dachte nach diesem Abend, ich würde Lu niemals wiedersehen, was ich schade fand – denn sie hatte eine anziehende Wirkung auf mich gehabt. Dabei hatten wir nicht wirklich miteinander gesprochen oder uns kennengelernt.*

Damit war für mich das Thema erledigt, denn die Chance, nach so einer Begegnung die Person ein zweites Mal zu sehen, ist extrem gering. Damit, dass ich den Jackpot knacken würde, hatte ich nicht gerechnet. Sie ist ein Geschenk des Himmels und ich werde sie hergeben müssen.

Der Schmerz in meiner Brust wird wieder stärker. Deshalb löse ich meine Stirn von ihrer und drücke ihren Kopf an mein Herz. Meine Wange lege ich seitlich an ihren Kopf und ziehe sie nah an mich. Sie vergräbt ihr Gesicht an meiner Brust und lässt mich gewähren. Ich presse meine Augen und Lippen so fest zusammen, dass es leicht schmerzt.

Ich muss mich jetzt zusammenreißen. Die Gedanken in meinem Kopf rasen. Ich weiß nicht, wie ich es unterbinden soll, mich bis Mittwoch nicht weiter in ihr zu verlieren. Mir fällt absolut nichts ein. Ich bin ihr komplett erlegen, und das wird mir in vier Tagen das Genick brechen. Ich ringe innerlich schon länger mit mir, aber heute rasen so viele Emotionen durch mich hindurch, dass ich mich nicht, wie gewohnt, schnell fangen kann. Ich halte mir immer wieder vor Augen, wie gefährlich das mit Lu und mir ist. Aber ich konnte und kann nicht anders. Sie zieht mich an wie die Motte das Licht – nur dass bei uns beide an einem gebrochenen Herzen sterben werden.

Es war nie mein Plan gewesen, es so weit kommen zu lassen. Aber nachdem ich sie zum zweiten Mal im Grande Amore *gesehen hatte, wusste ich, dass es kein Zufall sein konnte. Von dem Irrglauben geleitet, alles kontrollieren zu können, wie ich es bis dato immer gekonnt hatte, entglitten mir ab der ersten Sekunde sämtliche Fäden. Nach unserem ersten Date wollte ich sie zu Hause absetzen und mich dann unsichtbar machen. Doch ich durfte an jenem Abend Zeuge ihrer Aura werden, und sie sah so verzweifelt aus, als ihre Straße mit den Blaulichtern vollstand. Hätte ich sie einfach absetzen sollen? Das macht man nicht. Hättest du es gemacht? Ich hätte es nicht gekonnt.*

Ohne Hintergedanken nahm ich sie mit nach Hause, und am nächsten Morgen, als sie mich anflehte, sie zu küssen, verlor ich die ersten Fäden meiner Kontrolle. Ich ließ mich treiben.

Ich habe von der verbotenen Frucht gekostet und muss dafür die Konsequenzen tragen. Und nun stehe ich auf einen Friedhof, mit der wunderbarsten Frau auf der ganzen weiten Welt in meinem Arm, und möchte am liebsten schreien.

Durch all diese Gedanken bin ich hin- und hergerissen, aus Reflex ziehe ich Lu näher an mich heran. Und so stehen wir, etwas länger, als mir lieb ist, eng umschlungen auf diesen Friedhof in Neuss.

Ich brauche ihre Nähe. Und genauso gerne würde ich sie von mir losreißen und davonlaufen. Es ist alles verwirrend.

Ich Idiot! Spätestens am Mittwoch werde ich ihr wehtun müssen. Mein Herz schmerzt bei dem Gedanken. Genauso sehr, wie ich sie liebe, hasse ich mich selbst dafür, dass ich nicht stark genug war, ihr zu widerstehen. Aber wie? Jede Faser meines Körpers reagiert auf sie. Es ist, als wären wir wie zwei Magnete, die ohne großen Aufwand zueinanderfinden und zusammenbleiben.

»Ich möchte nach Hause.«

Sie durchbricht meine Gedanken und legt damit den Schleier der Angst beiseite. Sie kann sich nur eingeschränkt bewegen, da ich sie fest in meinen Armen halte, und hat ihre freie Hand unter meiner Jacke auf mein Shirt gelegt. Ihre Wärme spüre ich an der Stelle direkt auf meiner Haut.

»Dann lass uns fahren«, sage ich mitgenommen von meiner Qual.

Ich gebe ihr einen Kuss auf den Kopf und wir verlassen zügig, aber nicht gehetzt, das Friedhofsgelände. Wie es sich gehört, öffne ich ihr die Beifahrertür und lasse sie einsteigen. Ich gehe etwas langsamer um das Auto herum und ziehe dabei meine Jacke aus. Nachdem ich sie auf der Rücksitzbank platziert habe, nehme ich auf dem Fahrersitz Platz.

»Wir sind in ungefähr anderthalb Stunden zu Hause. Sollen wir noch etwas essen oder trinken, bevor wir losfahren?«, frage ich sie, weil ich ungern etwas Überteuertes auf der Autobahn kaufen möchte.

»Ich habe hier noch Wasser. Das reicht mir.«

»Alles klar. Dann geht's nach Hause.«

Noch nicht auf der Autobahn angekommen, fallen Lu die Augen zu und sie schläft vor Erschöpfung ein. Es war wohl anstrengend für sie.

Bitte jetzt nicht falsch verstehen – aber ich bin froh darüber, dass sie schläft. Ich brauche die Autofahrt, um mir ein paar Gedanken zu machen. Bei dem Versuch, eine Lösung zu finden, alles bis Mittwoch ein wenig zu entschärfen, komme ich leider auf keinen grünen Zweig.

Verdammt. Dank mir werden wir beide nicht ohne Blessuren aus dieser Nummer rausgehen. Ich habe uns beide in eine Einbahnstraße ohne Wendemöglichkeit manövriert. Deshalb müssen wir beide diesem Weg bis zum Ende folgen.

In meinem Kopf laufen alle Gedanken kreuz und quer, weshalb mir die fast einhundertfünfzig Kilometer Heimreise wie zehn Minuten vorkommen. Ich nehme unsere Ausfahrt und versuche, Lu zu wecken. Sie hat tief und fest geschlafen, und erst vor unserer Haustür bekomme ich sie wach. Lu ist so benebelt, dass sie fast wirkt, als hätte sie einen über den Durst getrunken. Sie ist wackelig auf ihren Beinen, weshalb ich mich erst einmal darum kümmere, sie heil in die Wohnung zu bekommen.

Wir haben das Wochenende offen gestaltet und zur Vorsicht eine Reisetasche für eine Nacht gepackt. Diese hole ich samt unseren Jacken, nachdem ich Lu sicher nach oben gebracht habe. Luana hatte geplant, eine Nacht in Neuss zu verbringen. Sie hatte sich vor ein paar Tagen nach Last-Minute-Übernachtungsmöglichkeiten im Internet umgeschaut, um ein paar Informationen einzuholen. Man weiß ja nie.

Ich nehme es ihr absolut nicht übel, dass sie wieder nach Hause wollte. Vor unserer Abreise hatte ich mit Doktor Haeuser telefoniert, weil ich mich vergewissern wollte, dass Lu schon bereit dazu ist, auf den Friedhof zu gehen.

»Sie ist stärker, als wir beide glauben. Aber trotzdem haben ihre Kräfte Grenzen. Sie hat einige Phasen der Trauer überwunden und mit einigen abgeschlossen. Wenn sie nach Neuss möchte, fahren Sie ruhig mit ihr dorthin. Sorgen Sie bitte nur dafür, dass sich Frau Renk weder bedrängt noch gezwungen fühlt. Wenn das eingehalten wird, sehe ich keinerlei Bedenken.«

Mit dieser Anweisung konnte ich umgehen und hatte deshalb diesem Ausflug zugestimmt.

Vollgepackt, weil ich kein drittes Mal gehen will, bekomme ich beim Aufstieg in meine Wohnung Angstzustände.

Wie soll ich mich Lu gegenüber verhalten? Herz und Kopf haben sich für entgegengesetzte Wege entschieden. Und beide wollen zu hundert Prozent etwas, das nicht kompatibel ist. Ein verdammt guter Plan muss in den nächsten vier Tagen her.

Oben angekommen versuche ich, vollgepackt, wie ich bin, durch die Wohnungstür zu gelangen. Lu kommt mir lachend entgegen.

»Warte. Ich helfe dir.«

Sie macht sich über mich lustig, weil ich mich kaum bewegen kann, nimmt mir eine Tasche und die Jacken ab. Der Duft von Kaffee steigt in meine Nase.

»Darfst du denn schon Koffein zu dir nehmen?«, scherze ich und sie steigt auf den Zug auf.

»Nein, eigentlich nicht. Aber wenn du es für dich behältst, sage ich es auch keinem!« Dabei zwinkert sie mir keck zu.

Ich muss über ihren Humor lachen. Sie erwidert das Lachen und ich fühle mich schon wieder so unglaublich dumm.

Ja, ich weiß! Jetzt wäre ein prima Zeitpunkt. Jetzt haben wir Zeit, um zu planen. Jetzt könnte alles geregelt werden.

»Du?«, fange ich an. Sie schaut mich aufrichtig an und nickt mir zu, um mir zu zeigen, dass ich ihre Aufmerksamkeit habe. Ich schlucke und suche nach Worten.

»Was denn?«, fragt sie, weil meine Pause länger ist als gewollt.

»Es gibt da ein kleines Problem.«

O ja, Problem *drückt es genau passend aus.*

Sie vernimmt meinen leicht zitternden Unterton und verharrt in ihrer Bewegung. Ich habe nun ihre volle Aufmerksamkeit. Ein Kloß bildet sich in meiner Kehle. Schlagartig ist mein Mund komplett trocken, elendig fühlt es sich in meiner Kehle an. Ich fahre mir durchs Haar und an ihrem Blick sehe ich, dass sie mich schon gut kennt. Lu merkt, dass etwas nicht stimmt.

»Was bringt dich dieses Mal in Verlegenheit?«, fragt sie engelhaft. Ein honigsüßes Lächeln umspielt ihre Lippen.

Wie kann in so kurzer Zeit so viel passieren?

»Dom?« Eine leichte Unsicherheit legt sich in ihren Unterton.

Kann sie eine Vorahnung haben? Wie denn, dafür müsste ich erst mal meinen Mund öffnen und Sätze formulieren! Du hältst mich bestimmt für einen vollkommenen Idioten, oder?

Ich fahre mir mit beiden Händen durch mein Gesicht und finde endlich die passenden Worte. »Ich muss leider noch mal in die Werkstatt. Du weißt ja, Mittwoch schließen wir den aktuellen Auftrag ab. Ich habe André geschrieben, dass wir zurück sind, und er hat mich gebeten, vorbeizukommen.«

Bitte was? Was soll denn der Scheiß? Geht's noch? Wieso lüge ich sie an?

»Das ist doch nicht schlimm.« Lu kommt zu mir, schlingt ihre Arme um meinen Hals, zieht meinen Kopf zu sich und gibt mir einen leichten Kuss auf die Lippen. »Fahr nur. Das ist wichtig. Es geht um Geld und eure Arbeit. Ich weiß nur nicht, ob ich noch wach bin, wenn du zurückkommst.«

Sie schaut mich so verspielt an, dass ich meine Arme automatisch um sie lege. »Bist du nicht sauer?«

»Ich bitte dich! Ich bin schon groß und kann einiges ab. Schreib mir bitte nur, wenn du angekommen bist und wenn du dich auf den Weg nach Hause machst. Versprochen?«

»Versprochen.« Ich gebe ihr einen Abschiedskuss und verlasse mit Schlüssel, Motorradhelm und Smartphone unser Zuhause.

Ich schwinge mein Bein über das Bike, lasse mich auf dem Sattel nieder, schmeiße die Maschine an, setze meinen Helm auf und fahre direkt los. In meinem Kopf rauscht alles und ich kann nicht klar denken.

Was habe ich da bitte wieder gemacht?

Ein lautres Knurren kann ich nicht länger zurückhalten. Unter dem Helm hört sich durch die Kopfstimme alles lauter an und ich vernehme ein höllisches Echo meines Fluches. Ich schreie laut und raste fast aus.

Wie dumm von mir! Wie konnte ich sie nur anlügen? Und vor allem, wo kam der Impuls, so einen Bullshit zu erzählen, auf einmal her?

Mein Herz rast, meine Atmung geht schneller und mir wird schlagartig warm. Ich schalte einen Gang runter, drehe den Gashebel und beschleunige. Die erhoffte Abkühlung bleibt, wie vermutet, aus.

Wo soll ich jetzt hin?

Ich sehe alles an mir vorbeiziehen, mein Blick ist verschleiert. Die Maschine lenke ich mühelos durch alle Kurven. Ich bin eins mit ihr. Wir wiegen uns, passend zu dem Verkehrsaufkommen, durch sämtliche Straßen und Gassen, wie es sich gehört. Und so bewegen wir uns vorwärts. Immer weiter von zuhause weg. Ich suche in meinen Gedanken nach einem Ziel und fahre dabei immer weiter.

Ich stehe letzten Endes vor der Werkstatt, parke das Bike und drehe die Zündung aus. Meine Füße stelle ich fest auf den Boden, meine Hände umgreifen weiterhin das Lenkgestänge. Ich schließe meine Finger so fest um die Griffe, dass die Haut über meinen Knöcheln weiß wird. Schmerz bahnt sich durch den festen Griff an. Ich öffne meine Hände so weit, dass nur die Innenflächen aufliegen, und strecke alle Finger aus. Ein paar Mal wiederhole ich das Prozedere und richte mich dann auf.

Beim Absteifen meines Helms wandern meine Augen über die Fassade meines Lebenswerks. Alles, wofür ich bis jetzt gearbeitet habe. Alles, was ich mir bis hierher erhofft und erträumt habe, haben wir uns durch jahrelange Zeitopferung erarbeitet.

Wobei »Zeitopferung« falsch ist: Die bisherigen Aufträge konnten wir in regulären Zeiten erledigen. Im Schnitt brauchen wir fünf bis sieben Wochen für ein Bike. Es kommt immer darauf an, wie ausgefallen die Wünsche der Kunden sind. Um die Lieferzeiten so gering wie möglich zu halten, fertigen wir Tanks, Rahmen und Lenkstangen selbst. Überstunden fallen selten an.

Außer bei diesem Auftrag. Da wurde schon mal eine Stunde früher angefangen oder eine Stunde drangehangen. Jeder hat es von sich aus gemacht, denn jeder will diesen Deal haben. Genau wie ich.

»Wenigstens habe ich sie nicht angelogen, wenn es darum geht, wo ich bin«, sage ich leise zu mir. Ich klappe mit meinem Fuß den Motorradständer aus, schwinge mich vom Bike, stelle es auf dem Ständer ab und gehe rein. Meine Füße tragen mich automatisch in mein Büro. Den Helm lege ich auf einem Aktenschrank ab, die Motorradjacke hänge ich über eine Stuhllehne. Ich schalte das Deckenlicht ein und gehe in die Ecke, wo eine kleine Kaffeemaschine steht, lege einen Filter ein und fülle gemahlenen Kaffee hinzu. Mit genügend Wasser im Wassertank schwenke ich die

Maschine zusammen und schalte die sie ein. Sie macht leise, knurrende Geräusche.

Ich schüttele mit dem Kopf, weil ich mir vorstelle, wie Lu mit mir schimpft – was gerechtfertigt wäre. Der Kaffeeduft in der Wohnung vorhin hat mich auf Kaffee eingestimmt und es war unhöflich, keinen mit ihr zu trinken. *Ob mir eine Tasse reichen wird?* Eher nicht, zur Vorsicht habe ich eine ganze Kanne aufgesetzt.

In der Zeit, während das Wasser sich einen Weg durch das Kaffeepulver und den Filter bahnt, starte ich meinen PC. Das Radio neben der Kaffeemaschine habe ich ebenfalls eingeschaltet. Die Stille im Büro bekommt mir nicht gut.

Im Radio läuft »Gotta Be Somebody« von Nickelback und ich muss an den Morgen in der Küche denken. Ich hielt Lu in meinen Armen. Über Kopfhörer hörten wir dasselbe Lied, zur selben Zeit, und ich wiegte uns im Takt des Liedes.

Ich schließe kurz meine Augen und habe ihren Blumenwiesen-Duft in der Nase. Ich drehe das Radio ein wenig leiser. Aus meiner Hosentasche ziehe ich mein Smartphone.

> Hallo Mylady,
> ich bin jetzt im Büro.
> Könnte länger dauern, bitte warte nicht auf mich. Schreib dir, wenn ich heimfahre.
>
> <3 Dom

Ich schicke die Nachricht ab, lege das Smartphone auf dem Schreibtisch ab und nehme mir meinen ersten Kaffee. Nicht mein Letzter für heute Abend, aber der Wichtigste. Er ist heiß, weshalb ich pusten muss. Da ich nicht auf den ersten Schluck warten möchte, trinke ich schon etwas von der schwarzen Brühe.

Ich schmunzele, weil mir wieder eine Situation in den Sinn kommt: Lu machte uns Kaffee und fragte mich nicht, wie ich ihn gerne hätte. Sie hatte es sich gemerkt, dass ich ihn schwarz trinke. In dem Moment antwortet Lu.

> ... dann mal viel Erfolg euch beiden und ich drücke die Daumen für Mittwoch.
>
> Hab dich lieb <3
> Lu

Mir wird kalt bei dem Gedanken, die Nacht hier verbringen zu müssen. Aber ich kann mit dem Chaos in meinem Kopf unmöglich Lu unter die Augen treten.

Ich sende ein Kuss-Emoji als Antwort und wandere dann in den Chat von André und mir. Ich setze mich an meinen Schreibtisch und lege mein Smartphone mit dem geöffneten Chat vor mir ab. Geistesabwesend nippe ich an der schwarzen Substanz, von der ich mir mehr Klarheit erhoffe. Der Cursor im Nachrichtenfeld blinkt vor sich hin und wartet darauf, von mir in Bewegung gesetzt zu werden. Aber es passiert nichts.

Nach knapp vierzig Minuten ist immer noch nichts passiert und ich hatte schon meinen zweiten Kaffee. Das Koffein wirkt und ich überlege, ob ich mir einen dritten gönnen sollte. Die fast leere Tasse in meiner Hand schwenke ich ein wenig und trinke den letzten, kleinen Schluck auf einmal aus.

Wenn du mich jetzt fragen würdest, woran ich denke, könnte ich es dir nicht sagen. Mein Kopf ist vollkommen leer und ich bekomme keinen Gedanken zustande. Alles an Wut und Furcht ist weg, alles an Angst ist verschwunden. Der Versuch, an irgendetwas zu denken, scheitert immer und immer wieder. Das Einzige, woran ich klar und deutlich denken kann, ist Lu. Ich versuche, mir auszumalen, wie sie reagieren wird, wenn sie von dem Deal erfährt. Aber da kommt nichts.

Ich sehe nur ihr Gesicht vor mir, wie sie mich mit dem schönsten Lächeln auf ihren Lippen anschaut. Ihre Augen funkeln mich an.

Alles, was Lu mir mit diesem bezaubernden Lächeln schenkt, habe ich nicht verdient. Diese eisgrünen Augen, die mich in ihren Bann ziehen. Ihre ganze Liebe, die sie mir allein durch ihren Blick zukommen lässt.

Das schwarze, lange Haar liegt gelockt über ihren Schultern. Lus Sommersprossen leuchten auf ihrer gebräunten Haut um die Wette. Und bevor ich in einen tiefen Schlaf falle, formen ihre Lippen die Worte, die ich nicht verdient habe und die mir nie wieder zu Ohren kommen werden.

»Ich liebe dich!«

Kapitel 14

L & D

Ich wache auf und muss mich erst einmal sammeln. Meine Hand wandert zuerst, automatisch, zur anderen Betthälfte, doch sie ist leer. Als ich endlich klar und deutlich sehen kann, erkenne ich, dass das Handtuch und neues Schlafzeug noch immer unberührt so daliegen, wie ich es gestern Abend für Dom vorbereitet habe. Er ist wohl nicht nach Hause gekommen.

Ich greife zum Smartphone. Es ist halb zehn morgens. O Mann, wie lange habe ich denn geschlafen? Mein Blick huscht über das Display. Keine neue Nachricht. Ich öffne den Chat und sehe sein zuletzt gesendetes Emoji.

Nachdem ich mich aufgerafft und mir meine Schlappen angezogen habe, schaue ich mich in der restlichen Wohnung um. Dom ist nirgends zu sehen.

Hoffentlich gab es, so kurz vor dem Abschluss, keine allzu großen Probleme. Die Jungs haben in letzter Zeit so lange und hart gearbeitet. Das muss was Exklusives sein, wenn sie sich so ins Zeug legen. Ich drücke ihnen die Daumen, dass alles klappt. Und wer weiß, vielleicht erhalten sie dadurch weitere Aufträge? Das wäre super.

Ich wähle Doms Nummer und warte ab. Es klingelt mehrmals, dann geht die Mailbox dran. Ich starte einen neuen Versuch. Wieder die Mailbox nach ein paar Freizeichen. Beim dritten Mal springt sie direkt an. Mein Herz fängt an, schneller zu schlagen. Es ist nicht seine Art, meine Anrufe zu ignorieren.

»Dom? Wo bist du, Schatz? Bitte! Bitte melde dich, wenn du das hier abhörst!«, spreche ich leicht hysterisch auf seine Mailbox. Ich lege auf und fahre mir durch mein offenes zerzaustes Haar. »Aua!« Ich bin mit meinem Finger in einer verknoteten Haarsträhne hängen geblieben. Der kurze Schmerz an der Kopfhaut verstreicht zum Glück schnell und ich schaue wieder auf mein Smartphone. Ohne nachzudenken, wähle ich eine andere Nummer.

»Hey, Kleines!« André meldet sich rasch. Ich begrüße ihn. »Was ist los?«

Er hat wohl meinen gestressten Unterton vernommen. »Weißt du, wo Dom ist?«

»Nein, warum sollte ich das wissen?«

Verdutzt ziehe ich meine Augenbrauen zusammen. »Ihr wart doch gestern Abend zusammen in der Werkstatt.«

»Ähm, wo sollen wir gewesen sein?«

Wegen Andrés Frage und Reaktion lasse ich den gestrigen Abend im Schnelldurchlauf Revue passieren. Jetzt wird mir bewusst, dass Dom sich seltsam verhalten hat, es fing schon auf dem Friedhof an. Ich gebe nur einen nachdenklichen Ton von mir.

»Bist du zu Hause?« Besorgnis liegt in Andrés Stimme.

»Ja, ich bin gerade wach geworden. Aber Dom ist nicht hier. Er war gestern schon auf dem Friedhof in Neuss so komisch. Ich weiß nicht, warum. Und als wir wieder hier waren, meinte er kurz nach der Ankunft, dass er sich noch mit dir in der Werkstatt wegen Mittwoch treffen muss und spät heimkommt.«

Eine leichte Panik breitet sich in mir aus, denn Andrés Schweigen verrät mir, dass er gestern Abend nicht mit Dom in der Werkstatt war.

Aber warum lügt Dom mich an? Er weiß doch, dass er mit mir über alles sprechen kann. Was hat ihn so sehr bedrückt, dass er vor mir weggelaufen ist? Denn so fühlt es sich für mich jetzt an.

»Und ans Handy geht er auch nicht.« Ich bin mittlerweile zurück ins Schlafzimmer gegangen und lege mir Anziehsachen heraus.

»Hat er das wirklich gesagt?« André klingt verwirrt und ich habe die endgültige Gewissheit, dass Dom mich angelogen hat.

Ich schließe kurz die Augen und unterdrücke meine aufsteigenden Tränen. Jetzt ist keine Zeit zum Heulen. Dom ist nicht zu Hause und sein Smartphone ist aus. Ich habe Wichtigeres zu klären. Heulen kann ich, wenn er wieder da ist und ich ihn in Sicherheit weiß.

»Du, André?«

»Ja, Kleines?«

»Ich ziehe mich an und fahre zur Werkstatt. Vielleicht war er wirklich dort und hat dort geschlafen. Ich möchte mich nur vergewissern. Würdest du mir einen Gefallen tun?«

»Alles, was du möchtest!« André zögert keine Sekunde.

»Können wir uns dort in vierzig Minuten treffen?«

»Geht klar. Kiki kommt auch mit.«

»Danke. Bis gleich.«

»Wir finden ihn, versprochen.« André macht eine kleine Pause. »Lu?« Ich reagiere im ersten Moment nicht, weil mein hübsches Köpfchen mal wieder auf Hochtouren arbeitet. »Luana?«

»Hm?«

Ich zucke vor Schreck zusammen, weil André etwas lauter, aber dennoch liebevoll spricht. »Warte bei dir zu Hause auf uns. Wir holen dich ab. Bis gleich.« Damit beendet André das Telefonat.

Wenn ich nur wüsste, was ich falsch gemacht habe! Überfordert ihn mein Problem? Nervt es ihn, so ein Wrack als Freundin zu haben, das ständig mit seinen Emotionen und Gefühlen überfordert ist? Liebt er mich nicht mehr? Hat er eine andere? In welche Richtung geht das hier? Es gibt doch für jedes Problem eine Lösung. Warum redet er nicht mit mir, wie er es immer von mir verlangt hat? Was stimmt mit dem gnädigen Herrn nicht?

Aufgrund der ganzen Fragen, auf die ich keine Antwort erhalte, wird beim Anziehen aus meiner Angst um Doms Wohlbefinden Wut. Angezogen bin ich in fünf Minuten. Meine Haare sind die größte Baustelle.

Warum habe ich sie mir gestern nach dem Duschen nicht geflochten?

Jetzt kommen mir Tränen, weil das Bürsten ziept. Wegen der Knoten komme ich nicht durch. Das alles ärgert mich so sehr, dass ich die Bürste in das passende

Körbchen werfe. Das heißt, nachher muss ich mit Spülung unter der Dusche kämmen. Mit dem Wissen, dass ich mich später um meine Haare kümmern werde, binde ich mir einen unordentlichen Dutt und fixiere ihn mit einer großen Haarspange. Nun ja, oder doch mit einem Haarband, denn aufgrund meiner Wut und der Unruhe in mir bekomme ich die Spange nicht so schnell geöffnet, wie ich will, und werfe sie zu der Bürste ins Körbchen.

Ich bin gerade mit dem Zähneputzen fertig, da klingelt es auch schon an der Tür. Auf dem Weg dorthin schnappe ich mir eine Handtasche und die Wohnungsschlüssel. Keine zwei Minuten später bin ich unten bei André und Kiki.

Der Weg zur Werkstatt ist heute, an einem Sonntag, schnell zurückgelegt. Eine einzige Ampel ist rot, springt aber um, sobald wir davor zum Stehen kommen.

Solche Ampeln mag ich nicht. Warum muss die das ausgerechnet heute machen? Solche Ampeln sollen einen vom Rasen abhalten. Aber über die blöden Nebenwirkungen, wie mehr Verschleiß wegen unnötigen Bremsens, mehr Spritverbrauch, weil das Fahrzeug aus seinem fließenden Rollen ausgebremst werden und wieder beschleunigen muss, spricht keiner. Oder? Wer also erfindet so einen Blödsinn? Gerade regt mich wirklich alles auf.

Wir biegen in die Zielstraße ein und ich sehe Doms Bike vor dem Eingang stehen. Im ersten Moment atme ich erleichtert aus, denn er war tatsächlich hier und war in diesem Punkt ehrlich. Der Moment der Freude verschwindet jedoch in dem Augenblick, als ich sehe, dass ein feuerroter Chevrolet Camaro daneben parkt.

Wie könnte ich die Besitzerin dieses Fahrzeuges jemals vergessen? Das gleiche Rot wie ihre Fingernägel. Du hast es erraten! Es ist Sashas Auto. Was läuft hier? Mir wird schlecht, wenn ich meine Gedanken in diese eine bestimmte Richtung wandern lasse. Galle kommt hoch. Sasha und Dom?

Nein. Dafür war er zu angewidert von ihr. Dom liebt mich, aber warum ist sie dann hier?

Ich muss leider gestehen, dass ich mit meinen Kurven bei ihrer schlanken Figur nicht mithalten kann. Ja, ich habe tolle Rundungen. Aber an mir würde ein Kleid niemals so großartig aussehen wie an ihr. Sasha ist schlank und hat lange Beine. Dagegen fühle ich mich eher wie ein Wal.

Hat mich Dom in dieser Hinsicht belogen? Gefällt ihm jemand wie Sasha besser und er hatte nur Mitleid mit mir?

Ich bekomme Kopfschmerzen bei dem Gedankensalat, der sich ohne Punkt und Komma in meinem Kopf ausbreitet.

Ach Mann, wo bin ich hier bloß hineingeraten? Jetzt habe ich es geschafft, dank Dom und Doktor Haeuser, meinen Dämon aus meiner Vergangenheit zu besiegen, und falle direkt in die Klauen eines Neuen?

Aber im Grunde muss ich mich nicht fürchten. Ich kenne Dom. Wenn ich für ihn nur Zeitvertreib wäre, warum ignoriert er dann sämtliche anderen Frauen? Wenn er mich anschaut, sehe ich es in seinen Augen: Die direkte Art, wie er mich anschaut. Den Schleier seiner

Begierde, der sich immer wieder neu über seine Augen legt, wenn wir intim werden. Die offene und doch so eindringliche Intensität, mit der er meine Bewegungen beobachtet. Das lässt sich nicht erklären.

Tief in mir weiß ich, dass er mich braucht. Genauso, wie ich ihn brauche. Aber ich sollte jetzt hiermit aufhören. Einfach mutig sein, reingehen und herausfinden, was los ist!

André parkt das Auto neben dem Camaro und wir steigen allesamt aus. Er nimmt einen Anruf entgegen und Kiki holt derweil etwas aus dem Kofferraum. Ich nutze die Gunst der Stunde und gehe alleine zur Eingangstür. Sie ist nicht abgeschlossen, weshalb sie sich direkt öffnen lässt.

Warum bekomme ich auf einmal Angst? Das ist mit Sicherheit mein szenenreiches Kopfkino.

Ich öffne die Tür nur einen kleinen Spalt und schleiche mich ins Gebäude. Nachdem ich die Tür hinter mir vorsichtig geschlossen habe, höre ich aus den hinteren Räumen Stimmen, aber verstehe nichts Genaueres. Ich nehme jedoch wahr, dass es Sashas und Doms Stimmen sind. Ich muss meinen Impuls unterdrücken, nicht in das Gespräch hineinzuplatzen.

Es ist unhöflich, ja. Aber die Neugier, warum Dom nicht nach Hause gekommen ist, ist größer. Und doch ist da diese Angst vor einer Möglichkeit, die aber keinen Sinn ergibt. Herrgott, ist das anstrengend, verliebt zu sein!

Ich stelle mein Smartphone auf lautlos. *Woher dieser Geistesblitz kommt und warum ich ausgerechnet jetzt daran denke? Keine Ahnung, frag mich nicht.*

Umso mehr ich mich den Büroräumen nähere, desto deutlicher werden die Stimmen. Jetzt kann ich alles klar und deutlich verstehen.

»Ich habe dein Bike draußen gesehen und gehofft, dich alleine hier anzutreffen. Jetzt sind wir endlich mal ungestört.«

Auch wenn mir bei ihren Worten schlecht wird, schaue ich um die Ecke und hoffe, etwas sehen zu können. Leider ist das nicht der Fall, dafür höre ich ihre High Heels einwandfrei durch den Flur klackern.

»Was gibt es denn?« Dom fragt zwar höflich, aber ich bemerke seinen genervten Unterton. Der Inhalt des Gespräches lässt mich aufatmen. Anscheinend ist Sasha noch nicht lange hier und Dom war über Nacht alleine hier.

»Ach, Dom«. Sasha säuselt regelrecht. »Ich weiß, dass du dasselbe fühlst.« Ich reiße meine Augen auf und halte mir aus Reflex meine Hand vor den Mund.

Sie baggert ihn so billig an und denkt, dass Dom so ein Gesäusel mag. Dabei liegt sie damit komplett falsch. Ich kann nur hoffen, dass Dom es registriert und sie abblitzen lässt.

Ich sende ich ein stummes Stoßgebet in die Richtung, aus der die Stimmen kommen. *»Bitte! Bitte! Bitte! Bitte nicht drauf eingehen!«*

»Sasha, ich glaube, du verstehst da was falsch.« Dom bleibt weiterhin höflich und zuvorkommend.

»Danke! Danke! Danke«, schreie ich bei Doms Antwort in mich hinein.

»Du brauchst dich nicht mehr zu verstellen, Dominik. Wir sind hier ganz alleine und können alles machen, was du dir schon immer gewünscht hast.«

O Mann, da habe ich ja mal den richtigen Zeitpunkt erwischt. Es geht gerade runter wie Öl, dass Dom so eine tolle Frau wie Sasha abblitzen lässt. Und ich bin erleichtert, dass er mich nicht hintergangen hat.

»Sasha, was soll das? Ich bin mit Lu zusammen und du bist verheiratet.«

Sasha fällt ihm ins Wort. »Wir können doch trotzdem Spaß miteinander haben.«

»Nein, können wir nicht. Du bist die Frau unseres Kunden und mein Herz gehört einer anderen. Da brauche ich nicht zu diskutieren.«

Freudentränen laufen über meine Wange. *Sein Herz gehört einer anderen. Er liebt mich!*

Doms Stimme wird etwas strenger, aber Sasha lässt nicht nach. Sie macht weiter, bis Dom sie extrem energisch in die Schranken weist.

»Lass deine Finger von mir, Sasha. Fass mich nicht an.«

Das ist für mich wie eine Einladung, dass ich mich zu erkennen geben sollte. Mit großen Schritten gehe ich in Richtung des Versammlungsraums gegenüber von Doms Büro. Ich biege um die letzte Ecke und sehe Sasha vor Dom stehen, die versucht, ihn am Oberkörper zu berühren. Es bleibt bei dem Versuch, da er Sasha an den Handgelenken packt und sie ohne großen Kraftaufwand in Schach hält. Im selben Atemzug schiebt er sie von sich weg. Erfolgreich.

Dom registriert mich aus seinem Augenwinkel und schaut mich flehend an. Er öffnet seinen Mund, um etwas zu sagen, aber Sasha ist schneller.

»Er hat *mich* angefasst!«, sagt sie mit einem ekeligen Zuckerton und macht einen auf Opfer.

Sachte, aber bestimmt stößt Dom sie komplett von sich weg und lässt ihre Hände los. Dabei beobachte ich ihr Gesicht. Im ersten Moment schaut sie entsetzt drein, in der nächsten Sekunde legt sich etwas Boshaftes über ihre Mimik. Sasha geht selbstsicher zwei Schritte rückwärts, legt ein gehässiges Grinsen auf und reißt ihre Bluse auf. Ein paar Knöpfe fliegen durch die Luft und man hört, wie sie auf den Fliesen landen.

Dom schaut mich an und signalisiert mir mit einem Kopfschütteln, dass sie lügt. Ich schaue überfordert zu ihm. Es ist eindeutig, dass Sasha mit unmoralischen Mitteln versucht, die Schuld von sich zu weisen.

Dom hebt seine Hände. »Es ist überhaupt nichts zwischen uns passiert. Ich schwöre es!«

Die Diskussion wird von einer männlichen Stimme unterbrochen. »Was ist hier los?«

Sasha bricht mit einer sagenhaften Theaterleistung in Tränen aus und wirft sich dem mir fremden Mann um den Hals. »Darling! Ich bin so froh, dass du da bist. Er wollte mich verführen und hat meine Bluse aufgerissen, weil er nicht schnell genug bekommen konnte, was er haben wollte. Er ist wie ein Tier über mich hergefallen!«

Der Mann schiebt Sasha von sich weg und betrachtet sie von oben bis unten. Dann fällt sein Blick auf Dom. »Was erlauben Sie sich, meine Frau anzufassen? Was glauben Sie, damit zu erreichen, Herr Berghoff?« Der Fremde schreit Dom so heftig an, dass ich mir wie im falschen Film vorkomme.

»Ich habe nichts gemacht. Das war alles genau andersherum. Ihre Frau wollte *mich* anfassen, Herr Telling.«

Telling? Den Namen habe ich in letzter Zeit öfter gehört. Das ist der aktuelle Auftraggeber.

Sasha reißt bei Doms Verteidigung ihre Augen gekünstelt auf. »Glaub ihm bitte nicht, Liebling. Er hat die Situation ausgenutzt, weil ich für Mittwoch noch etwas klären wollte.«

Herr Telling schaut in Sashas verheultes Gesicht, in dem das Make-up immer noch sitzt, wo es hingehört. »Sie wissen schon, dass das Auswirkungen auf Sie und Ihr Team hat?« Herr Telling bellt förmlich durch den Raum. »Der Deal ist geplatzt!«

Was für ein Deal? Das muss Dom mir später erklären.

»Wenn ich etwas sagen dürfte …« Jetzt mische ich mich ein und erhalte sofort die Aufmerksamkeit aller im Raum. André und Kiki sind mittlerweile auch hier. Neugierig werde ich beobachtet. Kiki schaut mich an und möchte mir wohl zu verstehen geben, dass Dom so etwas nie machen würde.

»Wer sind Sie denn?« Tellings Stimme klingt aggressiv.

»Ich bin Herrn Berghoffs Freundin.«

»Freundin? Warum weiß ich nichts davon?« Herr Telling grummelt mit einem scharfen Blick in Doms Richtung.

Am liebsten würde ich Telling eine Backpfeife geben. Du auch? Was erlaubt er sich bitte? Dom ist nicht sein Eigentum.

Dieses freche Verhalten zwingt mich zur Handlung. »Also, ich weiß ja nicht, warum das Privatleben anderer so interessant ist«, setze ich etwas genervt zum Gegenzug an, »aber ich weiß, was für Sie, Herr Telling, interessant sein könnte. Darf ich?«

Ich zeige in die Richtung des PCs auf dem Konferenztisch. Zähneknirschend nickt Telling mir kaum merklich zu.

Dom schaut mich an. Er kann sich vielleicht denken, was ich machen will. Ich fahre den PC hoch und öffne zwei Türen des Holzschranks hinten an der Wand. Dahinter kommt ein großer Monitor zum Vorschein. Jetzt weiß Dom mit Gewissheit, was ich vorhabe, und lehnt sich triumphierend, mit verschränken Armen vor seiner Brust, an die Bürowand.

»Nun«, sage ich, während ich das passende Programm öffne, »ich selbst kann Ihnen, Herr Telling, nur sagen, was ich gehört habe.«

Innerlich bete ich, dass ich alles richtig mache und keine Dummheiten anstelle. Die Technik und ich, wir sind keine guten Freunde. Bevor ich auf *Enter* drücke, fixiere ich Sasha.

»Aber ich glaube, Bilder sagen oft mehr als tausend Worte.«

Damit starte ich eine Aufzeichnung. Auf dem Monitor läuft ohne Ton eine Videoaufnahme von dem Szenario vorhin. Sasha bewegt sich auf Dom zu, er weicht zurück. Ihr Blick ist verführerisch, seiner entsetzt. Dom stößt gegen die Wand und Sasha zerrt an seinem T-Shirt. Wieder ist es überdeutlich, dass alles von Sasha ausgeht – entgegengesetzt zu ihrer Geschichte.

»Die Aufnahmen sind illegal gemacht worden. Ich wusste nichts davon. Ich werde das Band anfechten. Mein Recht am eigenen Bild wurde durch diese Aufnahme verletzt.« Sasha wiegt sich in Sicherheit.

»Auf dem gesamten Gelände sind Hinweise, dass auf dem Privatgelände Aufnahmen gemacht werden. Ein Schild hängt da, wo Ihr Camaro steht. Dann hängt noch eins neben der Eingangstür und vor dem Konferenzraum ebenfalls.«

»Was hast du dir dabei gedacht, du Miststück?«, fragt Telling seine Frau mit Wut in der Stimme, als er auf dem Monitor sieht, wie sie sich ihre Bluse aufreißt. Kurz habe ich Angst, dass er ihr gegenüber handgreiflich wird, aber er hat sich unter Kontrolle.

»Was ist denn hier los?« André versucht, sich ein Bild von der Situation zu machen, wirkt aber überfordert.

»Ah, Herr Migas. Sie auch hier? Das kommt mir sehr gelegen, dann mag ich jetzt alles auf einen Schlag klären.«

André schaut jedem ins Gesicht und ist wohl gespannt darauf, was jetzt kommt. Telling wendet sich seiner Frau zu.

»Nun, da ich der Annahme bin, dass du das nicht zum ersten Mal machst, kommt mir die Frage in den Sinn, wer noch alles *dein Opfer* war? Herr Berghoff war schlau genug, dich abzuweisen. Wissen will ich nicht, wie es mit anderen Männern verlaufen ist. Erspar mir weitere peinliche Szenarien. Die Scheidung hast du dir selbst zuzuschreiben.«

»Was?«, ruft Sasha. »Das kannst du nicht machen. Unser Geld!«

»*Unser* Geld?« Sarkasmus breitet sich in Tellings Stimme aus. »Meine Liebe, überlege bitte eine Minute lang und sage mir dann, wer *unser Geld* verdient.«

Sasha fängt an, zu weinen, diesmal echte Tränen.

Autsch, das hat gesessen. Sie tut mir sogar ein wenig leid, aber ich verbiete mir, mich einzumischen. Sie hat es verdient, oder?

»Den Rest klären wir zu Hause mit meinen Anwälten.« Telling packt sie leicht grob am Oberarm, damit er ihre Aufmerksamkeit zurückerhält. Er schaut ihr ungehalten in die Augen und schüttelt ungläubig den Kopf. Im selben Moment will sie ihren Arm aus seiner Hand reißen und versucht erfolglos, ihre Bluse zusammenzuhalten.

Nun dreht sich Telling zu Dom. »Es tut mir aufrichtig leid, Herr Berghoff. Ich schäme mich, dass ich Ihnen nicht geglaubt habe.«

»Das war eine heikle und unklare Situation.«

»Nein, ich hätte nur zuhören müssen. Wie dem auch sei.« Telling richtet sich sein Hemd. »Ich werde das Gespräch von Mittwoch zu einem kleinen Teil auf heute vorziehen. Wie vertraglich festgelegt, werde ich die beiden gebauten Bikes nehmen und bezahlen.« Dom möchte etwas sagen, aber Telling hebt eine Hand und lässt ihn nicht zu Wort kommen. »Sie und ihr Team, Herr Berghoff, haben hervorragende Arbeit geleistet, sogar weit über meine Vorstellung hinaus. Sie haben mich überzeugt und ich garantiere Ihnen und Ihrem Team, dass Amerika Sie mit offenen Armen empfangen wird.«

»Amerika?« Schlagartig gefriert mir das Blut in den Adern. Ein Schauer läuft mir über den Rücken und alles krampft sich in mir zusammen. Wie von einem Blitz getroffen kann ich nicht glauben, was ich da höre.

»Sie weiß es immer noch nicht?« André meldet sich wütend aus dem Hintergrund.

»Was weiß ich nicht?« Fragend schaue ich in Doms Gesicht, doch er blickt mich nur mit großen Augen an. Er macht keine Anstalten, etwas zu sagen, weshalb ich André intensiver anschaue. Alle schweigen. »Was weiß ich nicht?«

Immer noch Schweigen. Ich schaue zwischen Dom und André abwechselnd hin und her, aber keiner sagt etwas.

»Dominik!«, sage ich etwas energischer. Und auf einmal reden alle gleichzeitig. Ich verstehe kein einziges Wort. Jeder wird lauter, weil er gehört werden möchte. Ein Stimmenschwall prasselt auf mich ein und ich fühle mich wie gelähmt. Jede Stimme prallt von den Wänden ab und kommt, gefühlt wie ein verstärktes Echo, zurück.

Dom wusste die ganze Zeit, dass er auswandern würde, und hat mir nichts davon gesagt? Wie konnte er es zulassen, dass ich mich in ihn verliebe?

Dom blickt zu mir. Er kann sich denken, was in mir los ist, weshalb er mir direkt in die Augen schaut. Ich bin unschlüssig, ob ich weinen oder mich für die Jungs freuen soll.

»Ich werde nicht fliegen«, sagt Dom plötzlich, ohne den Blick von mir zu lösen, mit einer Entschlossenheit, die ich bis dato noch nie bei ihm gesehen habe. Er sagt es mehr zu mir als zu jemand anderem.

Alle verstummen nacheinander. Kurz schweigen alle, weil keiner glauben möchte, was er am Rande gehört hat. Und doch weiß man es, wenn man sich Dom anschaut.

»Was?«, sagen alle wie im Chor.

Dom beachtet sie jedoch nicht, sondern hält seine Augen auf mich gerichtet. »Ich werde nicht fliegen«, sagt er erneut. Ich möchte mich dazu äußern, aber Dom kommt schnell auf mich zu und bringt mich mit dieser Aktion zum Schweigen. »Ich war letzte Nacht alleine hier, um mir Gedanke über meine … über unsere Zukunft zu machen.«

Dabei legt er eine Hand an mein Gesicht und fährt mit seinem Daumen über meine Lippen, sodass ich Gänsehaut bekomme. Ich bin sauer, weil er mir nichts von Amerika erzählt hat. Und doch ist da eine kleine heimtückische Flamme, die bei seiner Berührung aufflammt, tief in mir, befeuert von der Hoffnung, dass alles gut wird.

»Ich bin noch nie jemanden wie dir begegnet.« Er schaut mich mit überzeugender Klarheit an. »Gestern auf dem Friedhof ist mir eins klar geworden –«

Weiter lasse ich ihn nicht reden und unterbreche ihn. »Spinnst du?« Ein leises Raunen geht durch den Raum. »Du kannst doch nicht die Chance deines Lebens wegen mir wegwerfen. Du wirst fliegen!«

Ich umfasse mit Nachdruck das Gelenk seiner Hand, die mein Gesicht hält. Ich schüttele den Kopf und Dom legt seine Stirn an meine.

»Du hast recht, ich schraube unglaublich gerne an Bikes und es war mein Lebensraum, diesen Deal für Amerika zu bekommen, um mich und mein Team weiter nach oben zu bringen.«

Er hält inne und erstickt meinen Ansatz, etwas zu sagen, mit einem sanften Kuss. So verweilen wir einen Moment, dann lässt er von meinen Lippen ab und legt seine Stirn an meinen Kopf. Liebevoll erhöht er kurz den Druck seiner Hände, bis er ihn wieder löst.

»Aber was bringt mir mein Lebenstraum, wenn ich mein Lebenselixier wegwerfe?«

Ich bin sprachlos. Mein Herz tanzt im Dreieck. Seine Liebeserklärung lässt einen Feuerball an Tränen über meine Wangen laufen. Er versucht, jede Träne mit seinem Daumen wegzuwischen. Aber ich will nicht, dass er wegen mir seinen Traum aufgibt.

»Du wirst fliegen«, flüstere ich, während ich Dom durch meinen Tränenschleier nur verschwommen sehe.

»Das kann ich nicht tun«, flüstert er zurück.

»Warum hast du mir nicht die Chance gegeben, mich darauf vorzubereiten?« Ich schaue abwechselnd in seine Augen, dann kurz auf seine Lippen, dann auf den braunen Farbtupfer.

»Du hattest ein anderes Päckchen zu tragen. Ich fühlte mich verpflichtet, dir zu helfen. Du brauchtest Hilfe und ich habe sie dir gegeben.«

»Aber wenn du nicht fliegst, habe ich Angst, dass du mir irgendwann vorhältst, dass wegen mir dein Lebenstraum gescheitert ist.« Ich lasse sein Handgelenk los und ziehe ihn näher zu mir. Ich küsse ihn vorsichtig, als könnte er wie eine Seifenblase zerplatzen. »Ich lasse da nicht mehr mit mir diskutieren. Du wirst fliegen. Ich kann euch besuchen kommen.«

Ich drücke mein Gesicht an seine Brust und bin glücklich, dass sein Traum wahr wird. Zugleich bin ich innerlich zerrissen, weil das bedeutet, dass mein Herz für eine längere Zeit außer Gefecht gesetzt ist und heilen muss.

»Darf ich etwas dazu sagen?«, fragte Telling mit einem scheuen Lächeln. »Ich weiß nicht, wie ich jemals diese beschämende Situation wiedergutmachen kann.«

Er wirft Sasha einen finsteren Blick zu, die mit gesenktem Blick wie ein Häufchen Elend in der Ecke steht. Mit zitternden Händen hält sie immer noch ihre Bluse zusammen.

»Aber lassen Sie mich einen kleinen Anfang machen.« Er schaut in die Runde, und zum Schluss wandert sein Blick zwischen Dom und mir zwei Mal hin und her. »Wenn Sie es mir erlauben, Herr Berghoff, kann ich es arrangieren, dass Ihre Freundin mitkommt. Sie würde lediglich nachreisen müssen, da ich keinen Einfluss auf die Bearbeitungszeit der Anträge habe. Wäre das ein Kompromiss, auf den Sie sich einlassen würden?«

Alle feiern seinen Vorschlag, bis auf Sasha.

Epilog

L & D

»Hi!«

Erst jetzt realisiere ich, dass ich in Gedanken versunken gewesen bin. Die Musik, die ich bis gerade eben nur gedämpft wahrgenommen habe, wird klarer und deutlicher. Eine abwechslungsreiche Mischung aus italienischen und amerikanischen Rock-Pop-Songs. Zwischendurch werden ein paar Liebeslieder gespielt. Die Musik passt perfekt zu diesem Ambiente, das einen zum Träumen einlädt.

Ich bin heute Abend in meinem Lieblingslokal, dem *Grande Amore*. Ein echter Geheimtipp. Und als ich in die Richtung schaue, aus der das *Hi* gekommen ist, schaue ich in das schönste Gesicht, das ich je gesehen habe.

Anders als bei unserer ersten Begegnung sehe ich heute seine blauen Augen klar und deutlich. Und heute ist einer der wenigen Tage, an denen ich ein Mal kurz auf den kleinen braunen Fleck seiner linken Iris schaue.

Dom beugt sich vor und küsst mich flüchtig auf die Wange. »Na, wo warst du dieses Mal mit deinen Gedanken?« Dabei streift er eine Haarsträhne hinter mein Ohr und küsst mich dann besitzergreifend auf die

Lippen. Bevor er seine Beherrschung verliert, werden wir mit Erdnüssen und Kartoffelchips beworfen.

»Nehmt euch ein Zimmer und verschont uns mit eurer Turtelei!«, ruft André uns entgegen.

Ich löse mich von Dom, ergreife einige Maisflips und werfe sie zu André zurück. »Wir können nichts dafür, wenn bei euch die Luft raus ist.«

Ein lang gezogenes Oh ist zu hören. Dom zieht mich zu sich und drückt einen Kuss auf meinen Scheitel.

»Ich möchte einen Toast aussprechen.« Pats Stimme bahnt sich einen Weg durch das Stimmenmeer und sie erhebt ihr Glas. Schlagartig werden alle leiser und tun es ihr gleich. Gespannt schauen alle Pat an, die sich jetzt nervös räuspert. »Ich möchte mich bei jedem Einzelnen in dieser Runde bedanken. Ihr seid alle für mich wie eine Familie geworden und ihr brecht mir alle mein kleines, sensibles Herz damit, dass ihr mich so fröhlich und munter verlasst. Ihr solltet ein schlechtes Gewissen haben, weil ihr mich nicht mitnehmt.«

Sie macht einen Schmollmund und schaut wie ein bedröppelter Dackel in die Runde. Synchron gibt es ein sarkastisches Oh von uns allen.

»Das war nur Spaß!« Sie wedelt mit ihrer freien Hand in der Luft herum. »Ich weiß nicht, ob wir uns vor eurer Abreise noch einmal alle zusammen sehen. Ich habe da eine kleine Überraschung für euch.«

Alle schauen gespannt auf Pat und sehen mich zwischenzeitlich an, weil sie glauben, dass ich wüsste, was jetzt kommt. Aber ich weiß von nichts. Alle Augen richten sich wieder auf Pat.

»Seht es als Drohung oder als Sahnehäubchen. Aber wenn alles so verläuft, wie ich es geplant habe, werde ich in einem Dreivierteljahr auch nach Utah kommen!«

Tobendes Gegröle bricht aus. Beim Prosten klirren die Gläser etwas fester zusammen, weshalb ich meine Augen zusammenkneife, aber alle bleiben heile.

Was für ein toller Abschluss für diesen wunderbaren Abend! Ich hatte nicht damit gerechnet, dass Telling so viele Hebel in Bewegung setzen könnte. Meine Anträge für die Einreise in die USA liegen schon bei den passenden Behörden. Demnach steht meiner Greencard nichts mehr im Wege. Telling war der Vorfall mit Sasha dermaßen unangenehm, dass er darauf bestanden hat, das First-Class-Flugticket für mich zu bezahlen.

Die beiden leben im Trennungsjahr, bis die Scheidung rechtskräftig ist, doch für ihn ist Sasha jetzt schon Geschichte. Er hat Vorkehrungen getroffen, damit sie sich schon einmal daran gewöhnen kann, was es bedeutet, für Geld etwas tun zu müssen. Er hat alle Kreditkarten gesperrt und Sasha von allen VIP-Listen streichen lassen. Mehr weiß ich nicht, aber das ist schon eine gewaltige Bestrafung für sie.

Telling tut mir leid, dir auch? Sashas Verhalten war einfach mies. Entweder ist man Single und vogelfrei, oder man ist in einer Beziehung, gar verheiratet, und benimmt sich. Zumal ich mich frage, warum man heiratet, wenn man eh nicht zufrieden ist? Es musste das Geld gewesen sein, das sie bei ihm hielt.

»Sollen wir fahren?« Dom zieht mich in seine Arme und ich bejahe seine Frage.

»Die alten Leute müssen ins Bett. Vergesst das Körnerkissen nicht«, witzelt Benjamin, als wir gehen wollen, und prostet uns mit seinem Bierglas entgegen.

»Gibt es bald kleine Mini-Doms und Mini-Lus?«, ruft Niki hinterher.

»Da müssen sie erst heiraten«, sagt Pat.

»Für Sex muss man nicht verheiratet sein«, kontere ich. »Verschone uns mit Einzelheiten. Jetzt habe ich Kopfkino!«

André muss immer einen obendrauf legen. Wir lachen alle, dann verabschieden wir uns von der Meute.

Ich bin müde, weshalb ich im Fahrstuhl zu unserer Wohnung fast einschlafe.

»Oh, warte bitte.« Dom schiebt sich an mir vorbei, nimmt mir die Schlüssel aus meiner Hand und steckt einen davon in das Schlüsselloch. »Jetzt kannst du aufschließen.«

Er lässt mich passieren, legt aber seine Hände über meine Augen, als ich die Tür öffnen möchte. »Was wird das, Dom?«

»Schließ auf und du wirst sehen.«

Seine Stimme vibriert neben meinem Ohr, weil er dichter an mich herangetreten ist. Mit zitternden Händen folge ich seiner Aufforderung und versuche, in unsere Wohnung zu gelangen, obwohl ich nichts sehen kann.

»Jetzt stehen bleiben und die Augen weiter geschlossen halten.

Nicht schummeln!«, sagt er, während er seine Hand von meinen Augen nimmt.

»Nein! Ich gucke nicht.« Ich presse meine Lider zusammen und lege zur Vorsicht meine Hände darüber. Hinter mir höre ich die Wohnungstür ins Schloss fallen und vernehme einen kleinen Luftzug, als Dom an mir vorbeigeht. Ich höre das Zünden von Streichhölzern und wie Dom sie etwas später auspustet.

Was passiert hier gerade, weißt du vielleicht mehr? Ich habe erst in ein paar Wochen Geburtstag. Wieso zündet er Kerzen an?

Der Duft des ausgepusteten Streichholzes lieg in der Luft und ich werde immer ungeduldiger, weshalb ich von einem auf das andere Bein trete.

»Wie lange noch?« Dom weiß, dass ich manchmal ungeduldig und neugierig bin, aber er antwortet nicht. »Dominik!«

Anstatt einer Antwort schallt Musik zu mir. Die Stille wird von Gavin DeGraw mit »You Got Me« durchbrochen. Ich vernehme weitere Geräusche. Meine Ungeduld zerreißt mich komplett und ich muss die Augen öffnen.

»O mein Gott!«, kreische ich leicht hysterisch.

»Was? Nein! Noch nicht gucken!« Dom wirkt panisch und versteckt etwas in seiner Hosentasche.

»Was machst du da?«

Dom ist gleichzeitig empört und verlegen. Er kann nicht so schnell reagieren, wie er möchte. »Warum bist du ausgerechnet heute so ungeduldig?«

Erst jetzt bemerke ich, dass unsere Wohnung anders aussieht. Die Wandbeleuchtung ist gedimmt. Die Flammen der Kerzen auf unserem Esstisch tanzen um die Wette. Es stehen Blumen in einer Vase daneben und ein anderer Duft als sonst liegt in der Luft.

Während ich all diese hübschen Dinge betrachte, ziehe ich meine Schuhe aus und merke, dass ich auf etwas trete. Verdutzt schaue ich zu Boden und erkenne, worauf. Sofort schaue ich zu Dom.

»Ich wollte, dass du es erst siehst, wenn ich fertig bin.«

Sein Gesichtsausdruck verändert sich. Das verlegene Lächeln eines kleinen, ertappten Jungen macht Platz für einen Ausdruck in seinen Augen, der pures Verlangen nach mir signalisiert. Er fixiert mich mit seinem Blau. Mein Herz schlägt mir bis zum Hals und in meinen Ohren höre ich mein Blut rauschen. Mein Rachen wird schlagartig trocken und ich kann kaum schlucken.

Er kommt langsam auf mich zu, nimmt eine meiner Hände und führt sie zu seinem Mund. Als er sie küsst, schaut er mir weiterhin direkt in die Augen.

»Du kannst dir gar nicht vorstellen, wie dankbar ich dafür bin, dass du in mein Leben getreten bist«, flüstert er. »Bei unserer ersten Begegnung war es mein Wunsch, der Deine sein zu dürfen. Aber du bist einfach gegangen. Deshalb habe ich nicht damit gerechnet, dich jemals wiederzusehen.« Er löst meine Hand von seinen Lippen und legt sie auf sein Herz. »Ich weiß, dass ich dir eher von Amerika hätte erzählen müssen und sollen. Aber ich hatte Angst, dich zu verlieren. Und ich wollte dich beschützen.« Dabei umfasst er mit seiner anderen Hand mein Gesicht und streift mit seinem Daumen vorsichtig über meine Wange. »Du musstest erst den emotionalen Dämon bekämpfen.«

Er schließt für einen kurzen Moment seine Augen. Der Blick, mit dem er mich danach anschaut, sprudelt von Entschlossenheit. Sein Blau direkt auf mich gerichtet, ein paar verirrte Haarsträhnen in seiner Stirn, und mein Herz findet mal wieder keinen normalen Rhythmus.

Bei diesem Anblick reagiert mein Körper immer so intensiv. Ich hoffe, dass diese Verliebtheit lange anhält.

»Und als du mir auf dem Friedhof deine Liebe gestanden hast«, setzt Dom fort, »wusste ich, dass ich dich nicht gehen lassen kann.«

Er löst seine Hand von meinem Gesicht und greift in seine Hosentasche. Ich kann zuerst nicht glauben, was er vorhat, aber ich kann ein Quieken nicht unterdrücken, als er inmitten des Blütenmeers auf dem Fußboden vor mir auf die Knie geht. Erst jetzt registriere ich, dass er meine linke Hand auf sein Herz gelegt hat.

»Ich will nie mehr eine andere Frau an meiner Seite haben.«

Nervös streicht er über meinen Finger in seiner Hand. Dabei schaut er kurz auf die Hand, die er in seiner hält, nachdem er sie von sich genommen hat. Scheu blickt er auf.

»Und du würdest mich zum glücklichsten Mann der Welt machen, wenn du für den Rest meines Lebens an meiner Seite bleiben würdest.«

Jetzt sehe ich einen Ring, der im Kerzenlicht funkelt. Dom hält ihn zwischen seinem Zeigefinger und seinem Daumen. Ich hebe eine Hand vor meinen Mund und gehe ebenfalls auf meine Knie, damit ich auf Doms Augenhöhe bin. Er lächelt mich verführerisch an.

»Würdest du mir die Ehre erweisen und meine Frau werden?«

Meine Hand liegt weiter auf meinem Mund und meine Tränen verschleiern mir die Sicht. Ich kann nur nicken und kneife meine Augen fest zusammen.

Dom steckt den Ring an meinen Finger. Er passt ohne Probleme. Dann küsst er ihn und schiebt die Hand vor meinem Mund zur Seite.

Er lässt sich Zeit, jede einzelne Träne wegzuküssen, bis er den Weg zu meinen Lippen findet. Vorsichtig und sanft küsst er mich.

Mein Herz rast vor Freude und vor Angst. Ich öffne meine Augen und blicke in ein unendliches Blau. Flüchtig frage ich mich, ob er mich beim Küssen beobachtet hat, schiebe diesen Gedanken aber beiseite, denn es ist mir egal. Er gibt mir wie immer genau das, was ich brauche.

Für einen kurzen Moment verweilen wir schweigsam auf unseren Knien, bis wir uns gegenseitig dabei helfen, wieder auf unsere Füße zu gelangen.

Dabei ergreift Dom wieder das Wort. »Ich wollte dir den Antrag eigentlich erst am Flughafen machen, wenn du nachkommst. Aber so lange konnte ich nicht mehr warten.« Glücklich lächelt er mich an und streicht sanft durch mein Haar.

»Hattest du Angst, dass ich es mir anders überlegen würde?«, witzele ich und richte mein Kleid.

Dom erblickt eine letzte, verirrte Träne auf meinem Gesicht, die er mit seinem Daumen wegwischt. »Ich habe keine Sekunde lang an deiner Antwort gezweifelt.«

Er drückt kurz seinen Kopf an meinen. »Was ich dich aber die ganze Zeit über schon fragen wollte …« Er nimmt meine Hand in seine und küsst ehrwürdig den wunderschönen Verlobungsring.

Meine Begeisterung für dieses edle Prachtstück will nicht abebben. Der Ring ist einfach nur wunderschön. Er ist aus Weißgold und schlicht, weder zu dick noch zu dünn. Er schmiegt sich ohne Gravuren oder Geschnörkel um meinen Finger. Oben sind die Enden zu einem Unendlichkeitszeichen gebogen, die von einem kleinen, hellen Saphir zusammengehalten werden. Er hat fast den gleichen Farbton wie meine Augen. Ich bin sprachlos. Er ist wunderschön und perfekt. Elegant und schlicht zugleich. So, wie ich es mag. Was für ein umwerfendes Symbol von Dom für seine Liebe zu mir. Ein Grund mehr für mich, dieses kleine Prachtexemplar wie meinen Augapfel zu bewachen.

»Woher wusstest du das mit der Werkstatt und Sasha?«

Als ihr Name fällt, muss ich an Herrn Telling denken. Ich mag mir nicht vorstellen, was nach der Offenbarung in der Werkstatt in ihm vorgegangen sein muss.

Wenn ich bedenke, was er alles dafür getan hat, dass ich sehr zügig und ohne Probleme nachreisen kann, muss es ihn sehr beschämt haben. Er tut mir immer noch leid. So was sollte niemandem widerfahren, findest du nicht auch?

»Ich wusste nicht, dass sie dort war«, sage ich, während ich den Stein an meinem Finger bewundere und dann wieder in die Weiten seiner Augen schaue. »Es war eher ein Bauchgefühl. Du hattest dich in dieser Zeit verändert. Ich wusste nur, dass es etwas mit dem aktuellen

Auftrag zu tun haben musste. Du hast irgendwann angefangen, mich anders anzuschauen. Fast schon gequält. Und auf dem Friedhof wurde bei dir plötzlich ein Hebel umgelegt, das habe ich gespürt. Dann erfuhr ich von André, dass ihr nicht verabredet wart, du aber trotzdem in der Werkstatt warst. Und ich habe mich an unseren ersten Morgen erinnert, als ich hier geschlafen hatte und Sasha hergekommen ist. Ich dachte zwar, dass sie optisch besser zu dir passen würde als ich, aber du warst von ihr genervt und fühltest dich in die Enge getrieben. Zwischendurch habe ich dann Gesprächsfetzen zwischen dir und André mitbekommen.« Ich mache eine kurze Pause. »Ich hatte einfach die Hoffnung, dass ich falschlag und du niemals etwas mit ihr anfangen würdest.«

»Ach, Lu«. Er drückt leicht meine Hand, die er immer noch an seine Brust hält. Sein Gesichtsausdruck sieht zuerst leicht belustigt aus.

Bestimmt, weil ich was Dummes gesagt habe. Denn wer hat denn letztendlich den Verlobungsring am Finger, hm? Sasha hat nicht mal mehr einen Mann nach ihrer Aktion.

Vorsichtig beugt Dom sich vor. Mit seiner freien Hand umfasst er sanft mein Gesicht und zieht es zu sich, um meine Stirn zu küssen. Bei dieser liebenswerten Geste muss ich die Augen schließen, weil ich weiß, dass es dumm war, überhaupt an ihm zu zweifeln.

Wenn man das überhaupt »zweifeln« nennen kann. Wie würdest du es betiteln? Es beschämt mich, dass meine Gedanken wieder einmal zu Unrecht in diese Richtung abgeschweift sind. Ein ganz kleiner Funken an Wut will sich deshalb einen Weg an die Oberfläche bahnen. Aber Dom hat mich etwas gefragt. Soll man nicht die Wahrheit sagen? Warum will er eine Antwort, wenn sie ihm nicht passt?

Meinst du, ich hätte etwas anderes sagen sollen, auch wenn es nicht die Wahrheit gewesen wäre?

Er zieht sich zurück und beobachtet mich ehrwürdig, während er mir eine Frage stellt.

»Habe ich dir schon mal erzählt, wann genau ich mich in dich verliebt habe?« Liebevoll zieht er mit seinem Daumen kleine Kreise auf meiner Wange und legt seinen Kopf leicht schräg, als könnte er dadurch erkennen, ob ich die Antwort weiß.

»Nein, hast du nicht.«

Automatisch umschließe ich mit meiner freien Hand sein Handgelenk, um ihm zu zeigen, dass er meine Aufmerksamkeit hat. Die sich anbahnende Wut verschwindet genauso schnell, wie sie aufsteigen wollte. Mein Herz schlägt vor Nervosität schneller.

Wann hat Dom sich in mich verliebt? Diese Frage kommt jetzt etwas überraschend. Darüber habe ich mir noch nie Gedanken gemacht.

Dom neigt derweil seinen Kopf zur anderen Seite und schaut mich leicht belustigt an, weil er mich wie ein offenes Buch liest. Deshalb weiß er, dass ich im Schnelldurchlauf unsere gemeinsame Zeit Revue passieren lasse.

War es der aller erste Morgen in dieser wunderschönen Wohnung? Oder als wir zusammen im Gym waren? Oh, vielleicht war es der tolle gemeinsame Grillabend, an dem Dom mich offiziell gefragt hat, ob ich bei ihm einziehen will?

»Es war der Abend, als wir uns zum ersten Mal im *Grande Amore* begegnet sind.«

In seinen Augen sehe ich so viel Klarheit, Begierde und Entschlossenheit. Diesen sexy Anblick kann er auch nicht durch sein schelmisches Grinsen kaputtmachen. Meine Knie werden weich und ich starre ihn mit leicht geöffnetem Mund an.

Damit habe ich nicht gerechnet: Unsere erste Begegnung im Grande Amore*? Tausend Fragen jagen mir erneut durch den Kopf. Das war der Abend, an dem er mich vor dem unerwünschten Fremden beschützt hat und ich seine Aktion fälschlicherweise für eine blöde Anmache gehalten habe.*

»Der Abend?«, frage ich völlig von der Rolle, weil ich mir immer noch keinen Reim darauf machen kann. Wir haben an dem Abend nicht wirklich miteinander gesprochen, deshalb verstehe ich es nicht.

»Aber … Da haben wir …« Ich weiß nicht, was ich sagen soll. Unkontrolliert schaue ich zwischen unseren Händen, die immer noch an Doms Brust verweilen, und seinem attraktiven Gesicht hin und her.

Er streicht über die imaginären Fragezeichen auf meiner Stirn. Natürlich weiß er, was mir durch den Kopf geht.

»Ja, genau dieser Abend.«

Er legt eine kurze Pause ein, um mein Kinn anzuheben. So bringt er mich dazu, dass ich ihn direkt ansehen muss.

»An jenem Abend hast du dasselbe atemberaubende Kleid getragen wie heute Nacht.«

Dabei mustert er mich so intensiv, dass sein Blick ein Kribbeln in meiner Bauchgegend verursacht. Seit unserer ersten Begegnung besitzt Dom das Talent, mich eindringlich anzuschauen – und es hat sich nie unangenehm angefühlt.

»Du hast an der Bar gesessen und warst für mich die Schönheit in Person. So anmutig, selbstsicher und doch so zerbrechlich und traurig. Sobald ich dich entdeckt hatte, habe ich nach einem Weg gesucht, um dich anzusprechen. Hatte aber Angst, dass du dich für jemanden schick gemacht hattest.«

Kurz schmunzele ich, denn ich hatte mich wirklich für einen anderen Mann so hübsch gemacht. Und wenn ich an diesen besonderen Mann denke, erfüllt es mein Herz mit Freude.

»Leo«, flüstere ich kaum hörbar.

»Ja, du hattest dich für deinen geliebten Bruder so hübsch gemacht, wie ich später erfahren sollte. Ich konnte an jenen Abend schon deinen Schmerz sehen und wollte helfen, aber ich hatte Angst, dass du eventuell einen Freund hattest, der dich versetzt hat.«

Bei der Vorstellung, dass Dom dachte, an dem Abend wäre mein Date geplatzt, lache ich leise. Denn zu dem Zeitpunkt wäre es mir niemals in den Sinn gekommen, dass ich jemals das Glück haben würde, jemanden zu finden, dem meine Rundungen egal sind.

»Indirekt wurde ich ja auch versetzt«, witzele ich.

Sogar über diesen traurigen Abend kann ich inzwischen Witze machen. Ich habe inzwischen regelmäßige Termine bei Doktor Haeuser und mache jedes Mal Fortschritte. Seit ich offiziell bei Dom wohne, haben sich die Alpträume bis auf wenige Ausnahmen verflüchtigt, in Nächten, als Dom mit den Jungs unterwegs war und ich ohne ihn einschlafen musste. Und doch waren diese Alpträume bei weitem nicht mehr so schlimm wie die, die mich vorher zehn Monate lang heimgesucht hatten. Auch meine Gefühlsachterbahn hat einiges an Tempo und Intensität verloren. Ich kann immer besser über meine Familie reden oder an sie denken, ohne dass in mir eine Kluft aufreißt, deren Sog mich aus der Bahn wirft.

» … aber das war anderer Natur!«, beendet Dom für mich den Satz.

»Und als dieser Schmierlappen dann meinte –«

»O nein, bitte nicht. Rede nicht weiter.« Ich löse meine Hand von Doms Handgelenk und lege sie beschämt über meine Augen. Dabei verziehe ich mein Gesicht und werde rot, weil ich die Szene vor mir sehe, als ich Dom bei unserem zweiten Treffen meinen Finger in seine Brust gebohrt habe und meine Anmutungen zur Belustigung sämtlicher Gäste im *Grande Amore* beigetragen haben.

Dom drückt mich behutsam an sich und gibt mir einen Kuss auf den Kopf, kann aber seinen verhaltenen Lachanfall nicht vor mir verbergen.

Na toll, jetzt habe ich es mal wieder geschafft, mich zum Narren zu machen. Typisch Lu!

Ich muss mitgrunzen. Als wir uns wieder gefangen haben, spricht Dom weiter.

»Du warst von der ersten Sekunde an die Eine für mich und ich werde alles in meiner Macht Stehende tun, um dir gerecht zu werden.« Sein Lachen legt sich und seine Stimme wirkt wieder so selbstsicher und entschlossen wie zuvor.

Vorsichtig drücke ich mich leicht von Doms Brust weg, um ihn anzuschauen. Erstaunt über seine Worte versuche ich, in den Weiten dieses wunderschönen Blaus etwas zu finden.

»Mir gerecht werden?«, frage ich perplex. Ich schüttele leicht irritiert meinen Kopf, weil ich die Bedeutung seiner Worte nicht sofort verstehe.

Als Antwort nickt er mir nur zu und streichelt erneut mein Gesicht.

»Und es wird mir eine Ehre sein, dabei sein zu dürfen, wenn du an jedem Tag in unserem gemeinsamen Leben mehr über deinen kleinen, scheuen Schatten springst und dadurch so viel erreichst, wovon du jetzt noch träumst.«

Wie ich dir zu Beginn unserer Reise erzählt habe, war mein Selbstbewusstsein meistens eher klein. Es ist immer noch noch nicht perfekt, weshalb ich noch einiges lernen muss. Falls du dich vage erinnert, habe ich eine Zeit lang geglaubt, dass ich jemandem wie Sasha niemals das Wasser reichen könnte. Ja, ich weiß, dass ich mich nicht verstecken muss, und durch den Verlobungsring beweist mir Dom schließlich auch, dass meine damalige Angst, für Dom eine von vielen zu sein, unberechtigt war.

Ich habe an Doms Seite gelernt, dass ich niemandem das Wasser reichen muss. Durch das fehlende Selbstbewusstsein habe ich mich selbst sehr lange falsch wahrgenommen und somit meinen eigenen Glanz benebelt. Nur Dom hat von Anfang an diesen verborgenen Glanz gesehen und sich von nichts beirren lassen.

»Ist schon ein wenig komisch«, sage ich gedankenverloren.

»Was denn?«

»Das mit Sasha.« Ich lasse den Satz im Raum stehen, weshalb Dom nichts damit anfangen kann.

»Was genau?«

Ich schüttele kaum merklich meinen Kopf, weil ich in Gedanken bei dem Tag war, an dem Telling erfahren hatte, was Sasha hinter seinem Rücken abgezogen hatte.

Verlegen lächele ich und streiche schnell über meine Stirn. »Ich meine … Ich kann nicht verstehen, wie man eine Beziehung einfach so wegwerfen kann.«

»Manche wissen nicht zu schätzen, was sie haben.«

Er legt eine Hand an meine Hüfte und zieht mich zu sich. Meine Hand lege ich leicht auf seinen Arm.

»Tust du mir einen Gefallen?«

»Alles, was du möchtest.«

»Leg mich übers Knie und versohl mir den Arsch, wenn ich auch mal so oberflächlich werden sollte.«

Dom bricht in lautes Gelächter aus. »Aha, meinst du wirklich, ich sollte das dann tun?«

Empört schaue ich zu ihm auf. »Was ist daran so lustig?«

»Nun …« Sein Lachen ebbt ab und ich sehe in seinen Augen ein Aufflackern von Begierde. Er schaut mich an und seine rechte Hand findet den Weg zu meinem Gesicht.

Herrgott, warum bringt dieser Mann mich mit seinen Aktionen immer aus dem Konzept?

Seinen Daumen lässt er an meinem unteren Lippenrand entlang gleiten, weshalb sich Verlangen in mir ausbreitet. Von meiner Müdigkeit zu Beginn unserer Heimreise ist absolut nichts mehr zu spüren. Erst macht dieses umwerfende Geschöpf auf Erden mir einen Heiratsantrag, den ich von ganzem Herzen angenommen habe, und dann schafft Dom es mal wieder, mein Herz so unglaublich schnell schlagen zu lassen.

An meinem Gesicht vernehme ich die Wärme seiner Hand, weshalb ich rot werde. Ich schließe kurz meine Augen und reduziere die Lücke zwischen uns. Mit der einen Hand umfasse ich sein Handgelenk, mit der anderen halte ich mich an seinem Hemd fest.

»Einerseits liegt es nicht in deiner Natur, oberflächlich zu sein. Dafür bist du viel zu tiefgründig und zu herzlich.«

Ich höre seine Worte kaum, weil er weiter mit seinem Daumen über meine Lippen streift. Mein Herz schlägt mir bis zum Hals. Jede Faser meines Körpers reagiert auf ihn und will mehr.

Dom merkt es und lässt mich noch ein wenig zappeln. Es wird zu einem Spiel für ihn. Er beugt sich vor und verweilt mit seinem Gesicht wenige Zentimeter vor meinem. Ich kann seinen Atem auf meinen Lippen fühlen, als er mit seinem Daumen mein Kinn anhebt und ich meinen Kopf leicht in den Nacken legen muss.

Mit seinem anderen Arm zieht er mich komplett an sich.

»Und zum anderen, weil mir bei übers Knie legen ganz andere Gedanken kommen.«

Ich drücke mich ihm auf meinen Zehenspitzen entgegen, um den letzten Freiraum zwischen uns zu vernichten. Ich lege meine Arme um seinen Hals und verliere mich in dem Mann, den ich nie wieder loslassen werde.

–Ende–

Danksagung

Ich sitze hier, lese das Wort Danksagung und kann es nicht glauben, dass ich bis hierher gekommen bin. Ein Traum wird wahr, für mich. Und auch Träume entstehen nicht von alleine.

Deshalb ist es Zeit, danke zu sagen. Und mein erstes Dankeschön geht direkt an Dich. Danke, dass Du Dich für dieses Buch und somit für mich entschieden hast. Du hast mir die Möglichkeit gegeben, Dir Luana und Dominik vorzustellen. Ich durfte Dich damit auf ihren gemeinsamen Weg durch eine Achterbahn der Gefühle mitnehmen. Du hast mir die Chance gegeben, Dir zu zeigen, dass der Kampf zwischen dem Kopf und dem Herz nicht immer simpel ist. Du hast mir die Ehre erwiesen, Dir eine Geschichte erzählen zu dürfen, die mich selbst nicht mehr losgelassen hat.

An dieser Stelle möchte ich Dich darum bitten, mich ein wenig in meinem Dasein als Selfpublisherin zu unterstützen, wenn Dir mein Buch gefallen hat. Ich arbeite ohne einen Verlag und vermarkte und organisiere alles selbst. Deshalb bitte ich Dich, mir über Amazon eine Rezension zu hinterlassen. Das funktioniert auch, wenn Du das Buch woanders erworben hast. Am Ende der Danksagung findest Du einen QR-Code, mit dem Du direkt zu meiner Website gelangst. Dort gelangst Du über »Meine Bücher« zu dem Taschenbuch beziehungsweise zu dem E-Book auf Amazon, wo Du dann eine Rezension abgeben kannst. Durch die Sternen-Anzahl, die Du mir gibst, kann ich erkennen, wie gut Dir das Buch gefallen hat. Vielleicht magst Du mir in einem kleinen Kommentar ein paar liebe Zeilen dazu scheiben, was Dir besonders gut gefallen hat. Dafür gibt es ein weiteres Dankeschön von mir an Dich!

Das nächste Dankeschön ist ein größeres. Denn ich wüsste nicht, wem ich von den folgenden Personen mehr oder weniger danken sollte. Jeder Einzelne hat mich auf seine eigene Art unterstützt. Deshalb: Ich danke jedem dafür, dass Du an mich geglaubt hast. Ich danke Euch allen dafür, die an mich geglaubt haben. Ich danke Euch für Eure Zeit, um meine Fragen zu beantworten. Ihr habt mir den Raum zum Schreiben gegeben. Ihr habt mich mit Ideen unterstützt. Ihr wart geduldig, wenn ich nicht so schnell vom Laptop wegkam. Ihr habt mich in der Wahrnehmung meiner Geschichte unterstützt. Ihr habt mich auf meinem Weg begleitet und ich werde nie genug danke sagen können.

Ein großes Danke an Ingo, Sandra, Kirsten, Katja, Brigitte und »Die drei von der Halle« (Ihr wisst schon, wen ich meine)!

Ein weiteres Dankeschön geht an everyone von dem Club der Selfpublisher. Ihr habt mich aufgenommen, als sei es das Normalste von der Welt. Unterstützt mich bei Fragen rund ums Schreiben und ich durfte so viele tolle neue Autor*innen kennen lernen. Eine außergewöhnliche Gemeinschaft mit so viel Zuspruch und Unterstützung, dass ich mir die alltäglichen Chats nicht mehr wegdenken kann.

Ein glitzernder Dank an Mia, die mit ihrem Federstaub so viel »mehr« aus meiner Geschichte gezaubert hat, dass es mich umso mehr freut, diese Geschichte mit Dir teilen zu können.

Meinem neugewonnenen Blogger*innen-Team möchte ich auch einen Dank aussprechen, denn als Autorin kann ich nur gesehen werden, wenn man weiß, dass ich da bin. Deshalb gibt es auch ein Dankeschön an Katja, Astrid, Nicole und Sabine.

Und zum Schluss gibt es ein atemberaubendes Dankeschön an Constanze von der Coverboutique für das umwerfende Gewand zu meinem Buch und Marcus, der mein Buchbaby ansehnlich gemacht hat. Es hat superviel Spaß gemacht, mit Euch beiden zusammenzuarbeiten und wer weiß, vielleicht war es nicht das letzte Mal …

www.elas-wortzauber.de

Über die Autorin

Ela Braun ist 1981 in NRW geboren und seit jeher ihrer Heimatstadt treu geblieben.

Neben ihrem Vollzeitjob und dem Ehrenamt in der DLRG hat sie einen umwerfenden Mann an ihrer Seite, der nicht nur ihre Liebe zur Musik und ihre neu Liebe, dem Schreiben, unterstützt. Sondern zusammen teilen sie sich auch die Liebe zur Gartenarbeit.

Liebe geht bekanntlich durch den Magen, aber den Kochlöffel schwingt sie eher alleine.

Braun ist Hobby Autorin und Bloggerin. Sie hat nicht nur einfach eine Liebesgeschichte niedergeschrieben. Sie möchte Dich in ihre Welt mitnehmen, in der du Dich vielleicht wieder findest.

Aus dem Leben heraus, mit alltäglichen Hürden, schönen Momenten und Abenteuern.

Situationen, die das Leben schreibt.

Ihre Charaktere sollen Dich, wie auch sie selber wieder spiegeln und Dich in ihren Bann ziehen.

Als sie mit dem Schreiben anfing, steckte sie selber in einer Gefühlsachterbahn fest. Deshalb streitet sie es nicht ab, dass es gewisse Parallelen in ihrer Geschichte gibt, die auf ihre Lebensgeschichte und ihr Umfeld hinweisen.

Diese Geschichte wurde mit viel Herzblut und Gefühl niedergeschrieben.

Dennoch sind alle Handlungen, Charaktere, Ereignisse und Dialoge frei von ihr erfunden.

Printed in Poland
by Amazon Fulfillment
Poland Sp. z o.o., Wrocław

40636507R00203